Harry Potter
16

Harry Potter and the Half-Blood Prince

ハリー・ポッターと謎のプリンス

6-3

J.K.ローリング

松岡佑子＝訳

WIZARDING WORLD

静山社

To Mackenzie,
my beautiful daughter,
I dedicate
her ink and paper twin

WIZARDING WORLD

Original Title: HARRY POTTER AND THE HALF-BLOOD PRINCE

First published in Great Britain in 2005
by Bloomsbury Publishing Plc, 50 Bedford Square, London WC1B 3DP

Japanese edition first published in 2006

This book is published in Japan by arrangement with
the author through The Blair Partnership

ハリー・ポッターと謎のプリンス　6-1

ハリー・ポッターと謎のプリンス　6-2

第20章　ヴォルデモート卿の頼み

ハリーとロンは月曜の朝一番に退院した。マダム・ポンフリーの介護のおかげで完全に健康を取りもどし、強打されたり毒を盛られたりの見返りを、いまこそ味わうことができる。最大の収穫は、ハーマイオニーがロンと仲直りしたこと。朝食の席まで二人に付き添いながらハーマイオニーは、ジニーがディーンと口論したというニュースをもたらす。とたんにハリーの胸でうとうとしていた生き物が急に頭をもたげ、なにかを期待するようにあたりをくんくん嗅《か》ぎ出した。

「なにを言い争ったの？」

角を曲がって八階の廊下に出ながら、ハリーはできるだけ何気ない聞き方をした。廊下には、チュチュを着たトロールのタペストリーをしげしげ見ている小さな女子以外、だれもいない。六年生が近づいてくるのを見て、少女は怯《おび》えたような顔をし、持っていた重そうな真鍮《しんちゅう》の秤《はかり》を落とした。

「大丈夫よ！」ハーマイオニーは優しく声をかけ、急いで女の子に近づくと、「さあ……」と言って壊れた秤《はかり》を杖《つえ》でたたき、「レパロ！　なおれ！」と唱えた。

女の子は礼も言わず、その場に根が生えたように突っ立って三人がそこを通り過ぎて姿が見えなくなるまで見ている。ロンが少女を振り返る。

「連中、だんだん小粒になってきてるぜ、まちがいない」ロンが言った。

「女の子のことは気にするな」

ハリーは少し焦った。

「ハーマイオニー、ジニーとディーンは、なんでけんかしたんだ？」

「ああ、マクラーゲンがあなたにブラッジャーをたたきつけたことを、ディーンが笑ったのよ」ハーマイオニーが、少し憤りを込めて答える。

「そりゃ、おかしかったろうな」ロンがもっともなことを言う。

「全然おかしくなんかないわ！」

ハーマイオニーが熱くなる。

「恐ろしかったわ。クートとピークスがハリーを捕まえてくれなかったら、大けがになっていたかもしれないのよ！」

「うん、まあ、それにしてもそんなことで別れる必要はなかったのに」

ハリーは相変わらず自然に聞こえるように努力する。

「それとも、まだ一緒なのかな？」

「ええ、一緒よ——でもどうして気になるの？」ハーマイオニーが鋭い目でハリーを見る。

「僕のクィディッチ・チームが、またのめちゃくちゃになるのがいやなだけだ！」

あわててそう答えたが、ハーマイオニーはまだ疑わしげな目で見つめている。背後で名前を呼ぶ声がしてハーマイオニーに背を向ける口実ができ、ハリーは内心ほっとした。

「ああ、やあ、ルーナ」

「病棟にあんたを探しにいったんだけど——」

ルーナが鞄をごそごそやりながらのんびりと言う。

「もう退院したって言われたんだ……」

ルーナは、エシャロットみたいな物一本と、斑《ふ》入りの大きな毒茸《どくきのこ》一本、それに相当量の猫のトイレ砂のようなものを、ロンの両手に押しつけて、ようやく、相当に汚れた羊皮《ようひ》紙《し》の巻紙を引っぱり出し、ハリーの手に渡す。

「……これをあんたに渡すように言われてたんだ」

小さな羊皮紙の巻紙。ハリーはすぐに、それがダンブルドアからの授業の知らせだとわかった。

「今夜だ」ハリーは羊皮紙《ようひし》を広げるや、ロンとハーマイオニーに告げる。

「この間の試合の解説、よかったぜ！」

ルーナがエシャロットと毒茸《どくきのこ》と猫のトイレ砂を回収しているときに、ロンが声をかけた。ルーナはあいまいにほほえんだ。

「からかってるんだ。ちがう？」ルーナが言い返す。「みんな、あたしがひどかったって言うもゝ」

「ちがうよ、僕、ほんとにそう思う！」ロンが真顔で言い募る。「あんなに解説を楽しんだことないぜ！　ところで、これ、なんだ？」

ロンは、エシャロットのような物を目の高さに持ち上げて聞く。

「ああ、それ、ガーディルート」

猫のトイレ砂と毒茸を鞄に押し込みながら、ルーナが答える。

「欲しかったら、あげるよ。あたし、もっと持ってるもゝ。ガルピング・プリンピーを撃退するのに、すごく効果があるんだ」

そしてルーナは行ってしまった。あとに残ったロンは、ガーディルートをつかんだまま、おもしろそうにケタケタ笑っている。

「あのさ、だんだん好きになってきたよ、ルーナが」

大広間に向かってまた歩き出しながら、ロンが言う。

「あいつが正気じゃないってことはわかってるけど、そいつはいい意味で――」

ロンが突然口をつぐむ。険悪な雰囲気のラベンダー・ブラウンが、大理石の階段下に立っていた。

「やあ」ロンは、落ち着かない様子で声をかける。

「行こう」

ハリーはそっとハーマイオニーに声をかけ、急いでその場を離れた。だが、ラベンダーの声が否応《いやおう》もなく追いかけてくる。

「今日が退院だって、どうして教えてくれなかったの？　それに、どうしてあの女が一緒なの？」

三十分後、朝食に現れたロンはむっつりしていらついていた。ラベンダーと並んで腰掛けてはいるものの、ハリーはその間ずっと、二人が言葉を交わすところを見なかった。ハーマイオニーは、そんなことにいっさい気づかないように振る舞ってはいたが、一、二度、不可解なひとり笑みが顔をよぎるのをハリーは見た。その日は一日中ハーマイオニーは上機嫌で、夕方の談話室では、ハリーの薬草学のレポートを見るという（ということは、仕上げるということを意味する）頼みに応じてくれた。そんなことをすれば、ハリーがロンに丸写しさせることを知っているハーマイオニーは、これまでだったら絶対に断っていたことだ。

「ありがとう、ハーマイオニー」

ハリーは、ハーマイオニーの背中をポンポンたたきながら腕時計を見る。もう八時近い。

「あのね、僕、急がないとダンブルドアとの約束に遅れちゃう……」

ハーマイオニーは答えずに、ハリーの文章の弱いところを大儀そうに削除している。ハリーはひとりでにやにや笑いながら、急いで肖像画の穴を通り、校長室に向かった。ガーゴイルは、「タフィー　エクレア」の合言葉で飛び退《の》き、ハリーが動く螺《ら》旋《せん》階段を二段跳びに駆け上がってドアをたたくと同時に、中の時計が八時を打った。

「お入り」

ダンブルドアの声がした。ハリーがドアに手をかけて押し開けようとすると、ドアが内側からぐいと引っぱられる。そこに、トレローニー先生が立っていた。

「ははーん！」

拡大鏡のようなメガネの中から目を瞬《しばたた》かせてハリーを見つめ、トレローニー先生は芝居がかった仕草でハリーを指す。

「あたくしが邪険に放り出されるのは、このせいでしたのね、ダンブルドア！」

「これこれ、シビル」

ダンブルドアの声がかすかにいらだっている。

「あなたを邪険に放り出すなどありえんことじゃ。しかし、ハリーとはたしかに約束がある。それに、これ以上なにも話すことはないと思うが――」

「結構ですわ」トレローニー先生は、深く傷ついたような声を吐《は》き出す。「あたくしの地位を不当に奪った、あの馬を追放なさらないということでしたら、いたしかたございませんわ……あたくしの能力をもっと評価してくれる学校を探すべきなのかもしれません……」

トレローニー先生は、ハリーを押し退けて螺旋階段に消えた。階段半ばでつまずく音が聞こえ、ハリーは、だらりと垂れたショールのどれかを踏んづけたのだろう、と想像する。

「ハリー、ドアを閉めて、座るがよい」ダンブルドアはかなり疲れた声で言う。

言われたとおりにした。ダンブルドアの机の前にあるいつもの椅子に座ると、二人の間には「憂《うれ》いの篩《ふるい》」がまた置かれ、渦巻く記憶がぎっしり詰まったクリスタルの小《こ》瓶《びん》が二本、並んでいた。

「それじゃ、トレローニー先生は、フィレンツェが教えることをまだいやがっているのですか？」ハリーが聞く。

「そうじゃ」

ダンブルドアが答える。

「わし自身が占いを学んだことがないものじゃから、『占い学』はわしの予見を超えてやっかいなことになっておる。フィレンツェに森に帰れとは言えぬ。追放の身じゃからのう。さりとてシビル・トレローニーに去れとも言えぬ。ここだけの話じゃが、シビルが城の外に出ればどんな危険な目にあうか、シビルにはまったくわかっておらぬ。シビル自身は知らぬことじゃが――それに、知らせるのも賢明ではないと思うが――きみとヴォルデモートに関する予言をしたのは、それ、シビル・トレローニーなのじゃから」

ダンブルドアは深いため息をつき、それから気を取りなおしたように切り出した。

「教職員の問題については、心配するでない。われわれにはもっと大切な話がある。まず、前回の授業の終わりにきみに出した課題は処理できたかね？」

「あっ」ハリーは急に思い出す。

「姿現わし」の練習やらクィディッチやら、ロンが毒を盛られたり自分の頭蓋骨が割られたり、その上、ドラコ・マルフォイの企みを暴きたい一心でハリーは、スラグホーン先生から記憶を引き出すようにとダンブルドアに言われていたことを、すっかり忘れていた……。

「あの、先生、スラグホーン先生に魔法薬の授業のあとでそのことを聞きました。でも、あの、教えてくれませんでした」

しばらく沈黙が流れた。

「さようか」やっとダンブルドアが口を開く。

半月メガネの上からじっと覗かれ、ハリーは、まるでX線で透視されているような、いつもの感覚に襲われる。

「それできみは、このことに最善を尽くしたと、そう言い切れるかね？ きみの少なからざる創意工夫の能力を、余すところなく駆使したのかね？ その記憶を取り出すという探求のために、最後の一滴まで知恵をしぼり切ったのかね？」

「あの……」

ハリーはなんと受け答えすべきか、言葉に詰まる。記憶を取り出そうとしたのはたった一回だけというのでは、お粗末すぎて急に恥ずかしさを覚える。

「あの……ロンがまちがって惚《ほ》れ薬を飲んでしまった日に、僕、ロンをスラグホーン先生のところに連れていきました。先生をいい気分にさせれば、もしかして、と思ったんです――」

「それで、それはうまくいったのかね？」ダンブルドアが追求する。

「あの、いいえ、先生。ロンが毒を飲んでしまったものですから――」

「――それで、当然、きみは記憶を引き出すことなど忘れ果ててしまった。親友が危険なうちは、わしもそれ以外のことは期待せんじゃろう。しかし、ミスター・ウィーズリーが完全に回復するとはっきりした時点で、わしの出した課題に立ち返ってもよかったのではないかな。あの記憶がどんなに大事なものかということを、わしはきみにはっきり伝えたと思う。それればかりか、それが最も肝心な記憶であり、それがなければこの授業の時間自体がむだになることをきみにわからせようと、わしは最大限努力したつもりじゃ」

申しわけなさが、ちくちくと熱く、ハリーの頭のてっぺんから体中に広がる。ダンブルドアは声を荒らげなかった。怒っているようにも聞こえない。しかし、どなってもらったほうがむしろ楽だ。ダンブルドアのひんやりとした失望が、なによりも辛《つら》い。

「先生」なんとかしなければという気持ちで、ハリーは訴えた。「気にしていなかったわけではありません。ただ、ほかの――ほかのことが……」

「ほかのことが気になっていた。そうじゃな」ダンブルドアがハリーの言葉を引き取る。「なるほど」

二人の間に、また沈黙が流れる。ダンブルドアとの間でハリーが経験した中でも、一番気まずい沈黙だった。沈黙がいつまでも続くような気がする。ダンブルドアの頭の上に掛かっているアーマンド・ディペットの肖像画から聞こえる軽い寝息が、ときどき沈黙を破るだけだった。ハリーは自分が奇妙に小さくなったような気がする。この部屋に入って以来、体が少し縮んだような感覚だ。

もうそれ以上は耐えられなくなり、ハリーが口を開いた。

「ダンブルドア先生、申しわけありませんでした。もっと努力すべきでした……本当に大切なことでなければ、先生は僕に頼まなかっただろうと、気づくべきでした」

「わかってくれてありがとう、ハリー」ダンブルドアが静かに応じた。

「それでは、これ以後、きみがこの課題を最優先にすると思ってよいかな？　あの記憶を手に入れなければ、次からは授業をする意味がなくなるじゃろう」

「僕、そのようにします。あの記憶を手に入れます」ハリーが真剣に答える。

「それでは、いまは、もうこのことを話題にすまい」

ダンブルドアはより和らいだ口調になった。

「そして、前回の話の続きを進めることにしよう。どのあたりじゃったか、憶《おぼ》えておるかの？」

「はい、先生」ハリーが即座に答えた。

「ヴォルデモートが父親と祖父母を殺し、それをおじのモーフィンの仕業に見せかけました。それからホグワーツにもどり、質問を……スラグホーン先生にホークラックスについて質問をしました」最後の部分になると、ハリーは恥じ入って口ごもる。

「よろしい」ダンブルドアが言った。

「さて、憶《おぼ》えておると思うが、一連の授業の冒頭に、われわれは推測や憶測の域に入り込むことになるじゃろうと言うたの？」

「はい、先生」

「これまでは、きみも同意見じゃと思うが、ヴォルデモートが十七歳になるまでのことに関して、わしの推量の根拠となるかなり確かな事実を、きみに示してきたの？」

ハリーはうなずく。

「しかし、これからは、ハリー」ダンブルドアが言う。

「これから先、事はだんだん不確かで、不可思議になっていく。リドルの少年時代に関する証拠を集めるのも困難じゃったが、成人したヴォルデモートに関する記憶を語ってくれる者を見つけるのは、ほとんど不可能じゃった。事実、リドルがホグワーツを去ってからの生き方を完全に語れるのは、本人を除けば、一人として生存しておらぬのではないかと思う。しかし、最後に二つ残っておる記憶を、これからきみとともに見よう」

ダンブルドアは、「憂《うれ》いの篩《ふるい》」の横で、かすかに光っている二本のクリスタルの小《こ》瓶《びん》を指さす。

「見たあとで、わしの引き出した結論が、ありうることかどうか、きみの意見を聞かせてもらえればありがたい」

ダンブルドアが自分の意見をこれほど高く評価しているのだと思うと、ホークラックスの記憶を引き出す課題をやりそこねたことは、ハリーをますます深く恥じ入らせた。ダンブルドアが最初の一本を取り上げて光にかざして調べている間、ハリーは申しわけなさに座ったままずっともじもじしていた。

「他人の記憶に潜り込むことに飽きてはおらんじゃろうな。これからの二つは、興味ある記憶なのでのう」ダンブルドアが言う。

「最初のものは、ホキーという名の非常に年老いた屋敷しもべ妖精から取ったものじゃ。ホキーが目撃したものを見る前に、ヴォルデモート卿《きょう》がどのようにしてホグワーツを去ったかを手短に語らねばなるまい」

「あの者は七年生になった。成績は、きみも予想したじゃろうが、受けた試験はすべて一番じゃった。あの者の周囲では、級友たちがホグワーツ卒業後にどんな仕事に就くかを決めているところじゃった。トム・リドルに関しては、ほとんどすべての者が、輝かしいなにかを期待しておった。監督生《かんとくせい》で首席、学校に対する特別功労賞の経歴じゃからのう。スラグホーン先生を含めて何人かの先生方が、魔法省に入省するように勧め、面接を設定しようと申し出たり、有力な人脈を紹介しようとしたりしたのじゃ。あの者はそれをすべて断った。教職員が気づいたときには、あの者はボージン・アンド・バークスで働いておった」

「ボージン・アンド・バークス？」ハリーは度肝を抜かれて聞き返す。

「そう、ボージン・アンド・バークスじゃ」

ダンブルドアが静かに繰り返した。

「ホキーの記憶に入ってみれば、その場所があの者にとってどのような魅力があったのかがわかるはずじゃ。しかしながら、この仕事がヴォルデモートにとっての第一の選択肢ではなかった。そのときにそれを知っていた者はほとんどいなかった――その当時の校長が打ち明けた数少ない者の一人がわしなのじゃが――ヴォルデモートは、まずディペット校長に近づき、ホグワーツの教師として残れないかとたずねたのじゃ」

「ここに残りたい？　どうして？」ハリーはますます驚いてたずねる。

「理由はいくつかあったじゃろうが、ヴォルデモートはディペット校長になに一つ打ち明けはせなんだ」ダンブルドアが続ける。

「第一に、非常に大切なことじゃが、ヴォルデモートはどんな人間にも感じておらなかった親しみを、この学校には感じておったのじゃろうと、わしはそう考えておる。あの者が一番幸せじゃったのはホグワーツにおるときで、そこがくつろげる最初の、そして唯一の場所だったのじゃ」

それを聞いてハリーは、少し当惑する。ハリーもホグワーツに対して、まったく同じ思いを抱いていたからだ。

「第二に、この城は古代魔法の牙城じゃ。ヴォルデモートは、ここを通過していった大多数の生徒たちより、ずっと多くの秘密をつかんでいたに相違ない。しかしそれ以上に、まだ開かれていない神秘や、利用されておらぬ魔法の宝庫があると感じておったのじゃろう」

「そして第三に、教師になれば、若い魔法使いたちに大きな権力と影響力を行使できたはずじゃ。おそらく、一番親しかったスラグホーン先生から、そうした考えを得たのじゃろう。教師がどんなに影響力のある役目を果たせるかを、スラグホーン先生が示したわけじゃな。ヴォルデモートがずっと一生ホグワーツで過ごす計画だったとは、わしは微塵も考えてはおらぬ。しかし、人材を集め、自分の軍隊を組織する場所として、ここが役に立つと考えたのじゃろう」

「でも、先生、その仕事が得られなかったのですね？」

「そうじゃ。ディペット先生は、十八歳では若すぎるとヴォルデモートに告げ、数年経ってもまだ教えたいと願うなら、再度応募してはどうかと勧めたのじゃ」

「先生は、そのことをどう思われましたか？」ハリーは遠慮がちに聞いた。

「非常に懸念した」ダンブルドアが答える。

「わしは前もって、アーマンドに、採用せぬようにと進言しておった――いまきみに教えたような理由を言わずにじゃ。ディペット校長はヴォルデモートを大変気に入っておったし、あの者の誠意を信じておったからのう――しかしわしは、ヴォルデモート卿《きょう》がこの学校にもどることを、とくに権力を持つ職に就くことを欲っしなかったのじゃ」

「どの職を望んだのですか、先生？　教えたがったのは、どの学科ですか？」

ハリーはなぜか、ダンブルドアが答える前に、答えがわかっているような気がした。

「『闇の魔術に対する防衛術』じゃ。その当時は、ガラテア・メリィソートという名の老教授が教えておった。ほとんど半世紀、ホグワーツに在職した先生じゃ」

「そこで、ヴォルデモートはボージン・アンド・バークスへと去り、あの者を称賛しておった教師たちは、口を揃えて、あんな優秀な魔法使いが店員とはもったいないと言ったものじゃ。しかし、ヴォルデモートは単なる使用人にとどまりはしなかった。丁寧な物腰の上にハンサムで賢いヴォルデモートは、まもなくボージン・アンド・バークスのような店にしかない、特別な仕事をまかされるようになった。あの店は、きみも知ってのとおり、強い魔力のある珍しい品物を扱っておる。ヴォルデモートは、そうした宝物を手放して店で売るように説得する役目をまかされ、持ち主のところに送り込まれた。そして、ヴォルデモートは、聞き及ぶところによると、その仕事に稀有《けう》な才能を発揮したようじゃ」

「よくわかります」ハリーは黙っていられなくなって口を挟む。

「ふむ、そうじゃろう」ダンブルドアがほほえむ。

「さて、ホキーの話を聞くときがきた。この屋敷しもべ妖精が仕えていたのは、年老いた大金持ちの魔女で、名前をヘプジバ・スミスと言う」

ダンブルドアが杖《つえ》で瓶《びん》を軽くたたくと、コルク栓が飛んだ。ダンブルドアは渦巻く記憶を「憂《うれ》いの篩《ふるい》」に注ぎ込み終えると、「ハリー、先にお入り」と促した。

ハリーは立ち上がり、また今回も、石の水盆《すいぼん》の中でさざなみを立てている銀色の物質にかがみ込み、顔をその表面につける。暗い無の空間を転げ落ち、ハリーが着地した先は、でっぷり太った老婦人が座っている居間だった。ごてごてした赤毛の鬘《まげ》を着け、けばけばしいピンクのローブを体のまわりに波打たせて、デコレーション・ケーキが溶けかかったような姿だ。

婦人は宝石で飾られた小さな鏡を覗き込み、もともと真っ赤な頬に、巨大なパフで頬紅をはたき込んでいる。足元では、ハリーがこれまでに見た中でも最も年寄りで、一番小さなしもべ妖精の老女が、ぶくぶくした婦人の足をきつそうなサテンのスリッパに押し込み、紐《ひも》を結んでいる。

ならないとホキーの契約書には書

「ホキー、早くおし！」

ヘプジバが傲然《ごうぜん》と命じる。

「あの人は四時にくるって言ったわ。あと一、二分しかないじゃないの。あの人は一度も遅れたことがないんだから！」

婦人は化粧パフをしまい込み、しもべ妖精が立ち上がる。しもべ妖精の背丈はヘプジバの椅子の座面にも届かない、身にまとった張りのあるリネンのキッチン・タオルがトーガ風に垂れ下がっているのと同様、かさかさの紙のような皮膚も垂れ下がっている。

「あたくしの顔、どうかしら？」

ヘプジバが首を回して、鏡に映る顔をあちこちの角度から眺めながら聞く。

「おきれいですわ。マダム」ホキーがキーキー声で答える。

この質問に対しては、あからさまな嘘をつかねばならないとホキーの契約書には書いてあるのだろう。そうハリーは想像せざるをえない。なにしろヘプジバ・スミスは、ハリーの見るところ、おきれいからはほど遠い。

玄関のベルがチリンチリンと鳴り、女主人も、しもべ妖精も飛び上がる。

「早く、早く。あの方がいらしたわ、ホキー！」

ヘプジバがさけび、しもべ妖精があわてて部屋から出ていく。いろいろな物が所狭しと置かれた部屋は、だれでも最低十回くらいはなにかにつまずかないと通れそうにもない。漆《うるし》細工の小箱が詰まったキャビネット、金文字の型押し本がずらりと並んだ本箱、玉やら天体球儀やらの載った棚、真鍮《しんちゅう》の容器に入った鉢植えの花々などなど、まさに、魔法骨董店《こっとうてん》と温室を掛け合わせたような部屋だ。

しもべ妖精は、ほどなくして背の高い若者を案内してもどってきた。ハリーには、それがヴォルデモートだと苦もなくわかる。飾り気のない黒いスーツ姿で、学校時代より髪が少し長く頬はこけていたが、そうしたものすべてが似合っている。いままでよりずっとハンサムに見える。ヴォルデモートは、これまで何度も訪れたことがある雰囲気でごたごたした部屋を通り抜け、ヘプジバのぶくっとした小さな手を取り、深々とお辞儀をしてその手に軽く口づけする。

「お花をどうぞ」

ヴォルデモートはそっと言いながら、どこからともなく薔薇の花束を取り出した。

「いけない子ね、そんなことしちゃだめよ！」

ヘプジバ老婦人がかん高い声を出す。しかしハリーは、一番近いテーブルに、空の花瓶がちゃんと用意されているのに気づいている。

「トムったら、年寄りを甘やかすんだから……さ、座って、座ってちょうだい……ホキーはどこかしら……えーと……」

しもべ妖精が、小さなケーキを載せた盆を持って部屋に駆けもどり、女主人のそばにそれを置く。

「どうぞ、トム、召し上がって」

ヘプジバが勧める。

「あたくしのケーキがお好きなのはわかってますわよ。ねえ、お元気？　顔色がよくないわ。お店でこき使われているのね。あたくし、もう百回ぐらいそう言ってるのに……」

ヴォルデモートが機械的にほほえみ、ヘプジバは間の抜けた顔でにっと笑う。

「今日はどういう口実でいらっしゃったのかしら？」

ヘプジバが睫毛《まつげ》をパチパチさせながら聞く。

「店主のバークが、ゴブリンが鍛えた甲冑《かっちゅう》の買い値を上げたいと申しております」

ヴォルデモートが申し出る。

「五百ガリオンです。これは普通ならつけない、よい値だと申して――」

「あら、まあ、そうお急ぎにならないで。それじゃ、まるであたくしの小道具だけをお目当てにいらしたと思ってしまいますことよ！」ヘプジバはヴォルデモートの言葉を遮《さえぎ》る。

「そうした物のために、ここにくるように命じられております」

ヴォルデモートが静かに答える。

「マダム、わたくしは単なる使用人の身です。命じられたとおりにしなければなりません。店主のバークから、お伺いしてくるようにと命じられまして――」

「まあ、バークさんなんか、ぷふー！」

ヘプジバは小さな手を振りながら言う。

「あなたにお見せする物がありますのよ。バークさんには見せたことがない物なの！　トム、秘密を守ってくださる？　バークさんには、あたくしが持っているなんて言わないって約束してくださる？　あなたに見せたとわかったら、あの人、あたくしを一時《ひととき》も安らがせてはくれませんわ。でもあたくしは売りませんわ。バークには売らないし、だれにも売りませんの！　でも、トム、あなたには、その物の歴史的価値がおわかりになるわ。ガリオン金貨が何枚になるかの価値じゃなくってね……」

「ミス・ヘプジバが見せてくださる物でしたら、なんでも喜んで拝見します」

ヴォルデモートが静かに言った。ヘプジバは、また少女のようにくすくす笑う。

「ホキーに持ってこさせてありますのよ……ホキー、どこなの？　リドルさんにわが家の最高の秘宝をお見せしたいのよ……ついでだから、二つとも持っていらっしゃい……」

「マダム、お持ちしました」

しもべ妖精のキーキー声を頼りにハリーが見ると、二つ重ねにした革製の箱が動いている。小さなしもべ妖精が頭に載せて運んでいることはわかっているが、まるでひとりでに動いているかのように、テーブルやクッション、足載せ台の間を縫って、部屋の向こうからやってくる。

「さあ」

しもべ妖精から箱を受け取り、膝《ひざ》の上に載せて上の箱を開ける準備をしながら、ヘプジバがうれしそうに言う。

「きっと気に入ると思うわ、トム……ああ、あなたにこれを見せていることを親族が知ったら……あの人たち、喉《のど》から手が出るほどこれが欲しいんだから！」

ヘプジバがふたを開けた。ハリーはよく見ようと少し身を乗り出す。入念に細工された二つの取っ手がついた、小さな金のカップが見える。

「なんだかおわかりになるかしら、トム？　手に取ってよく見てごらんなさい！」

ヘプジバがささやくように言う。ヴォルデモートはすらりとした指を伸ばし、絹の中にすっぽりと納まっているカップを、取っ手の片方をにぎって取り出した。ハリーは、ヴォルデモートの暗い目がちらりと赤く光るのを見たような気がする。舌なめずりするようなヴォルデモートの表情は、奇妙なことに、ヘプジバの顔にも見られた。ただし、その小さな目は、ヴォルデモートのハンサムな顔に釘づけになっている。

「アナグマ」

ヴォルデモートがカップの刻印を調べながらつぶやく。

「すると、これは……？」

「ヘルガ・ハッフルパフの物よ。よくご存知のようにね。なんて賢い子！」

ヘプジバはコルセットの軋《きし》む大きな音とともに、前屈みになり、ヴォルデモートの窪んだ頬を本当につねった。

「あたくしが、ずっと離れた子孫だって言わなかった？　これは先祖代々受け継がれてきた物なの。きれいでしょう？　それに、どんなにいろいろな力が秘められているることか。でも、あたくしは完全に試してみたことがないの。ただ、こうして大事に、安全にしまっておくだけ……」

ヘプジバはヴォルデモートの長い指からカップを外し、そっと箱にもどす。丁寧に元の場所に納めるのに気を取られて、ヘプジバは、カップが取り上げられたときにヴォルデモートの顔をよぎった影に気づかない。

「さて、それじゃあ」ヘプジバがうれしそうに言う。「ホキーはどこ？　ああ、そこにいたのね──これを片付けなさい、ホキー──」

しもべ妖精は従順に箱入りのカップを受け取り、ヘプジバは膝《ひざ》に載っているもっと平たい箱に取りかかった。

「トム、あなたには、こちらがもっと気に入ると思うわ」ヘプジバがささやく。「少しかがんでね、さあ、よく見えるように……もちろん、バークは、あたくしがこれを持っていることを知っていますよ。あの人から買ったのですからね。あたくしが死んだら、きっと買いもどしたがるでしょうね……」

ヘプジバは精緻《せいち》な金銀線細工の留め金を外し、パチンと箱を開ける。滑らかな真紅のビロードの上に載っているのは、どっしりした金のロケットだ。

ヴォルデモートは、今度は促されるのも待たずに手を伸ばし、ロケットを明かりにかざしてじっと見つめた。

「スリザリンの印」ヴォルデモートが小声でつぶやく。

曲りくねった飾り文字の「S」に光が踊り、きらめかせていた。

「そのとおりよ！」ヘプジバは大喜びだ。

ヴォルデモートが、魅入られたようにじっと自分のロケットを見つめている姿が、うれしかったらしい。

「身包《みぐる》みはがされるほど高かったわ。でも、見逃すことはできなかったわね。こんなに貴重な物ですもの。どうしても、あたくしのコレクションに加えたかったのよ。バークはどうやら、みすぼらしい身なりの女から買ったらしいわ。その女は、これを盗んだらしいけれど、本当の価値をまったく知らなかったようね――」

今回はまちがいない。この言葉を聞いた瞬間、ヴォルデモートの目が真っ赤に光る。ロケットの鎖にかかった手が、血の気の失せるほどぎゅっとにぎりしめられるのを、ハリーは見た。

「――バークはその女に、きっと雀の涙ほどしか払わなかったことでしょうよ。でも、しょうがないわね……きれいでしょう？　それに、これにも、どんなに多くの力が秘められていることでしょう。でも、あたくしは、大事に、安全にしまっておくだけ……」

ヘプジバがロケットに手を伸ばして取りもどそうとする。ハリーは一瞬、ヴォルデモートが手放さないのではないかと思ったが、ロケットはその指の間を滑り、真紅のビロードのクッションへともどされた。

「そういうわけよ、トム。楽しんだでしょうね！」

ヘプジバが、トムの顔を真正面から見る。そしてハリーは、ヘプジバの間の抜けた笑顔が、このときはじめて崩れるのを見た。

「トム、大丈夫なの？」

「ええ」ヴォルデモートが静かに答える。「ええ、万全です……」

「あたくしは――でも、きっと光の悪戯《いたずら》ね――」

ヘプジバが落ち着かない様子で言う。ヘプジバもヴォルデモートの目にちらちらと走る赤い光を見たにちがいない。

「ホキー、ほら、二つとも持っていって、また鍵をかけておきなさい……いつもの呪文をかけて……」

「ハリー、帰る時間じゃ」

ダンブルドアが小声で促す。小さなしもべ妖精が箱を持ってひょこひょこ歩きはじめると同時に、ダンブルドアはふたたびハリーの腕をつかむ。二人は連れ立って無意識の中を上昇し、ダンブルドアの校長室にもどった。

「ヘプジバ・スミスは、あの短い場面の二日後に死んだ」

ダンブルドアは席にもどり、ハリーにも座るように促しながら言う。

「屋敷しもべ妖精のホキーが、誤って女主人の夜食のココアに毒を入れた廉《かど》で、魔法省から有罪判決を受けたのじゃ」

「絶対ちがう！」ハリーは憤慨する。

「われわれは同意見のようじゃな」

ダンブルドアが静かにうなずく。

「まぎれもなく、ヘプジバの死とリドル一家の死亡との間には、多くの類似点がある。どちらの場合も、だれかほかの者が責めを負うた。死にいたらしめたというはっきりした記憶を持つだれかがじゃ――」

「ホキーが自白を？」

「ホキーは女主人のココアになにか入れたことを憶《おぼ》えておった。それが砂糖ではなく、ほとんど知られていない猛毒だったとわかったのじゃ」

ダンブルドアが続ける。

「ホキーにはそのつもりがなかったが、歳を取って混乱したのだという結論になった――」

「ヴォルデモートがホキーの記憶を修正したんだ。モーフィンにしたのと同じだ！」

「いかにも。わしも同じ結論じゃ」ダンブルドアが言う。

「さらに、モーフィンのときと同じく、魔法省ははじめからホキーを疑ってかかっておった――」

「――ホキーが屋敷しもべ妖精だから」ハリーは言葉を強めた。

ハリーはこのときほどハーマイオニーが設立した「しもべ妖精福祉振興協会《ようせいふくししんこうきょうかい》」に共鳴したことはない。

「そのとおりじゃ」ダンブルドアがうなずく。

「ホキーは老いぼれていたし、飲み物に細工をしたことを認めたのじゃから、魔法省には、それ以上調べようとする者はだれもおらなんだ。モーフィンの場合と同様、わしがホキーを見つけ出してこの記憶を取り出したときには、もうホキーの命は尽きようとしておった――しかし言うまでもなく、ホキーの記憶は、ヴォルデモートが、カップとロケットの存在を知っておったということを証明するにすぎぬ」

「ホキーが有罪になったころに、ヘプジバの親族たちが、最も大切な秘蔵の品が二つなくなっていることに気づく。それを確認するまでに、しばらく時間がかかった。なにしろヘプジバは蒐集品《しゅうしゅうひん》を油断なく保管しており、隠し場所が多かったからじゃ。しかし、カップとロケットの紛失が、親族にとって疑いの余地のないものとなったときには、すでに、ボージン・アンド・バークスの店員で、ヘプジバを頻繁に訪ねては、見事に虜《とりこ》にしていた青年は、店を辞めて姿を消してしまっておった。店の上司たちは、青年がどこに行ってしまったのかさっぱりわからず、その失踪にはだれよりも驚いていた。そして、そのときを最後に、トム・リドルは長い間、だれの目にも耳にも触れることがなかったのじゃ」

「さて」ダンブルドアがさらに続ける。

「ここで、ハリー、われわれがいま見た物語に関して、いくつかきみの注意を喚起しておきたいので、一息入れてみようかのう。ヴォルデモートはまたしても殺人を犯した。リドル一家を殺して以来、はじめてだったかどうかはわからぬが、そうだったのじゃろう。今回は、きみも見たとおり、復讐のためではなく、欲しい物を手に入れるためじゃった。熱を上げたあの哀れな老女に見せられたすばらしい二つの記念品を、ヴォルデモートは欲しがった。かつて孤児院でほかの子供たちから奪ったように、おじのモーフィンの指輪を盗んだように、今度はヘプジバのカップとロケットを奪って逃げたのじゃ」

「でも――」

ハリーが顔をしかめる。

「まともじゃない……そんな物のためにあらゆる危険を冒して、仕事も投げ打つなんて……」

「きみにとっては、たぶんまともではなかろうが、ヴォルデモートにとってはちがうのじゃ」

ダンブルドアが言い聞かせる。

「こうした品々が、ヴォルデモートにとってどのような意味があったのか、ハリー、きみにも追い追いわかってくるはずじゃ。ただし、当然じゃが、あの者が、ロケットはいずれにせよ正当に自分の物だと考えたであろうことは想像に難くない」

「ロケットはそうかもしれません」ハリーが理解に苦しむというように言う。「でも、どうしてカップまで奪うのでしょう？」

「カップは、ホグワーツのもう一人の創始者に連なる物じゃ」

ダンブルドアは意味深い物言いをする。

「あの者はまだこの学校に強く惹《ひ》かれており、ホグワーツの歴史がたっぷり滲《し》み込んだ品物には抗しがたかったのじゃろう。ほかにも理由はある。おそらく……。時がきたら、きみに具体的に説明することができるじゃろう」

「さて次は、わしが所有しておる記憶としては、きみに見せる最後のものじゃ。少なくとも、スラグホーン先生の記憶をきみが首尾よく回収するまでは、じゃが。この記憶は、ホキーの記憶から十年隔たっておる。その十年の間、ヴォルデモート卿《きょう》がなにをしていたのかは、想像するしかない……」

ダンブルドアが最後の記憶を「憂《うれ》いの篩《ふるい》」にあけ、ハリーはふたたび立ち上がった。

「だれの記憶ですか？」ハリーが聞く。

「わしのじゃ」ダンブルドアが答える。

そして、ハリーは、ダンブルドアのあとからゆらゆら揺れる銀色の物質をくぐって、いま出発したばかりの同じ校長室に降り立った。フォークスが止まり木で幸福そうにまどろみ、そして机の向こう側に、なんとダンブルドアがいる。ハリーの横に立っているいまのダンブルドアとほとんど変わらないが、両手は揃って傷もなく、顔は、もしかしたらしわだけはやや少ないかもしれない。現在の校長室とのちがいは、過去のその日に雪が降っていることだ。外は暗く、青みがかった雪片が窓をよぎって舞い、外の窓枠に積もっている。

いまより少し若いダンブルドアは、なにかを待っている様子だった。予想どおり、二人がこの場面に到着して間もなく、ドアをたたく音がした。「お入り」とダンブルドアが言う。

ハリーはあっと声を上げそうになり、あわてて押し殺した。ヴォルデモートが部屋に入ってくる。二年ほど前にハリーが目撃した、石の大鍋《おおなべ》から蘇《よみがえ》ったヴォルデモートの顔ではない。それほど蛇に似てはおらず、両眼も赤くはない。仮面をかぶったような顔には、まだなっていない。しかし、あのハンサムなトム・リドルではなくなっている。火傷を負って顔立ちがはっきりしなくなったような顔で、奇妙に変形した蠟細《ろうざい》工《く》のようだ。白目はすでに赤く血走っているようだったが、瞳孔はまだ、ハリーの見たいまのヴォルデモートの瞳のように細く縦に切れ込んだ形にはなっていない。ヴォルデモートは黒い長いマントをまとい、その顔は、両肩に光る雪と同じように蒼白《あおじろ》かった。

机の向こうのダンブルドアは、まったく驚いた様子がない。訪問は前もって約束してあったにちがいない。

「こんばんは、トム」

ダンブルドアがくつろいだ様子で言う。

「掛けるがよい」

「ありがとうございます」

ヴォルデモートはダンブルドアが示した椅子に腰掛けた――椅子の形からして、現在のハリーが、たったいまそこから立ち上がったばかりの椅子だ。

「あなたが校長になったと聞きました」

ヴォルデモートの声は以前より少し高く、冷たい。

「すばらしい人選です」

「きみが賛成してくれてうれしい」ダンブルドアがほほえむ。「なにか飲み物はどうかね?」

「いただきます」ヴォルデモートが受ける。「遠くから参りましたので」

ダンブルドアは立ち上がって、現在は「憂《うれ》いの篩《ふるい》」の入れてある棚のところへ行く。そこには瓶《びん》がたくさん並んでいた。ヴォルデモートにワインの入ったゴブレットを渡し、自分にも一杯注いでから、ダンブルドアは机の向こうにもどる。

「それで、トム……どんな用件でお訪ねくださったのかな?」

ヴォルデモートはすぐには答えず、ただワインを一口飲んだ。

「わたくしはもう『トム』と呼ばれていません」ヴォルデモートが言う。「このごろわたくしの名は――」

「きみがなんと呼ばれているかは知っておる」

ダンブルドアが愛想よくほほえみながら遮《さえぎ》った。

「しかし、わしにとっては、きみはずっとトム・リドルなのじゃ。気分を害するかもしれぬが、これは年寄りの教師にありがちな癖でのう。生徒たちの若いころのことを完全に忘れることができんのじゃ」

ダンブルドアは、ヴォルデモートに乾杯するかのようにグラスを掲げる。ヴォルデモートは相変わらず無表情だ。しかし、ハリーはその部屋の空気が微妙に変わるのを感じた。ヴォルデモート自身が選んだ名前を使うのを拒んだということは、ヴォルデモートがこの会合の主導権をにぎるのを許さないということであり、ヴォルデモートもそう受け取ったであろうことはまちがいない。

「あなたがこれほど長くここにとどまっていることに、驚いています」

短い沈黙の後、ヴォルデモートが口を開く。

「あなたほどの魔法使いが、なぜ学校を去りたいと思われなかったのか、いつも不思議に思っていました」

「さよう」ダンブルドアは依然ほほえんでいる。

「わしのような魔法使いにとって一番大切なことは、昔からの技を伝え、若い才能を磨く手助けをすることなのじゃ。わしの記憶が正しければ、きみもかつて教えることに惹《ひ》かれたことがあったのう」

「いまでもそうです」ヴォルデモートが言う。「ただ、なぜあなたほどの方が、と疑問に思っただけです――魔法省からしばしば助言を求められ、魔法大臣になるようにと、たしか二度も請われたあなたが――」

「実は最終的に三度じゃ」

ダンブルドアが訂正する。

「しかしわしは、一生の仕事として、魔法省には一度も惹かれたことはない。またしても、きみとわしとの共通点じゃのう」

ヴォルデモートはほほえみもせず首を傾《かし》げて、またワインを一口飲む。いまや二人の間に張り詰めている沈黙を、ダンブルドアは自分からは破らず、楽しげに期待するかのような表情で、ヴォルデモートが口を開くのを待ち続けている。

「わたくしはもどってきました」

しばらくしてヴォルデモートが訴えはじめた。

「ディペット校長が期待していたよりも遅れたかもしれませんが……しかし、もどってきたことには変わりありません。ディペット校長がかつて、わたくしが若すぎるからとお断りになったことをふたたび要請するためにもどりました。この城にもどって教えさせていただきたいと、あなたにお願いするためにやってまいりました。ここを去って以来、わたくしが多くのことを見聞し、成し遂げたことを、あなたはご存知だと思います。わたくしは、生徒たちに、ほかの魔法使いからは得られないことを示し、教えることができるでしょう」

ダンブルドアは、手にしたゴブレットの上からしばらくヴォルデモートを観察し、やがて口を開いた。

「いかにもわしは、きみがここを去って以来、多くのことを見聞し、成し遂げてきたことを知っておる」ダンブルドアが静かに言う。

「きみの所行は、トム、風の便りできみの母校にまで届いておる。わしはその半分も信じたくない気持ちじゃ」

ヴォルデモートは相変わらず窺《うかが》い知れない表情で、こう言った。

「偉大さは妬《ねた》みを招き、妬みは恨みを、恨みは嘘を招く。ダンブルドア、このことは当然ご存知でしょう」

「自分がやってきたことを、きみは『偉大さ』と呼ぶ。そうかね？」ダンブルドアは微妙な言い方をする。

「もちろんです」

ヴォルデモートの目が赤く燃えるように見える。

「わたくしは実験した。魔法の境界線を広げてきた。おそらく、これまでになかったほどに――」

「ある種の魔法の、と言うべきじゃろう」

ダンブルドアが静かに訂正する。

「ある種の、ということじゃ。ほかのことに関して、きみは……失礼ながら……嘆かわしいまでに無知じゃ」

ヴォルデモートがはじめて笑みを浮かべた。引き攣《つ》ったような薄ら笑いは、怒りの表情よりももっと人を脅かす、邪悪な笑みだ。

「古くさい議論だ」ヴォルデモートが低い声で言う。

「しかし、ダンブルドア、わたくしが見てきた世の中では、わたくしが頼みとする魔法より愛のほうがはるかに強力だとするあなたの有名な見解を裏づけるものは、なに一つありませんでした」

「おそらくきみは、まちがったところを見てきたのであろう」ダンブルドアが言う。

「それならば、わたくしが新たに研究を始める場として、ここ、ホグワーツほど適切な場所があるでしょうか？」ヴォルデモートが訴える。

「もどることをお許し願えませんか？　わたくしの知識を、あなたの生徒たちに与えさせてくださいませんか？　わたくし自身とわたくしの才能を、あなたの手に委ねます。あなたの指揮に従います」

ダンブルドアが眉《まゆ》を吊り上げた。

「すると、きみが指揮する者たちはどうなるのかね？　自ら名乗って——という噂《うわさ》ではあるが——『死喰い人』と称する者たちはどうなるのかね？」

ヴォルデモートには、ダンブルドアがこの呼称を知っていることが予想外だったのにちがいない。ヴォルデモートの目がまた赤く光り、細く切れ込んだような鼻の穴が広がるのを、ハリーは見る。

「わたくしの友達は——」

しばらくの沈黙のあと、ヴォルデモートが言う。

「わたくしがいなくとも、きっとやっていけます」

「その者たちを、友達と考えておるのは喜ばしい」ダンブルドアが言う。

「むしろ、召使いの地位ではないかという印象を持っておったのじゃが」

「その認識は、まちがっています」ヴォルデモートが言い切る。

「さすれば、今夜ホッグズ・ヘッドを訪れても、そういう集団はおらんのじゃろうな——ノット、ロジエール、マルシベール、ドロホフ——きみの帰りを待っていたりはせぬのじゃろうな？　まさに献身的な友達じゃ。雪の夜を、きみとともにこれほどの長旅をするとは。きみが教職を得ようとする試みに成功するようにと願うためだけにのう」

一緒に旅してきた者たちのことをダンブルドアが詳しく把握しているのが、ヴォルデモートにとってはなおさらありがたくないということは、目に見えて明らかだ。しかし、ヴォルデモートは、たちまち気を取りなおす。

「相変わらずなんでもご存知ですね、ダンブルドア」

「いや、いや、あそこのバーテンと親しいだけじゃ」ダンブルドアが気楽に言う。

「さて、トム……」

ダンブルドアは空のグラスを置き、椅子に座りなおして、両手の指先を組み合わせる独特の仕草をする。

「……率直に話そうぞ。互いにわかっていることじゃが、望んでもおらぬ仕事を求めるために、腹心の部下を引き連れて、きみが今夜ここを訪れたのは、なぜなのじゃ？」

ヴォルデモートは冷ややかに、驚いた顔をした。

「わたくしが望まない仕事？　とんでもない、ダンブルドア。わたしは強く望んでいます」

「ああ、きみはホグワーツにもどりたいと思っておるのじゃ。しかし、十八歳のときもいまも、きみは教えたいなどとは思っておらぬ。トム、なにが狙いじゃ？　一度ぐらい、正直に願い出てはどうじゃ？」

ヴォルデモートが鼻先で笑う。

「あなたがわたしに仕事をくださるつもりがないなら――」

「もちろん、そのつもりはない」ダンブルドアが言い切った。

「それに、わしが受け入れるという期待をきみが持ったとは、まったく考えられぬ。にもかかわらず、きみはやってきて、頼んだ。なにか目的があるにちがいない」

ヴォルデモートが立ち上がった。ますますトム・リドルの面影が消え、顔の隅々まで怒りでふくれ上がっている。

「それが最後の言葉なのか？」

「そうじゃ」ダンブルドアも立ち上がった。

「では、互いになにも言うことはない」

「いかにも、なにもない」ダンブルドアの顔に、大きな悲しみが広がる。「きみの洋《よう》箪笥《だんす》を燃やして怖がらせたり、きみが犯した罪を償わせたりできた時代は、とうの昔になってしもうた。しかし、トム、わしはできることならそうしてやりたい……できることなら……」

一瞬、ハリーは、さけんでも意味がないのに、危ないとさけびそうになった。ヴォルデモートの手が、ポケットの杖《つえ》に向かってたしかにぴくりと動いたと思ったからだ。しかし、一瞬が過ぎ、ヴォルデモートは背を向ける。ドアが閉まり、ヴォルデモートは行ってしまった。

ハリーはダンブルドアの手がふたたび自分の腕をつかむのを感じ、次の瞬間、二人はほとんど同じ位置に立っていた。しかし窓枠に積もっていた雪はなく、ダンブルドアの右手は、死んだような黒い手にもどっている。

「なぜでしょう？」

ハリーは、ダンブルドアの顔を見上げてすぐさま聞く。

「ヴォルデモートはなぜもどってきたのですか？　先生は結局、理由がおわかりになったのですか？」

「わしなりの考えはある」ダンブルドアが答える。「しかし、わしの考えにすぎぬ」

「どんなお考えなのですか、先生？」

「きみがスラグホーン先生の記憶を回収したら、ハリー、そのときには話して聞かせよう」

ダンブルドアはきっぱりと言い切る。

「ジグソーパズルのその最後の一片を、きみが手に入れたとき、すべてが明らかになることを願っておる……わしにとっても、きみにとってもじゃ」

ハリーは、知りたくてたまらない気持ちが消えず、ダンブルドアが出口まで歩いていってハリーのためにドアを開けてくれたときも、すぐには動かなかった。

「先生、ヴォルデモートはあのときも、『闇の魔術に対する防衛術』を教えたがっていたのですか？　そのことに関してはなにも言わなかったので……」

「おお、まちがいなく『闇の魔術に対する防衛術』の職を欲っしておった」

ダンブルドアが言い放った。

「あの短い会合の後日談が、それを示しておる。よいかな、ヴォルデモート卿《きょう》がその職に就くことをわしが拒《こば》んで以来、この学校には、一年を超えてその職にとどまった教師は一人もおらぬ」

第21章　不可知の部屋

翌週、どうやったらスラグホーンを説得して本当の記憶を手に入れられるか、ハリーは考え抜いた。しかしなんの閃《ひらめ》きもなく、最近途方に暮れたときにいつもやっている習慣を繰り返してばかりいた。習慣とは、魔法薬の教科書を隅々まで調べること。これまでたびたび助けてもらったこともあり、プリンスがまたなにか役に立つことを余白に書き込んでいるかもしれないと、ついつい期待してしまう。

「そこからはなにも出てこないわよ」

日曜の夜も更けたころ、ハーマイオニーがきっぱりと言い切る。

「文句を言うなよ、ハーマイオニー」ハリーが言い返す。「プリンスがいなかったら、ロンはこんなふうに座っていられなかっただろう」

「いられたわよ。あなたが一年生のときにスネイプの授業をよく聞いてさえいたらね」

ハーマイオニーが簡単に却下する。

ハリーは知らんぷりを決め込む。「敵に対して」という言葉に興味をそそられて、その上の余白になぐり書きしてある呪文（セクタムセンプラ！）が目に入ったところだ。ハリーは使ってみたくてうずうずしたが、もちろんハーマイオニーの前ではやめたほうがいい。その代わり、そっとそのページの端を折り曲げる。

三人は談話室の暖炉脇に座っていた。ほかにまだ残っているのは、同学年の六年生たちだけだ。夕食からもどると、掲示板に「姿現わし」試験の日付けが貼り出されており、六年生たちはちょっとした興奮状態にある。四月二十一日が試験の最初の日で、その日までに十七歳になる生徒は追加練習の申し込みができる。練習は（厳しい監視の下で）ホグズミードで行われる、と記されていた。

ロンは掲示を見てパニック状態になる。まだ「姿現わし」をマスターしていなかったので、テストまでに間に合わないのではないかと不安なのだ。ハーマイオニーは、すでに二度「姿現わし」に成功しているから、少しは自信があるようだった。ハリーはと言えば、あと四か月経たないと十七歳にならない。だから、準備ができていようといなかろうと、テストを受けることはできない。

「だけど、君は少なくとも『姿現わし』できるじゃないか！」

ロンは切羽詰まった声で言う。

「君、七月にはなんの問題もないよ」

「一回できただけだ」

ハリーが訂正する。前回の練習でやっと姿をくらまし、輪っかの中に再出現できた。

「姿現わし」が心配だと、さんざんしゃべって時間をむだにしたロンは、今度は途方もなく難しいスネイプの宿題と格闘している。ハリーもハーマイオニーもそのレポートはもう仕上げていた。吸魂鬼と取り組む最善の方法に関して、ハリーはスネイプと意見が合わなかったので、どうせ低い点しかもらえないと十分予想できる。しかし、そんなことはどうでもいい。むしろスラグホーンの記憶が、いまのハリーには最重要課題だ。

「言っておきますけど、ハリー、このことに関しては、ばかばかしいプリンスは助けてくれないわよ！」

ハーマイオニーは一段と声高になる。

「むりやりこちらの思いどおりにさせる方法は、一つしかないわ。『服従《ふくじゅう》の呪文』だけど、それは違法だし――」

「ああ、わかってるよ。ありがと」

ハリーは本から目を離さずに答える。

「だから、別の方法を探してるんじゃないか。ダンブルドアは、『真実薬』も役に立たないって言ったんだ。でも、なにかほかの薬とか、呪文とか……」

「あなた、やり方をまちがえてるわ」ハーマイオニーがなおも言い募る。

「あなただけが記憶を手に入れられるって、ダンブルドアがそう言ったのよ。ほかの人ができなくとも、あなたならスラグホーンを説得できるという意味にちがいないわ。スラグホーンにこっそり薬を飲ませるなんていう問題じゃない。それならだれだってできるもの――」

「『こうせん的』って、どう書くの？」

ロンが羊皮紙《ようひし》を睨《にら》んで、羽根ペンを強く振りながら聞く。

「向かう戦じゃないみたいだし」

「ちがうわね」

ハーマイオニーがロンの宿題を引き寄せながら言う。

「それに『卜占《ぼくせん》』は『木占』じゃないわよ。いったいどんな羽根ペンを使っているの？」

「フレッドとジョージの『綴《つづ》り修正付き』のやつさ……だけど、呪文が切れかかってるみたいだ……」

「ええ、きっとそうよ」

ハーマイオニーが、ロンのレポートの題を指さしながら指摘する。

「だって、宿題は『吸魂鬼』について書くことで、『球根木《きゅうこんき》』じゃないもの。それに、あなたが名前を『ローニル・ワズリブ』に変えたなんて、記憶にないけど」

「ええっ！」ロンは真っ青になって羊皮紙《ようひし》を見つめる。「まさか、もう一回全部書きなおしかよ！」

「大丈夫よ。なおせるわ」ハーマイオニーが宿題を手元に引き寄せて、杖《つえ》を取り出した。

「愛してるよ、ハーマイオニー」

ロンは疲れたように目をこすりながら、椅子にどさりと座り込む。

ハーマイオニーはほんのり頬を染めたが、「そんなこと、ラベンダーに聞かれないほうがいいわよ」と言っただけだった。

「聞かせないよ」

ロンが、自分の両手に向かってつぶやく。

「それとも、聞かせようかな……そしたらあいつが捨ててくれるかも……」

「おしまいにしたいんだったら、君が振ればいいじゃないか？」ハリーが言う。

「君はだれかを振ったことなんかないんだろう？」ロンが返す。「君とチョウはただ

――」

「なんとなく別れた、うん」ハリーが受ける。

「あぁーあ、僕とラベンダーも、そうなってくれればいいのに」

ロンが、ハーマイオニーを見ながら憂鬱《ゆううつ》そうに吐《は》き出す。ハーマイオニーは黙々と、杖の先で綴《つづ》りのまちがいを一つずつ軽くたたき、羊皮紙上で自動修正させていた。

「だけど、おしまいにしたいってほのめかせばほのめかすほど、あいつはしがみついてくるんだ。巨大イカと付き合ってるみたいだよ」

「できたわ」二十分ぐらいしてから、ハーマイオニーが宿題をロンに返す。

「感謝感激」ロンが言う。

「結論を書くから、君の羽根ペン貸してくれる？」

ハリーは、プリンスの書き込みになにも役に立つものが見つからず、あたりを見回す。談話室に残っているのは、もう三人だけになっている。シェーマスが、スネイプと宿題を呪いながら寝室に上がっていったばかりだ。暖炉の火が爆《は》ぜる音と、ロンがハーマイオニーの羽根ペンを使って「吸魂鬼」の最後の一節を書くカリカリという音しか聞こえない。ハリーがプリンスの教科書を閉じ、あくびをしたそのとき――。

バチン
ハーマイオニーが小さな悲鳴を上げ、ロンはレポート一杯にインクをこぼした。

「クリーチャー！」ハリーが声を張り上げた。

屋敷しもべ妖精は深々とお辞儀をして、節くれだった自分の足の親指に向かって話しかける。

「ご主人様は、マルフォイ坊ちゃんがなにをしているか、定期的な報告をお望みでしたから、クリーチャーはこうして――」

バチン
ドビーがクリーチャーの横に現れた。帽子代わりのティーポット・カバーが、横にずれている。

「ドビーも手伝っておりました、ハリー・ポッター！」

ドビーはクリーチャーを恨みがましい目で見ながら、キーキー声で訴える。

「そしてクリーチャーはドビーに、いつハリー・ポッターに会いにいくかを教えるべきでした。二人で一緒に報告するためです！」

「何事なの？」

突然の出現に、ハーマイオニーはまだ衝撃から立ちなおれない。

「ハリー、いったいなにが起こっているの？」

ハリーはどう答えようかと迷う。ハーマイオニーには、クリーチャーとドビーにマルフォイを尾行させたことを話していない。屋敷しもべ妖精のことになると、ハーマイオニーはいつも非常に敏感になるからだ。

「その……二人は僕のためにマルフォイを追《つ》けていたんだ」ハリーが説明する。

「昼も夜もです」クリーチャーがしわがれ声で言う。

「ドビーは一週間、寝ていません、ハリー・ポッター！」

ドビーはふらふらっとしながらも、誇らしげだ。

ハーマイオニーが憤慨した顔になる。

「ドビー、寝てないですって？　でも、ハリー、あなた、まさか眠るななんて――」

「もちろん、そんなこと言ってないよ」ハリーがあわてて言った。「ドビー、寝ていいんだ、わかった？　でも、どっちかがなにか見つけたのかい？」

ハーマイオニーがまた邪魔をしないうちにと、ハリーは急いでたずねる。

「マルフォイ様は純血にふさわしい高貴な動きをいたします」

クリーチャーが即座に答える。

「その顔貌《がんぼう》はわたしの女主人様の美しい顔立ちを思い起こさせ、その立ち居振る舞いはまるで――」

「ドラコ・マルフォイは悪い子です！」ドビーが怒ってキーキーわめく。「悪い子で、そして――そして――」

ドビーは、ティーポット・カバーのてっぺんの房飾《ふさかざ》りから靴下の爪先までぶるぶる震わせながら、暖炉めがけて飛び込みそうな勢いで駆け出した。ハリーはあらかじめこういうこともありうると予想していたので、腰のあたりをすばやくつかまえてドビーを押さえる。ドビーは数秒間もがいていたが、やがてあがきをやめた。

「ありがとうございます。ハリー・ポッター」ドビーが息を切らしながら言う。

「ドビーはまだ、昔のご主人のことを悪く言えないのです……」

ハリーがドビーを放すと、ドビーはティーポット・カバーをかぶりなおし、クリーチャーに向かって挑むように言い放つ。

「でも、クリーチャーは、ドラコ・マルフォイが、しもべ妖精にとってよいご主人ではないと知るべきです！」

「そうだ。君がマルフォイを愛しているなんて聞く必要はない」

ハリーがクリーチャーに向かって言う。

「早回しにして、マルフォイが実際どこに出かけているのかを聞こう」

クリーチャーは憤慨した顔で、また深々とお辞儀をしてから答える。

「マルフォイ様は大広間で食事をなさり、地下室にある寮で眠られ、授業はさまざまなところ――」

「ドビー、君が話してくれ」ハリーはクリーチャーを遮《さえぎ》った。「マルフォイは、どこか、行くべきではないところに行かなかったか？」

「ハリー・ポッター様」

ドビーは、テニスボールのような大きい眼を暖炉の灯《あか》りにきらめかせながら、キーキー言う。

「マルフォイは、ドビーが見つけられる範囲では、なんの規則も破っておりません。でも、やっぱり、探られないようにとても気を使っています。いろいろな生徒と一緒に、しょっちゅう八階に行きます。その生徒たちに見張らせて、自分は――」

『必要の部屋』だ！」

ハリーは『上級魔法薬』の教科書で自分の額《ひたい》をバンとたたいた。ハーマイオニーとロンが、目を丸くしてハリーを見る。

「そこに姿をくらましていたんだ！　そこでやっているんだ……なにかを！　きっとそれで、地図から消えてしまったんだ――そう言えば、地図で『必要の部屋』を見たことがない！」

「忍びの者たちは、そんな部屋があることを知らなかったのかもな」ロンが言う。

「それが『必要の部屋』の魔法の一つなんだと思うわ」ハーマイオニーが受ける。

「地図上に表示されないようにする必要があれば、部屋がそうするのよ」

「ドビー、うまく部屋に入って、マルフォイがなにをしているか覗けたかい？」

ハリーが急《せ》き込んで聞く。

「いいえ、ハリー・ポッター。それは不可能です」ドビーが答える。

「そんなことはない」

ハリーが即座に反論する。

「マルフォイは、先学期、僕たちの本部に入ってきた。だから僕も入り込んで、あいつのことを探れる。大丈夫だ」

「だけど、ハリー、それはできないと思うわ」

ハーマイオニーが考えながらドビーを支持する。

「マルフォイは、私たちがあの部屋をどう使っていたかをちゃんと知っていた。そうでしょう？　だって、あのおばかなマリエッタがべらべらしゃべったんだから。マルフォイには、あの部屋が『DA』の本部になる必要があったから、部屋はその必要に応《こた》えたのよ。でも、あなたは、マルフォイが部屋に入っているときに、あの部屋がなんの部屋になっているのかを知らない。だからあなたは、どういう部屋になれとも願うことができないわ」

「なんとかなるさ」ハリーが事もなげに言う。「ドビー、君はすばらしい仕事をしてくれたよ」

「クリーチャーもよくやったわ」

ハーマイオニーが優しく声をかけるが、クリーチャーは感謝の表情を見せるどころか、大きな血走った眼を逸《そ》らせ、しわがれ声で天井に話しかけた。クリーチャーは聞こえないふりをする。

『穢《けが》れた血』がクリーチャーに話しかけている。クリーチャーは聞こえないふりをする——」

「やめろ」ハリーが鋭く言い放つ。

クリーチャーは最後にまた深々とお辞儀をして、「姿くらまし」した。

「ドビー、君も帰って少し寝たほうがいいよ」

「ありがとうございます。ハリー・ポッター様！」

ドビーはうれしそうにキーキー言い、こちらも姿を消す。

「上出来だろ？」

談話室がまた元どおり、しもべ妖精なしの状態になったとたん、ハリーはロンとハーマイオニーに熱を込めて話し出す。

「マルフォイがどこに出かけているのか、わかったんだ！　とうとう追い詰めたぞ！」

「ああ、すごいよ」

宿題に染み込んだ大量のインクを拭《ぬぐ》い取りながら、ロンが不機嫌に返す。ついさっきまでは、ほとんど完成していたレポートだ。ハーマイオニーがロンの宿題を引き寄せて、杖《つえ》でインクを吸い込みはじめる。

「だけど、『いろいろな生徒』と一緒にそこに行くって、どういうことかしら？」ハーマイオニーが言う。「何人、かかわっているの？　マルフォイが大勢の人間を信用して、自分のやっていることを知らせるとは思えないけど……」

「うん、それは変だ」ハリーが顔をしかめる。「マルフォイが、自分のやっていることはおまえの知ったこっちゃないって、クラッブに言ってるのを聞いた……それなら、マルフォイはほかの見張りの連中に……連中に……」

ハリーの声が次第に小さくなり、じっと暖炉の火を見つめた。

「そうか、なんてばかだったんだろう」ハリーがつぶやく。「はっきりしてるじゃないか？　地下室には、あれの大きな貯蔵桶《おけ》がある……マルフォイは授業中にいつでも少しくすねることができたはずだ……」

「くすねるって、なにを？」ロンがたずねる。

「ポリジュース薬。スラグホーンが最初の授業で見せてくれたポリジュース薬を、少し盗んだんだ……マルフォイの見張りをする生徒がそんなにいろいろいるわけがない……いつものように、クラッブとゴイルだけなんだ……うん、これで辻褄《つじつま》が合う！」

ハリーは勢いよく立ち上がり、暖炉の前を往《い》ったり来たりしはじめた。

「あいつらばかだから、マルフォイがなにをしようとしているかを教えてくれなくとも、やれと言われたことをやる……でもマルフォイは、『必要の部屋』の外を二人がうろついているところを見られたくない。だからポリジュース薬を飲ませて、ほかの人間の姿を取らせたんだ……マルフォイがクィディッチにこなかったとき、マルフォイと一緒にいた二人の女の子――そうだ！　クラッブとゴイルだ！」

「ということは――」ハーマイオニーがささやき声で言う。「私が秤《はかり》をなおしてあげた、あの小さな女の子――？」

「ああ、もちろんだ！」

ハリーは、ハーマイオニーを見つめて大声で言う。

「もちろんさ！　マルフォイがあのとき、『部屋』の中にいたにちがいない。それで女の子は――なにを寝呆《ねぼ》けたことを言ってるんだか――男の子は、秤を落として、外に人がいるから出てくるなって、マルフォイに知らせたんだ！　それに、ヒキガエルの卵を落としたあの女の子もだ！　マルフォイのすぐそばを、しょっちゅう通り過ぎていながら、僕たち、気がつかなかったんだ！」

「マルフォイのやつ、クラッブとゴイルを女の子に変身させたってわけか？」

ロンがゲラゲラ笑い出した。

「おっどろきー……あいつらがこのごろふて腐れているわけだ……あいつら、マルフォイにやーめたって言わないのが不思議だよ……」

「そりゃあ、できっこないさ。うん。マルフォイが、あいつらに腕の『闇の印』を見せたなら」ハリーが答える。

「んんん……『闇の印』があるかどうかはわからないわ」

ハーマイオニーは、疑わしいという言い方をしながら、ロンの羊皮紙《ようひし》を乾かし終わり、それ以上被害を被らないうちにと丸めてロンに渡した。

「そのうちわかるさ」ハリーが、自信ありげに言い切る。

「ええ、そのうちね」

ハーマイオニーは立ち上がって伸びをしながら言い添える。

「でもね、ハリー、あんまり興奮しないうちに言っておくけど、『必要の部屋』の中になにがあるかをまず知らないと、部屋には入れないと思うわ。それに、忘れちゃだめよ――」

ハーマイオニーは鞄を持ち上げ肩にかけながら、真剣なまなざしでハリーを見る。

「あなたは、スラグホーンの記憶を取り出すことに集中しているはずなんですからね。おやすみなさい」

ハリーは、ちょっと不機嫌になって、ハーマイオニーを見送った。女子寮のドアが閉まったとたん、ハリーはロンに振り向く。

「どう思う？」

「屋敷しもべ妖精みたいに『姿くらまし』できたらなあ――」

ロンは、ドビーが消えたあたりを見つめてため息をつく。

「今回の『姿現わし』試験はいただきなんだけど」

ハリーはその晩よく眠れなかった。目が冴《さ》えたまま何時間も過ぎたような気がする。マルフォイは、「必要の部屋」をどんな用途に使っているのだろう。明日そこに入ったら、なにを目にするだろう？　ハーマイオニーがなんと言おうと、マルフォイがDAの本部を見ることができたのなら、ハリーにも部屋の中が見られるはずだ。マルフォイの……いったいなんだろう？　会合の場？　隠れ家？　納戸？　作業場？　ハリーは必死で考えた。やっと眠りに入ってからも、途切れ途切れの夢で眠りが妨げられる。マルフォイがスラグホーンになり、スラグホーンがスネイプに変わり……。

次の朝、朝食の間中、ハリーは大きな期待で胸を高鳴らせていた。「闇の魔術に対する防衛術」の授業の前に自由時間がある。その時間を使い、なんとか「必要の部屋」に入ろうと決めている。ハーマイオニーは、ハリーが「部屋」に侵入する計画を小声でささやいても、ことさらに無関心の態度を示す。ハーマイオニーさえその気になってくれれば、まちがいなくハリーの助けとなるのに。そう考えるとハリーは腹が立った。

「いいかい」

ハーマイオニーが郵便ふくろうが配達したばかりの「日刊予言者新聞《にっかんよげんしゃしんぶん》」の陰に隠れてしまうのを身を乗り出して防ぎながら、ハリーは小声で言い募った。

「僕はスラグホーンのことを忘れちゃいない。だけど、どうやったら記憶を引き出せるか、まったく見当がつかないんだ。頭になにか閃《ひらめ》くまで、マルフォイのやってることを探し出そうとしたっていいじゃないか?」

「もう言ったはずよ。あなたはスラグホーンを説得する必要があるの」

ハーマイオニーも負けていない。

「小細工するとか、呪文をかけるとかの問題じゃないわ。そんなことだったら、ダンブルドアがあっという間にできたはずですもの。『必要の部屋』の前でちょっかいを出している暇があったら——」

ハーマイオニーは、ハリーの手から「日刊予言者」をぐいと引っぱり、広げて一面に目をやりながら言い切った。

「スラグホーンを探し出して、あの人の善良なところに訴えてみることね」

「だれか知ってる人は——?」

ハーマイオニーが見出しを読み出したところで、ロンが聞く。

「いるわ！」ハーマイオニーの声に、朝食を食べていたハリーもロンも咽《む》せた。

「でも大丈夫。死んじゃいないわ――マンダンガス。捕まってアズカバンに送られたわ。『亡者《もうじゃ》』のふりをして押し込み強盗しようとしたことに関係しているらしいわね……オクタビウス・ペッパーとかいう人が姿を消したし……まあ、なんてひどい話。九歳の男の子が、祖父母を殺そうとして捕まったわ。『服従《ふくじゅう》の呪文』をかけられていたんじゃないかって……」

三人は黙り込んで朝食を終える。ハーマイオニーはすぐに「古代ルーン文字」の授業に向かい、ロンは、スネイプの「吸魂鬼」のレポートの結論を仕上げに談話室にもどった。ハリーは八階の廊下に向かい、「バカのバーナバス」がトロールにバレエを教えているタペストリーの反対側にある、長い石壁をめざした。

人影のない通路に出るとすぐ、ハリーは「透明マント」をかぶったが、そんなことをする必要もなかった。目的地にはだれもいない。「部屋」に入るのには、中にマルフォイがいるときがいいのかいないときのほうがいいのか、ハリーには判断がつかなかった。いずれにせよ初回の試みには、十一歳の女の子に化けたクラッブやゴイルはいないほうが、事は簡単に運ぶだろう。

ハリーは目を閉じて、「必要の部屋」の扉が隠されている壁に近づく。先学年に習熟していたので、やり方はわかっている。全神経を集中して、ハリーは考えた。

「僕はマルフォイがここでなにをしているか見る必要がある……僕はマルフォイがここでなにをしているか見る必要がある……僕はマルフォイがここでなにをしているか見る必要がある……」

ハリーは扉の前を、三度通り過ぎる。そして、興奮に胸を高鳴らせながら壁に向かって立ち、目を開ける——見えるものは、相変わらずなんの変哲もない、長い石壁だった。

ハリーは壁に近づき、ためしに押してみる。石壁は固く頑固に突っ張ったままだ。

「オッケー」ハリーは声に出して言う。「わかったよ。そうか……念じることがちがってたんだな……」

ハリーはしばらく考えてから、また開始した。目をつむり、できるだけ神経を集中する。

「僕はマルフォイが何度もこっそりやってくる場所を見る必要がある……僕はマルフォイが何度もこっそりやってくる場所を見る必要がある……」

三回通り過ぎて、今度こそと目を開ける。

扉はなかった。

「おい、いいかげんにしろ」ハリーは壁に向かっていらだたしげに言葉を投げつける。

「はっきり指示したのに……ようし……」ハリーは数分間必死に考えてから、また歩き出す。

「君がドラコ・マルフォイのためになる場所になって欲しい……」

今回は往復をやり終えても、すぐには目を開かなかった。扉がポンと現れる音が聞こえはしないかと耳を澄ます。しかし、なにも聞こえない。どこか遠くで、鳥の鳴き声が聞こえるばかりだ。ハリーは目を開ける。

またしても扉はない。

ハリーは、悪態をつく。するとだれかが悲鳴を上げた。振り返ると、一年生の群れが、大騒ぎで角を曲がって逃げていく。ひどく口汚いゴーストに出くわしてしまったと思い込んだらしい。

ハリーは一時間のうちに考えられるかぎり、「僕はドラコ・マルフォイが部屋の中でやっていることを見る必要がある」の言い方を変えてやってみたが、最後には、ハーマイオニーの言うことが正しいかもしれないと、しぶしぶ認めざるをえなかった。「部屋」は頑としてハリーのために開いてはくれない。ハリーは「透明マント」を脱いで鞄にしまい、挫折感でいらつきながら、「闇の魔術に対する防衛術」の授業に向かった。

「また遅刻だぞ、ポッター」

ハリーが、蠟燭《ろうそく》の灯《あか》りに照らされた教室に急いで入っていくと、スネイプが冷たく言い放った。

「グリフィンドール、一〇点減点」

ハリーはロンの隣の席にどさりと座りながら、スネイプを睨《にら》みつける。クラスの半分はまだ立ったままで、学用品を揃えている。ハリーがみなよりとくに遅れたとは言えないはずだ。

「授業を始める前に、『吸魂鬼』のレポートを出したまえ」

スネイプがぞんざいに杖《つえ》を振ると、二十五本の羊皮紙《ようひし》の巻紙が宙に舞い上がり、スネイプの机の上に整然と積み上がる。

「『服従《ふくじゅう》の呪文』への抵抗に関するレポートのくだらなさに我輩《わがはい》は耐え忍ばねばならなかったが、今回のレポートはそれより少しはましなものであることを、諸君のために望みたいものだ。さて、教科書を開いて、ページは――ミスター・フィネガン、なんだ？」

「先生」シェーマスが立ち上がる。「質問があるのですが、『亡者《もうじゃ》』と『ゴースト』はどうやって見分けられますか？　実は『日刊予言者《にっかんよげんしゃ》』に、『亡者』のことが出ていたものですから――」

「出ていない」スネイプがうんざりした声で言う。

「でも、先生、僕、聞きました。みんなが話しているのを――」

「ミスター・フィネガン、問題の記事を自分で読めば、『亡者』と呼ばれたものが、実はマンダンガス・フレッチャーという名の、小汚いこそ泥にすぎないことがわかるはずだ」

「スネイプとマンダンガスは味方同士じゃなかったのか?」

ハリーは、ロンとハーマイオニーに小声で不平を言う。

「マンダンガスが逮捕されても平気なのか――?」

「しかし、ポッターはこの件について、ひとくさり言うことがありそうだ」

スネイプは突然教室の後ろを指さし、暗い目ではたとハリーを見据《みす》える。

「ポッターに聞いてみることにしよう。『亡者』と『ゴースト』をどのようにして見分けるか」

教室中がハリーを振り返る。ハリーは、スラグホーンを訪れた夜にダンブルドアが教えてくれたことを、あわてて思い出そうとした。

「えーと――あの――ゴーストは透明で――」ハリーが答えはじめる。

「ほう、大変よろしい」

答えを遮《さえぎ》ったスネイプの口元がめくれ上がっている。

「なるほど、ポッター、ほぼ六年に及ぶ魔法教育はむだではなかったということがよくわかる。ゴーストは透明で」

パンジー・パーキンソンが、かん高いくすくす笑いを漏《も》らした。ほかにも何人かがにやにや笑っている。ハリーは腸《はらわた》が煮えくり返っていたが、深く息を吸って、静かに続けた。

「ええ、ゴーストは透明です。でも『亡者《もうじゃ》』は死体です。そうでしょう？　ですから、実体があり――」

「五歳の子供でもその程度は教えてくれるだろう」スネイプが鼻先で笑う。「『亡者』は、闇の魔法使いの呪文により動きを取りもどした屍《しかばね》だ。生きてはいない。その魔法使いの命ずる仕事をするため、傀儡《かいらい》のごとくに使われるだけだ。ゴーストは、そろそろ諸君も気づいたと思うが、この世を離れた魂が地上に残した痕跡《こんせき》だ……それに、もちろん、ポッターが賢くも教えてくれたように、透明だ」

「でも、ハリーが言ったことは、どっちなのかを見分けるのには、一番役に立つんじゃないですか！」

ロンが援軍に立ってくれた。

「暗い路地でそいつらと出くわしたら、固いかどうかちょっと見てみるんじゃないですか？　質問なんかしないと思うけど。『すみませんが、あなたは魂の痕跡ですか？』なんてさ」

笑いがさざなみのように広がったが、スネイプが生徒をひと睨《にら》みするとたちまち消え去った。

「グリフィンドール、もう一〇点減点。ロナルド・ウィーズリー、我輩《わがはい》は君に、それ以上高度なものはなにも期待しておらぬ。教室内で一寸たりとも『姿現わし』できない固さだ」

「だめ！」

憤慨して口を開きかけたハリーの腕をつかみ、ハーマイオニーが小声で制する。

「なんにもならないわ。また罰則《ばっそく》を受けるだけよ。ほっときなさい！」

「さて、教科書の二一三ページを開くのだ」

スネイプが、得意げな薄ら笑いを浮かべながら指示する。

「『磔《はりつけ》の呪文』の最初の二つの段落を読みたまえ……」

ロンは、そのあとずっと沈んでいた。終業ベルが鳴ると、ラベンダーがロンとハリーを追いかけてきて（ラベンダーが近づくと、ハーマイオニーの姿が不思議にも溶けるように見えなくなった）、スネイプがロンの「姿現わし」を嘲《あざけ》ったことを、かんかんになって罵《ののし》った。しかし、ロンはかえっていらだった様子を見せ、ハリーと二人でわざと男子トイレに立ち寄ってラベンダーを振り切ってしまった。

「だけど、スネイプの言うとおりだ。そうだろう？」

ひびの入った鏡を一、二分見つめたあと、ロンが言う。

「僕なんて、試験を受ける価値があるかどうかわかんないよ。『姿現わし』のコツがどうしてもつかめないんだ」

「取りあえず、ホグズミードでの追加訓練を受けて、どこまでやれるようになるか見てみたらどうだ」

ハリーが理性的に助言する。

「ばかばかしい輪っかに入る練習よりおもしろいことは確かだ。それでも、もしもまだ――つまり――自分の思うようにはできなかったら、試験を延ばせばいい。僕と一緒に、夏に――マートル、ここは男子トイレだぞ！」

少女のゴーストが、二人の背後の小部屋の便器から出てきて宙に浮き、白く曇った分厚い丸いメガネの奥から、じっと二人を見つめている。

「あら」マートルが不機嫌に言う。「あんたたちだったの」

「だれを待ってたんだ？」ロンが、鏡に映るマートルを見ながら聞く。

「べつに」マートルは、物憂げに顎《あご》のニキビをつぶした。「あの人、またわたしに会いにここにくるって言ったの。でも、あなただって、またわたしに会いに立ち寄るって言ったけどね……」

マートルはハリーを非難がましい目で見た。

「……それなのに、あなたは何か月も何か月も姿を見せなかったわ。男の子にはあまり期待しちゃだめだって、わたし、わかったの」

「君は女子トイレに住んでいるものと思ってたけど？」

ハリーはここ数年、その場所を慎重に遠ざけている。

「そうよ」

マートルは、すねたように小さく肩をすくめる。

「だけど、ほかの場所を訪問できないってわけじゃないわ。あなたに会いに、一度お風呂場に行ったこと、憶《おぼ》えてる？」

「はっきりとね」ハリーがため息をつく。

「だけど、あの人はわたしのことが好きだと思ったんだけど……」

マートルが悲しげに言った。

「二人がいなくなったら、もしかしてあの人がもどってくるかもしれない……わたしたちって、共通点がたくさんあるもの……あの人もきっとそれを感じていると思うわ……」

マートルは、もしかしたら、という目つきで入口を見る。

「共通点が多いっていうことは――」

ロンが、おもしろくなってきたという口ぶりで言う。

「そいつもS字パイプに住んでるのかい？」

「ちがうわ」

マートルの挑戦的な声が、トイレの古いタイルに反響した。

「つまり、その人は繊細なの。みんながあの人のことをいじめる。孤独で、だれも話す相手がいないのよ。それに自分の感情を表すことを恐れないで、泣くの！」

「ここで泣いてる男がいるのか？」ハリーが興味津々になって聞く。「まだ小さい男の子かい？」

「気にしないで！」

マートルは、いまやにたにた笑っているロンを、小さな濡れた目で見据《みす》えながら返した。

「だれにも言わないって、わたし、約束したんだから。あの人の秘密は言わない。死んでも――」

「――墓場まで持っていく、じゃないよな？」ロンがフンと鼻を鳴らす。「下水まで持っていく、かもな……」

怒ったマートルは、吠《ほ》えるようにさけんで便器に飛び込み、あふれた水が床を濡らす。マートルをからかうことで、ロンは気を取りなおしたようだ。

「君の言うとおりだ」

ロンは、鞄を肩に放り上げながら宣言した。

「ホグズミードで追加練習をしてから、試験を受けるかどうか決めるよ」

そして試験まであと二週間と迫った次の週末、ロンは、試験までに十七歳になるハーマイオニーやほかの六年生たちと一緒に出かけていった。村に出かける準備をしているみなを、ハリーは妬《ねた》ましい思いで眺めていた。村までの遠足ができなくなったことが寂しかった。その日はとくによく晴れた春の日で、しかもこんな快晴はここしばらくなかったからだ。しかしハリーは、この時間を使って「必要の部屋」への突撃に再挑戦しようと決めている。

「それよりもね」

玄関ホールでハリーがロンとハーマイオニーにその計画を打ち明けると、ハーマイオニーが釘を刺した。

「まっすぐスラグホーンの部屋に行って、記憶を引き出す努力をするほうがいいわ」

「努力してるよ！」

ハリーは不機嫌になる。まちがいなく努力はしている。ここ一週間、魔法薬の授業のたびに、ハリーはあとに残ってスラグホーンを追い詰めようとした。しかし魔法薬の先生は、いつもすばやく地下牢教室からいなくなり、捕まえることができない。ハリーは、二度も先生の部屋に行ってドアをたたくが、返事はなかった。しかし二度目のときは、たしかに、古い蓄音機《ちくおんき》の音をあわてて消す気配を感じた。

「ハーマイオニー、あの人は、僕と話したがらないんだよ！　スラグホーンがひとりのときを僕が狙っていると知ってて、そうさせまいとしてるんだ！」

「まあね、でも、がんばり続けるしかないでしょう？」

管理人のフィルチの前には短い列ができていて、フィルチはいつもの「詮索《せんさく》センサー」で突ついている。列が二、三歩前に進んだので、ハリーは管理人に聞かれてはまずいと思い、答えなかった。ロンとハーマイオニーをがんばれと見送ったあと、ハーマイオニーがなんと言おうと、一、二時間は「必要の部屋」に専念しようと決意して、ハリーは大理石の階段を上った。

玄関ホールから見えない場所までできたところで、ハリーは「忍びの地図」と「透明マント」を鞄から取り出す。身を隠してから、ハリーは地図をたたき「われ、ここに誓う。われ、よからぬことを企む者なり」と唱えて地図を細かく見回した。

日曜の朝だったので、ほとんどの生徒は各寮の談話室にいる。グリフィンドール生とレイブンクロー生はそれぞれの塔に、スリザリン生は地下牢で、ハッフルパフ生は厨房《ちゅうぼう》近くの地下の部屋だ。図書室や廊下を一人でぶらぶら歩いている生徒が、あちらこちらに見える……何人かは校庭だ……そして、見よ、八階の廊下に、グレゴリー・

ゴイルがたったひとりでいる。「必要の部屋」の印はなにもないが、ハリーは気にならない。ゴイルが外で看視《かんし》に立っているなら、地図が認識しようとしまいと「部屋」は開いている。

ハリーは階段を全速力で駆け上がり、八階の廊下に出る曲り角近くでやっと速度を落とした。そこからはゆっくりと忍び足で、小さな女の子に近づく。二週間前、ハーマイオニーが親切に助けてやった、重そうな真鍮《しんちゅう》の秤《はかり》をしっかり抱えたあの少女だ。ハリーは少女の真後ろに近づき、低く身をかがめてささやき声をかける。

「やあ……君、とってもかわいいじゃないか？」

度肝を抜かれたゴイルはかん高いさけび声を上げ、秤を放り投げて駆け出す。秤が落ちて廊下に反響する音が消えたときには、ゴイルの姿はとっくに見えなくなっていた。ハリーは笑いながら、のっぺりした石壁を凝視する。その陰にいまドラコ・マルフォイが、都合の悪いだれかが外にいることを知って姿を現すこともできず、凍りついたように立っているにちがいない。まだ試していない言葉の組み合わせを考えながら、ハリーは主導権をにぎった心地よさを味わっていた。

しかし、この高揚した状態も、長くは続かなかった。マルフォイがなにをしているかを見るという必要をあらゆる言い方で試してみたにもかかわらず、三十分経っても壁は頑としてドアを現してはくれない。ハリーはどうしようもないほどいらだつ。マルフォイは、すぐそこにいるかもしれないのだ。それなのに、マルフォイがなにをしているのか、いまだに爪の先ほどの事実もつかめない。堪忍袋《かんにんぶくろ》の緒《お》がぷっつり切れ、ハリーは壁に突進して蹴りつけた。

「痛っ！」

足の親指が折れたかと思った。ハリーは足をつかんで片足でぴょんぴょん跳ねる。「透明マント」が滑り落ちた。

「ハリー？」

ハリーは片足のまま振り返り、ひっくり返った。そこには、なんと驚いたことに、トンクスがいる。この廊下を終始ぶらついているかのように、何事もなくハリーに近づいてくる。

「トンクス、こんなところで、なにしてるの？」

ハリーはあわてて立ち上がりながら聞いた。トンクスはどうして、自分が床に転がっているときばかりに現れるのだろう？

「ダンブルドアに会いにきたの」トンクスが答える。

トンクスは、ひどい様子をしている。前よりやつれて、くすんだ茶色の髪はだらりと伸び切っている。

「校長室はここじゃないよ」ハリーは教えようとする。「城の反対側で、ガーゴイルの裏の——」

「知ってる」トンクスが言う。「そこにはいない。どうやらまた出かけている」

「また？」

ハリーは痛めた足をそっと床に下ろした。

「ねえ——トンクスは、ダンブルドアがどこに出かけるのか、知らないだろうね？」

「知らない」トンクスが答える。

「なんの用でダンブルドアに会いにきたの？」

「べつに特別なことじゃないんだけど」

トンクスは、どうやら無意識にローブの袖《そで》を何度も摘《つま》みながら続ける。

「ただ、なにが起こっているか、ダンブルドアなら知っているんじゃないかと思って……噂《うわさ》を聞いたんだ……人が傷ついている……」

「うん、知ってる。新聞にいろいろ出ているし」ハリーが受ける。「小さい子が人を殺そうとしたとか——」

『日刊予言者《にっかんよげんしゃ》』は、ニュースが遅いことが多いんだ」

トンクスが話し続ける。ハリーの言うことは聞いていないように見える。

「騎士団のだれかから、最近手紙がきてないでしょうね？」

「騎士団にはもう、手紙をくれる人はだれもいない」ハリーが答える。

「シリウスはもう――」

ハリーは、トンクスの目が涙で一杯なのを見た。

「ごめん」ハリーは当惑してつぶやいた。

「あの……僕もあの人がいなくて寂しいんだ……」

「えっ？」

トンクスは、ハリーの言ったことが聞こえなかったように、きょとんとした。

「じゃあ……またね、ハリー……」

トンクスは唐突に踵《きびす》を返し、廊下をもどっていく。残されたハリーは目を丸くして見送る。一、二分が経ち、ハリーは「透明マント」をかぶりなおして、ふたたび「必要の部屋」に入ろうと取り組みはじめたが、もう気が抜けてしまっていた。胃袋も空っぽだった。考えてみれば、ロンとハーマイオニーがまもなく昼食にもどってくる。

ハリーはついにあきらめ、廊下をマルフォイに明け渡した。おそらくマルフォイは、不安であと数時間はここから出られないだろう。いい気味だ。

ロンとハーマイオニーは大広間にいた。早い昼食を、もう半分すませている。

「できたよ――まあ、ちょっとね！」

ロンはハリーの姿を見つけると、興奮して言った。

「マダム・パディフットの喫茶店の外に『姿現わし』するはずだったんだけど、ちょっと行きすぎて、スクリベンシャフト羽根ペン専門店の近くに出ちゃってさ。でも、とにかく動いた！」

「やったね」ハリーが言う。「君はどうだった？　ハーマイオニー？」

「ああ、完璧さ。当然」ハーマイオニーより先に、ロンが答える。

「完璧な3Dだ。『どういう意図で』、『どっちらけ』、『どん底』、だったかな、まあどうでもいいや――そのあと、みんなで『三本の箒《ほうき》』にちょっと飲みにいったんだけど、トワイクロスが、ハーマイオニーを褒《ほ》めるの褒めないのって――そのうちきっと結婚の申し込みを――」

「それで、あなたはどうだったの？」ハーマイオニーはロンを無視して聞く。

「ずっと『必要の部屋』にかかわり切りだったの？」

「そっ」ハリーが答える。「それで、だれに出会ったと思う？　トンクスさ！」

「トンクス？」ロンとハーマイオニーがびっくりして同時に聞き返す。

「ああ。ダンブルドアに会いにきたって言ってた……」

「僕が思うには――」

ハリーが、トンクスとの会話のことを話し終わると、ロンが口を出した。

「トンクスはちょっと変だよ。魔法省での出来事のあと、意気地がない」

「ちょっとおかしいわね」

ハーマイオニーは、なにか思うところがあるのか、とても心配そうだ。

「トンクスは学校を護っているはずなのに、どうして急に任務を放棄して、ダンブルドアに会いにきたのかしら？　しかも留守なのに」

「こういうことじゃないかな」

ハリーは遠慮がちに解説する。こんなことを自分が言うのはそぐわないような気がする。むしろハーマイオニーの領域だ。

「トンクスは、もしかしたら……ほら……シリウスを愛してた？」

ハーマイオニーは、目をみはる。

「いったいどうしてそう思うの？」

「さあね」ハリーは肩をすくめた。

「だけど、僕がシリウスの名前を言ったら、ほとんど泣きそうだった……それに、トンクスのいまの守護霊《しゅごれい》は、大きな動物なんだ……もしかしたら、守護霊が変わったんじゃないかな……ほら……シリウスに」

「一理あるわ」ハーマイオニーが考えながら言う。

「でも、突然、城に飛び込んできた理由がまだわからないわ。もし本当にダンブルドアに会いにきたのだとしたら……」

「結局、僕の言ったことにもどるわけだろ?」

ロンが、今度はマッシュポテトをかっ込みながら繰り返す。

「トンクスはちょっとおかしくなった。意気地がない。女ってやつは――」

ロンは賢《さか》しげにハリーに向かって言う。

「あいつらは簡単に動揺する」

「だけど――」

ハーマイオニーが、突然現実にもどったように言い返す。

「女なら、だれかさんの鬼婆とか癒師《いし》の冗談やミンビュラス・ミンブルトニアの笑い話でマダム・ロスメルタが笑ってくれなかったからといって、三十分もすねたりしないでしょうね」

ロンが顔をしかめた。

第22章　埋葬のあと

城の尖塔《せんとう》の上に、青空が切れぎれに覗きはじめた。しかし、そうした夏の訪れの印も、ハリーの心を高揚させてはくれない。マルフォイの企てを見つけ出す試みとともにスラグホーンと話をする努力も挫折し、何十年も意図的に押し込められている記憶をスラグホーンから引き出す糸口すら、まだ見つかっていない。

「もう、これっきり言わないけど、マルフォイのことは忘れなさい」

ハーマイオニーがきっぱりと言う。

昼食のあと、三人は中庭の陽だまりの中にいる。ハーマイオニーもロンも、魔法省のパンフレット、「『姿現わし』――よくあるまちがいと対処法」をにぎりしめていた。二人とも、その日の午後に試験を受けることになっている。しかし、パンフレットなどというものは、概して神経をなだめてくれるものではない。少女が一人、曲り角から現れたのにぎくりとして、ロンはハーマイオニーの陰に隠れた。

「ラベンダーじゃないわよ」ハーマイオニーがうんざりしたような声を出す。

「あ、よかった」ロンがほっとする。

「ハリー・ポッター？」少女が聞く。「これを渡すように言われたの」

「ありがとう……」

小さな羊皮紙《ようひし》の巻紙を受け取りながら、ハリーは気持ちが落ち込む。少女が声の届かないところまで行くのを待って、ハリーが言う。

「僕が記憶を手に入れるまではもう授業をしないって、ダンブルドアはそう言ったんだ！」

「あなたがどうしているか、様子を見たいんじゃないかしら？」

ハリーが羊皮紙を広げる間、ハーマイオニーが意見を述べる。しかし、羊皮紙には、ダンブルドアの細長い斜め文字ではなく、ぐちゃぐちゃした文字がのたくっていた。何か所も、インクが滲《にじ》んで大きな染みになっていて、とても読みにくい。

ハリー、ロン、ハーマイオニー
アラゴグが昨晩死んだ。
ハリー、ロン、おまえさんたちはアラゴグに会ったな。だからあいつがどんなに特別なやつだったかわかるだろう。ハーマイオニー、おまえさんもきっと、あいつが好きになっただろうに。

今日、あとで、おまえさんたちが埋葬にちょっくらきてくれたら、おれは、うんとうれしい。夕闇が迫るころに埋めてやろうと思う。あいつの好きな時間だったしな。

そんなに遅くに出てこれねぇってことは知っちょる。だが、おまえさんたちは「マント」が使える。むりは言わねえが、おれひとりじゃ耐え切れねえ。

ハグリッド

「これ、読んでよ」

ハリーはハーマイオニーに手紙を渡す。

「まあ、どうしましょう」

ハーマイオニーは急いで読んで、ロンに渡した。ロンは読みながら、次第に「まじかよ」という顔になる。

「まともじゃない！」

ロンが憤慨する。

「仲間の連中に、僕とハリーを食えって言ったやつだぜ！　勝手に食えって、そう言ったんだぜ！　それなのにハグリッドは、今度は僕たちが出かけていって、おっそろしい毛むくじゃら死体に涙を流せって言うのか！」

「それだけじゃないわ」ハーマイオニーが言う。

「夜に城を抜け出せって頼んでるのよ。安全対策が百万倍も強化されているし、私たちがつかまったら大問題になるのを知ってるはずなのに」

「前にも夜に訪ねていったことがあるよ」ハリーが返す。

「ええ、でも、こういうことのためだった？」ハーマイオニーも言い返す。

「私たち、ハグリッドを助けるために危険を冒してきたわ。でもどうせ――アラゴグはもう死んでるのよ。これがアラゴグを助けるためだったら――」

「――ますます行きたくないね」ロンがきっぱりと言い切る。

「ハーマイオニー、君はあいつに会ってない。いいかい、死んだことで、やつはずっとましになったはずなんだ」

ハリーは手紙を取りもどして、羊皮紙《ようひし》一杯に飛び散っているインクの染みを見つめた。羊皮紙に大粒の涙がこぼれたにちがいない……。

「ハリー、まさか、行くつもりじゃないでしょうね」

ハーマイオニーが警告する。

「そのために罰則《ばっそく》を受けるのはまったく意味がないわ」

ハリーはため息をつく。

「うん、わかってる」ハリーが振り切るように言った。

「ハグリッドは、僕たち抜きで埋葬しなければならないだろうな」

「ええ、そうよ」

ハーマイオニーはほっとしたようだ。

「ねえ、魔法薬の授業は今日、ほとんどがらがらよ。私たちが全部試験に出てしまうから……そのときに、スラグホーンを少し懐柔してごらんなさい！」

「五十七回目に、やっと幸運ありっていうわけ？」ハリーが苦々しげに言い捨てる。

「幸運――」

ロンが突然口走った。

「ハリー、それだ――幸運になれ！」

「なんのことだい？」

「『幸運の液体』を使え！」

「ロン、それって――それよ！」

ハーマイオニーが、はっとしたように声を高くする。

「もちろんそうだわ！　どうして思いつかなかったのかしら？」

ハリーは目をみはって二人を見る。

「フェリックス・フェリシス？　どうかな……僕、取っておいたんだけど……」

「なんのために？」

ロンが信じられないという顔で問い詰める。

「ハリー、スラグホーンの記憶ほど大切なものがほかにある？」

ハーマイオニーが問いただす。

ハリーは答えなかった。このところしばらく、金色の小瓶《こびん》が、ハリーの空想の片隅に浮かぶようになっている。漠然とした形のない計画だ。ジニーがディーンと別れ、ロンはジニーの新しいボーイフレンドを見てなぜか喜ぶ、というような筋書きが、頭の奥のほうで沸々《ふつふつ》と醸成《じょうせい》されていた。夢の中や、眠りと目覚めとの間の、ぼんやりした時間にだけしか意識していなかったのだが……。

「ハリー、ちゃんと聞いてるの？」ハーマイオニーが聞く。

「えっ――？　ああ、もちろん」

ハリーは我に返った。

「うん……オッケー。今日の午後にスラグホーンを捕まえられなかったら、フェリックスを少し飲んで、もう一度夕方にやってみる」

「じゃ、決まったわね」

ハーマイオニーはきびきび言いながら、立ち上がって爪先で優雅にくるりと一回転する。

「どこへ……どうしても……どういう意図で……」ハーマイオニーがブツブツつぶやいた。

「おい、やめてくれ」ロンが哀願する。「僕、それでなくても、もう気分が悪いんだから……あ、隠して！」

「ラベンダーじゃないわよ！」

ハーマイオニーがいらいらしながら言う。中庭に女の子が二人現れたとたん、ロンはたちまちハーマイオニーの陰に飛び込んでいた。

「ようし」

ロンはハーマイオニーの肩越しに覗いて確かめる。

「おかしいな、あいつら、なんだか沈んでるぜ、なあ？」

「モンゴメリー姉妹よ。沈んでるはずだわ。弟になにが起こったか、聞いていないの？」ハーマイオニーが言う。

「正直言って、だれの親戚になにがあったかなんて、僕、もうわかんなくなってるんだ」ロンが言う。

「あのね、弟が狼人間に襲われたの。噂《うわさ》では、母親が死喰い人に手を貸すことを拒《こば》んだそうよ。とにかく、その子はまだ五歳で、聖マンゴで死んだの。助けられなかったのね」

「死んだ？」

ハリーがショックを受けて聞き返す。

「だけど、狼人間はまさか、殺しはしないだろう？　狼人間にしてしまうだけじゃないのか？」

「ときには殺す」

ロンがいつになく暗い表情になる。

「狼人間が興奮すると、そういうことが起こるって聞いた」

「その狼人間、なんていう名前だった？」ハリーが急《せ》き込んで聞く。

「どうやら、フェンリール・グレイバックだという噂よ」ハーマイオニーが答える。

「そうだと思った――子供を襲うのが好きな狂ったやつだ。ルーピンがそいつのことを話してくれた！」ハリーは怒りに語気を強めた。

ハーマイオニーが暗い顔でハリーを見る。

「ハリー、あの記憶を引き出さないといけないわ」

ハーマイオニーが決然として言う。

「すべては、ヴォルデモートを阻止することにかかっているのよ。恐ろしいことがいろいろ起こっているのは、結局みんなヴォルデモートに帰結するんだわ……」

頭上で城の鐘が鳴り、ハーマイオニーとロンが、引き攣《つ》った顔ではじかれたように立ち上がった。

「きっと大丈夫だよ」

「姿現わし」試験を受ける生徒たちと合流するために、玄関ホールに向かう二人に、ハリーはエールを送る。

「がんばれよ」

「あなたもね！」

ハーマイオニーは意味ありげな目でハリーを見ながら、地下牢に向かうハリーに声をかけた。

午後の魔法薬の授業には、三人の生徒しかいなかった。ハリー、アーニー、ドラコ・マルフォイだ。

「みな、『姿現わし』するにはまだ若すぎるのかね？」

スラグホーンが愛想よく言う。

「まだ十七歳にならないのか？」

三人ともうなずく。

「そうか、そうか」スラグホーンが愉快そうに続ける。「これだけしかいないのだから、なにか楽しいことをしよう。なんでもいいから、おもしろいものを煎《せん》じてみてくれ」

「いいですね、先生」

アーニーが両手をこすり合わせながら、へつらうように言う。一方マルフォイは、にこりともしない。

「『おもしろいもの』って、どういう意味ですか？」

マルフォイが不機嫌さを募らせた声で問いかける。

「ああ、わたしを驚かせてくれ」スラグホーンは気軽に返す。

マルフォイはむっつりと『上級魔法薬』の教科書を開く。この授業がむだだと思っていることは明らかだ。ハリーは教科書の陰から、上目遣いにマルフォイを見ながら、この時間を「必要の部屋」で過ごせないことを悔しがっているにちがいないと思った。

ハリーの思いすごしかもしれないが、マルフォイもトンクスと同じように、やつれたのではないだろうか？　マルフォイの顔色が悪いのは確かだ。相変わらず青黒い隈《くま》がある。このごろほとんど陽に当たっていないからなのかもしれない。しかし、その顔には、取り澄ました傲慢《ごうまん》さも、興奮も優越感も見られない。ホグワーツ特急で、ヴォルデモートに与えられた任務をおおっぴらに自慢していたときの、あの威張りくさった態度は微塵もない……なぜか……結論は一つしかない。どんな任務かは知らないが、その任務がうまくいっていないのだ。

そう思うと元気が出て、ハリーは『上級魔法薬』の教科書を拾い読みする。すると、教科書をさんざん書き替えたプリンス版の「陶酔感《とうすいかん》を誘う霊薬《れいやく》」が目に止まった。スラグホーンの課題にぴったりなばかりか、もしかすると（そう考えたとたん、ハリーの心は躍る）、その薬を一口飲むようにハリーがうまく説得できればの話だが、スラグホーンはご機嫌な状態になり、あの記憶をハリーに渡してもよいと思うかもしれない……。

「さぁて、これはまたなんともすばらしい」

一時間半後に、スラグホーンがハリーの大鍋《おおなべ》を覗き、太陽のように輝かしい黄金色の薬を見下ろして、手をたたく。

「陶酔薬、そうだね？　それにこの香りはなんだ？　うむむ……ハッカの葉を入れたね？　正統派ではないが、ハリー、なんたる閃《ひらめ》きだ。もちろん、ハッカは、たまに起こる副作用を相殺する働きがある。唄《うた》を歌いまくったり、やたらと人の鼻を摘《つま》んだりする副作用だがね……いったいどこからそんなことを思いつくのやら、さっぱりわからんね……もしや――」

ハリーはプリンスの教科書を、足で鞄の奥に押し込む。

「――母親の遺伝子が、君に現れたのだろう！」

「あ……ええ、たぶん」ハリーはほっとした。

アーニーは、かなり不機嫌だった。今度こそハリーを出し抜こうとして、無謀にも独自の魔法薬を創作しようとしたまではよかったが、薬はチーズのように固まり、鍋底で紫の団子《だんご》状になっている。マルフォイはふて腐れた顔で、もう荷物を片付けはじめている。スラグホーンは、マルフォイの「しゃっくり咳《せき》薬」を「まあまあ」と評価しただけだった。

終業ベルが鳴り、アーニーもマルフォイもすぐに出ていった。

「先生」

ハリーが切り出したが、スラグホーンはすぐに振り返って教室をざっと眺め、自分とハリー以外にはだれもいないと見て取ると、大急ぎで立ち去ろうとする。

「先生――先生、試してみませんか？　僕の――」

ハリーは必死になって呼びかける。

しかし、スラグホーンはそそくさと行ってしまった。がっかりして、ハリーは鍋を空けて荷物をまとめ、足取りも重く地下牢教室を出ると、談話室までもどった。

ロンとハーマイオニーは、午後の遅い時間に帰ってきた。

「ハリー！」

ハーマイオニーが肖像画の穴を抜けながら呼びかける。

「ハリー、合格したわ！」

「よかったね！」ハリーが言う。「ロンは？」

「ロンは――ロンはおしいとこで落ちたわ」

ハーマイオニーが小声になる。陰気くさい顔のロンが、がっくり肩を落として穴から出てきたところだ。

「ほんとに運が悪かったわ。些細《ささい》なことなのに。試験官が、ロンの片方の眉《まゆ》が半分だけ置き去りになっていることに気づいちゃったの……スラグホーンはどうだった？」

「アウトさ」

ハリーがそう答えたとき、ロンがやってきた。

「運が悪かったな、おい。だけど、次は合格だよ――一緒に受験できる」

「ああ、そうだな」ロンが不機嫌に言う。「だけど、眉半分だぜ！　目くじら立てるほどのことか？」

「そうよね」ハーマイオニーが慰める。「ほんとに厳しすぎるわ……」

夕食時間のほとんどは、三人で「姿現わし」の試験官をこてんぱんにこき下ろすことに費やされた。その甲斐あって、談話室に帰るころまでにはロンもわずかに元気を取りもどし、談話室では三人で、まだ解決していないスラグホーンの記憶問題について話し合うことにした。

「それじゃ、ハリー――フェリックス・フェリシスを使うのか、使わないのか?」

ロンが迫る。

「うん、使ったほうがよさそうだ」

ハリーが答える。

「全部使う必要はないと思う。十二時間分はいらない。一晩中はかからない……ひと口だけ飲むよ。二、三時間で大丈夫だろう」

「飲むと最高の気分だぞ」

ロンが思い出すように言う。

「失敗なんてありえないみたいな」

「なにを言ってるの?」

ハーマイオニーが笑いながら訂正する。

「あなたは飲んだことがないのよ!」

「ああ、だけど、飲んだと思ったんだ。そうだろ?」

ロンは、言わなくともわかるだろうと言わんばかりだ。

「効果はおんなじさ……」

スラグホーンがいましがた大広間に入るのを見届けた三人は、スラグホーンが食事に十分時間をかけることを知っていたので、しばらく談話室で時間をつぶす。スラグホーンが自分の部屋にもどるまで待って、ハリーが出かけていくという計画だ。禁じられた森の梢まで太陽が沈んだとき、三人はいよいよと判断した。ネビル、ディーン、シェーマスが、全員談話室にいることを慎重に確かめてから、三人はこっそり男子寮に上がった。

ハリーは、トランクの底から丸めたソックスを取り出し、かすかに輝く小瓶《こびん》を引っぱり出す。

「じゃ、いくよ」

ハリーは小瓶を傾け、慎重に量の見当をつけて一口飲んだ。

「どんな気分？」ハーマイオニーが小声で聞く。

ハリーはしばらく答えなかった。やがて、無限大の可能性が広がるようなうきうきした気分が、ゆっくりと、しかし確実に体中に染み渡る。なんでもできそうな気がする。どんなことだって……そして、突然、スラグホーンから記憶を取り出すことが可能に思えた。それればかりか、たやすいことだと……。

ハリーはにっこりと立ち上がる。自信満々だ。

「最高だ」ハリーが言う。「ほんとに最高だ。よーし……これからハグリッドのところに行く」

「えぇっ？」

ロンとハーマイオニーが、とんでもないという顔で同時にさけぶ。

「ちがうわ、ハリー——あなたはスラグホーンのところに行かなきゃならないのよ。憶《おぼ》えてる?」ハーマイオニーが必死になる。

「いや」ハリーが自信たっぷりに返す。「ハグリッドのところに行く。ハグリッドのところに行くといいことが起こるって気がする」

「巨大蜘蛛《ぐも》を埋めにいくのが、いいことだって気がするのか?」ロンが唖然《あぜん》として言う。

「そうさ」

ハリーは「透明マント」を鞄から取り出す。

「今晩、そこに行くべきだという予感だ。わかるだろう?」

「全然!」ロンもハーマイオニーも、声を揃えて仰天する。

「これ、フェリックス・フェリシスよね?」

ハーマイオニーは心配そうに、小瓶を灯《あか》りにかざして見る。

「ほかに小瓶は持ってないでしょうね。たとえば——えーと——」

「『的外れ薬《まとはずれやく》』?」ハリーが「マント」を肩に引っかけるのを見ながら、ロンが意見を述べる。

声を上げて笑うハリーに、ロンもハーマイオニーもますます仰天する。

「心配ないよ」ハリーが言う。「自分がなにをやってるのか、僕にはちゃんとわかってる……少なくとも……」

ハリーは自信たっぷりドアに向って歩き出した。

「フェリックスには、ちゃんとわかっているんだ」

ハリーは透明マントを頭からかぶり、階段を下りはじめる。ロンとハーマイオニーは急いであとに続く。階段を下り切ったところで、ハリーは開いていたドアをすっと通り抜けた。

「そんなところで、その人となにをしてたの?」

ロンとハーマイオニーが男子寮から一緒に現れたところを、ラベンダー・ブラウンがハリーの体を通過して目撃し、金切り声を上げた。ロンがしどろもどろになるのを背後に聞きながら、ハリーは矢のように談話室を横切り、その場から遠ざかった。

肖像画の穴を通過するのは、簡単だった。ハリーが穴に近づくのと、ジニーとディーンが出てくるのとが同時で、ハリーは二人の間をすり抜けることができた。ただ、そのとき誤ってジニーに触れてしまう。

「押さないでちょうだい。ディーン」

ジニーが気分を害したように言う。

「あなたって、いつもそうするんだから。私、一人でちゃんと通れるわ……」

肖像画はハリーの背後でバタンと閉まったが、その前に、ディーンが怒って言い返す声が聞こえた……ハリーの高揚感はますます高まる。ハリーは城の中を堂々と歩いた。忍び歩きの必要はない。途中、だれにも会わなかったが、別に変だとも思わない。今夜のハリーは、ホグワーツで一番幸運な人間なのだ。

ハグリッドのところに行くのが正しいと感じたのはなぜなのか、ハリーにはまったくわからない。薬は、一度に数歩先までしか、照らしてくれないようだ。最終目的地は見えないし、スラグホーンがどこで登場するかもわからない。しかし、これが記憶を獲得する正しい道だということだけはわかっている。

玄関ホールに着くと、フィルチが正面の扉に鍵をかけ忘れていた。ハリーはにっこり笑って勢いよく扉を開き、しばらくの間、新鮮な空気と草の匂いを吸い込んで、それから黄昏《たそがれ》の中へと歩き出す。

階段を下り切ったところで、ハリーは急に、ハグリッドの小屋まで野菜畑を通っていったらどんなに心地よいだろうと思いつく。厳密には寄り道になるけれど、ハリーにとっては、この気まぐれを行動に移さなければならないことははっきりしている。そこですぐさま野菜畑に足を向けた。うれしいことに、そして別に不思議だとも思いもしないが、そこでスラグホーン先生がスプラウト先生と話しているのに出くわした。ハリーは、ゆったりとした安らぎを感じながら、低い石垣の陰に隠れて、二人の会話を聞く。

「……ポモーナ、お手間を取らせてすまなかった」

スラグホーンが礼儀正しく挨拶をしている。

数多の権威者のほとんどが、夕暮時に摘むのが一番効果があるという意見のようですのでね」

「ええ、そのとおりです」スプラウト先生が温かく言う。「それで十分ですか？」

「十分、十分」

たっぷり葉の茂った植物を、スラグホーンは腕一杯に抱えている。

「三年生の全員に数枚ずつ行き渡るでしょうし、煮込みすぎた子のために少し余分もある……さあ、それではおやすみなさい。本当にありがとう！」

スプラウト先生は次第に暗くなる道を、温室のほうに向かい、スラグホーンは透明なハリーが立っている場所に近づいてくる。

ハリーは突然姿を現したくなり、「マント」を派手に打ち振って脱ぎ捨てた。

「先生、こんばんは」

「ひゃあ、こりゃあびっくり、ハリー、腰を抜かすところだったぞ」

スラグホーンはばったり立ち止まり、警戒するような顔で言う。

「どうやって城を抜け出したんだね？」

「フィルチが扉に鍵をかけ忘れたにちがいありません」

ハリーは朗らかにそう答えると、スラグホーンがしかめ面するのを見てうれしくなった。

「このことは報告しておかねば。まったくあいつは、適切な保安対策より、ゴミのことを気にしている……ところで、ハリー、どうしてこんなところにいるんだね？」

「ええ、先生、ハグリッドのことなんです」

ハリーには、いまは本当のことを言うべき時だとわかっている。

「ハグリッドはとても動揺しています……でも、先生、だれにも言わないでくださいますか？　ハグリッドが困ったことになるのはいやですから……」

スラグホーンは明らかに好奇心を刺激されたようだ。

「さあ、約束はできかねる」スラグホーンはぶっきらぼうに答える。「しかし、ダンブルドアがハグリッドを徹底的に信用していることは知っている。だから、ハグリッドがそれほど恐ろしいことをしでかすはずはないと思うが……」

「ええ、巨大蜘蛛《ぐも》のことなんです。ハグリッドが何年も飼っていたんです……禁じられた森に棲《す》んでいて……話ができたりする蜘蛛でした――」

「森には、毒蜘蛛のアクロマンチュラがいるという噂《うわさ》は、聞いたことがある」

黒々と茂る木々のかなたに目をやりながら、スラグホーンがひっそりと言う。

「それでは、本当だったのかね？」

「はい」ハリーが答える。「でも、この蜘蛛《くも》はアラゴグといって、ハグリッドがはじめて飼った蜘蛛です。昨夜死にました。ハグリッドは打ちのめされています。アラゴグを埋葬するときにだれかそばにいて欲しいと言うので、僕が行くって言いました」

「優しいことだ、優しいことだ」

遠くに見えるハグリッドの小屋の灯《あか》りを大きな垂れ目で見つめながら、スラグホーンが上の空でつぶやく。

「しかし、アクロマンチュラの毒は非常に貴重だ……その獣が死んだばかりなら、まだ乾き切ってはおるまい……もちろん、ハグリッドが動揺しているなら、心ないことはなにもしたくない……しかし、多少なりと手に入れる方法があれば……つまり、アクロマンチュラが生きているうちに毒を取るのは、ほとんど不可能だ……」

スラグホーンは、ハリーにというより、いまやひとり言のように自分に向かって話している。

「……採集しないのはいかにももったいない……半リットルで百ガリオンになるかもしれない……正直言って、わたしの給料は高くない……」

ハリーにはもう、なにをすべきかがはっきりわかった。

「ええと」

ハリーは、いかにも躊躇《ちゅうちょ》しているように言う。

「ええと、もし先生がいらっしゃりたいというのでしたら、ハグリッドはたぶん、とても喜ぶと思います……アラゴグのために、ほら、よりよい野辺送《のべおく》りができますから……」

「いや、もちろんだ」

スラグホーンの目が、いまや情熱的に輝いた。

「いいかね、ハリー、あっちで君と落ち合おう。わたしは飲み物を一、二本持って……哀れな獣に乾杯するとしよう――まあ――獣の健康を祝してというわけにはいかんが――とにかく、埋葬がすんだら、格式ある葬儀をしてやろう。それに、ネクタイを替えてこなくては。このネクタイは葬式には少し派手だ……」

スラグホーンはばたばたと城にもどり、ハリーは大満悦《まんえつ》でハグリッドの小屋へと急いだ。

「きてくれたんか」

戸を開け、ハリーが「透明マント」から姿を現したのを見て、ハグリッドはしわがれ声を出した。

「うん――ロンとハーマイオニーはこられなかったけど」ハリーが言い訳をする。

「とっても申しわけないって言ってた」

「そんな――そんなことはねえ……そんでも、ハリー、おまえさんがきてくれて、あいつは感激してるだろうよ……」

ハグリッドは大きく泣きじゃくる。靴墨《くつずみ》に浸したボロ布で作ったような喪章《もしょう》をつけ、目を真っ赤に泣き腫《は》らしている。ハリーは慰めるようにハグリッドの肘《ひじ》をポンポンとたたく。ハリーが楽に届くのは、せいぜいその高さ止まりだ。

「どこに埋めるの？」ハリーが聞く。「禁じられた森？」

「とんでもねえ」

ハグリッドがシャツの裾《そで》で流れ落ちる涙を拭《ぬぐ》う。

「アラゴグが死んじまったんで、ほかの蜘蛛《くも》のやつらは、おれを巣のそばに一歩も近づかせねえ。連中がおれを食わんかったんは、どうやら、アラゴグが命令してたからしい！　ハリー、信じられっか？」

正直な答えは、「信じられる」だ。ハリーとロンが、アクロマンチュラと顔つき合わせた場面を、ハリーは痛いほどよく憶《おぼ》えている。アラゴグがいるからハグリッドを食わなかったのだと、連中ははっきり言った。

「森ン中で、おれが行けねえところなんか、いままではなかった！」

ハグリッドは頭を振り振り言う。

「アラゴグの骸《むくろ》をここまで持ってくるんは、並たいていてぇじゃあなかったぞ。まったく——連中は死んだもんを食っちまうからな……だけんど、おれは、こいつにいい埋葬をしてやりたかった……ちゃんとした葬式をな……」

ハグリッドはまた激しくすすり上げはじめる。ハリーはハグリッドの肘をまたポンポンたたきながら（薬がそうするのが正しいと知らせているような気がする）、こう言った。

「ハグリッド、ここにくる途中で、スラグホーン先生に会ったんだ」

「問題になったんか？」

ハグリッドは驚いて顔を上げる。

「夜は城を出ちゃなんねえ。わかってるんだ。おれが悪い——」

「ちがうよ。僕がしようとしていることを先生に話したら、先生もアラゴグに最後の敬意を表しにきたいって言うんだ」ハリーが言う。「もっとふさわしい服に着替えるために、城にもどったんだ、と思うよ……それに、飲み物を何本か持ってくるって。アラゴグの想い出に乾杯するために……」

「そう言ったんか？」

ハグリッドが驚いたような、感激したような顔になる。

「そりゃ——そりゃ親切だ。そりゃあ。それに、おまえさんを突き出さんかったこともな。おれはこれまであんまり、ホラス・スラグホーンと付き合いがあったわけじゃねえが……だけんど、アラゴグのやつを見送りにきてくれるっちゅうのか？　え？　ふむ……きっと気に入るだろうよ……アラゴグのやつも」

ハリーは内心、スラグホーンに食える肉がたっぷりあるところが、一番アラゴグの気に入る点だろうと思ったが、黙ってハグリッドの小屋の裏側の窓に近寄った。そこから、かなり恐ろしい光景が見える。巨大な蜘蛛《くも》の死体がひっくり返って、もつれて丸まった肢《あし》をさらしている。

「ハグリッド、ここに埋めるの？　庭に？」

「かぼちゃ畑の、ちょっと向こうがええと思ってな」

ハグリッドが声を詰まらせる。

「もう掘ってあるんだ――ほれ――墓穴をな。なんかええことを言ってやりてえと思ってなあ――ほれ、楽しかった想い出とか――」

ハグリッドの声がわなわなと震えて涙声になる。戸をたたく音がして、ハグリッドは、ばかでかい水玉模様のハンカチで鼻をチンとかみながら、戸を開けにいく。スラグホーンが急いで敷居をまたいで入ってきた。腕に瓶《びん》を何本か抱え、厳粛《げんしゅく》な黒いネクタイを締めている。

「ハグリッド」スラグホーンが深い沈んだ声で言う。「まことにご愁傷《しゅうしょう》さまで」

「ご丁寧なこって」ハグリッドが礼を言う。「感謝します。それに、ハリーに罰則《ばっそく》を科さなかったことも、ありがてえ……」

「そんなことは考えもしなかったよ」

スラグホーンが意外そうなふりをする。

「悲しい夜だ。悲しい夜だ……哀れな仏は、どこにいるのかね？」

「こっちだ」

ハグリッドは声を震わせる。

「そんじゃ――そんじゃ、始めるかね？」

三人は裏庭に出る。木の間から垣間見える月が淡い光を放ち、ハグリッドの小屋から漏《も》れる灯《あか》りと交じり合って、アラゴグの亡骸《なきがら》を照らす。掘ったばかりの土が三メートルもの高さに盛り上げられ、その脇の巨大な穴の縁に、骸《むくろ》が横たわっている。

「壮大なものだ」

スラグホーンが、蜘蛛の頭部に近づく。乳白色の目が八個、虚ろに空を見上げ、二本の巨大な曲がった鋏《はさみ》が、動きもせず月明かりに輝いている。スラグホーンが、巨大な毛むくじゃらの頭部を調べるような様子で鋏の上にかがみ込んだとき、ハリーは瓶が触れ合う音を聞いたような気がする。

「こいつらがどんなに美しいか、だれでもわかるっちゅうわけじゃねえ」

目尻のしわから涙をあふれさせながら、ハグリッドがスラグホーンの背中に向かって言う。

「ホラス、あんたがアラゴグみてえな生き物に興味があるとは、知らんかった」

「興味がある？　ハグリッドや、わたしは連中を崇《あが》めているのだよ」

スラグホーンが死体から離れる。ハリーは、瓶《びん》がきらりと光ってスラグホーンのマントの下に消えるのを見た。しかし、また目を拭《ぬぐ》っているハグリッドは、なにも気づかない。

「さて……埋葬を始めるとするかね？」

ハグリッドはうなずいて、進み出る。巨大蜘蛛《ぐも》を両腕に抱え、大きなうなり声とともに、ハグリッドは亡骸《なきがら》を暗い穴に転がす。死骸はかなり恐ろしげなバリバリッという音を立てて、穴の底に落ちた。ハグリッドがまた泣きはじめる。

「もちろん、彼を最もよく知る君には、辛《つら》いことだろう」

スラグホーンは、ハリー同様、ハグリッドの肘《ひじ》の高さまでしか届かなかったが、やはりポンポンとたたく。

「お別れの言葉を述べてもいいかな？」

墓穴の縁に進み出たスラグホーンの口元は、満足げに緩んでいる。アラゴグから上質のアクロマンチュラの毒をたっぷり採集したにちがいない。スラグホーンはゆっくりと、厳《おごそ》かな声で唱えた。

「さらば、アラゴグよ。蜘蛛の王者よ。汝《なんじ》との長き固き友情を、なれを知る者すべて忘れまじ！　なれが亡骸は朽ち果てんとも、汝が魂は、懐かしき森の棲家《すみか》の、蜘蛛の巣に覆われし静けき場所にとどまらん。汝が子孫の多目《たもく》の眷属《けんぞく》が永久《とこしえ》に栄え、汝が友どちとせし人々が、汝を失いし悲しみに慰めを見出さんことを」

「なんと……なんと……美しい！」

ハグリッドは吠《ほ》えるような声を上げ、堆肥《たいひ》の山に突っ伏して、ますます激しくオンオン泣く。

「さあ、さあ」

スラグホーンが杖《つえ》を振ると、高々と盛り上げられた土が飛び上がり、ドスンと鈍い音を立てて蜘蛛の死骸の上に落ち、滑らかな塚を形づくった。

「中に入って一杯飲もう。ハリー、ハグリッドの向こう側に回って……そうそう……さあ、ハグリッド、立って……よしよし……」

二人はハグリッドを、テーブルのそばの椅子に座らせる。埋葬の間、バスケットにこそこそ隠れていたファングが、そっと近づいてきて、いつものように重たい頭をハリーの膝《ひざ》に載せる。スラグホーンは持ってきたワインを一本開ける。

「すべて毒味をすませてある」

最初の一本のほとんどを、ハグリッドのバケツ並みのマグに注ぎ、それをハグリッドに渡しながら、スラグホーンがハリーに請け合った。

「君の気の毒な友達のルパートにあんなことがあったあと、屋敷しもべ妖精に、全部のボトルを毒味させた」

ハリーの心にハーマイオニーの表情が浮かぶ。屋敷しもべ妖精へのこの虐待を聞いたら、どんな顔をするか。ハリーはハーマイオニーには絶対に言うまいと決める。

「ハリーにも一杯……」

スラグホーンが、二本目を二つのマグに分けて注ぎながら言う。

「……私にも一杯。さて」

スラグホーンがマグを高く掲げた。

「アラゴグに」

「アラゴグに」ハリーとハグリッドが唱和《しょうわ》する。

スラグホーンもハグリッドも深酒となった。しかしハリーは、フェリックス・フェリシスのおかげで行き先が照らし出され、自分は飲んではいけないことがわかっている。ハリーは飲むまねだけで、テーブルにマグをもどす。

「おれはなあ、あいつを卵から孵《かえ》したんだ」ハグリッドがむっつりと言う。「孵ったときにゃあ、ちっちゃな、かわいいやつだった。ペキニーズの犬ぐれえの」

「かわいいな」スラグホーンが返す。

「学校の納戸に隠しておいたもんだ。あるときまではな……あー……」ハグリッドの顔が曇る。ハリーはわけを知っている。トム・リドルが、「秘密の部屋」を開いた罪をハグリッドに着せ、退学になるように仕組んだときだ。しかし、スラグホーンは聞いていないようだ。天井を見上げている。そこには真鍮《しんちゅう》の鍋《なべ》がいくつかぶら下がっていたが、同時に絹糸のような輝く白い長い毛が、糸束になって下がっている。

「ハグリッド、あれはまさか、ユニコーンの毛じゃなかろうね？」

「ああ、そうだ」ハグリッドが無頓着《むとんちゃく》に答える。「尻尾《しっぽ》の毛が、ほれ、森の木の枝なんぞに引っかかって抜けたもんだ……」

「しかし、君、あれがどんなに高価な物か知っているかね？」

「おれは、けがした動物に、包帯を縛ったりするのに使っちょる」ハグリッドは肩をすくめて言う。「うんと役に立つぞ……なにせ頑丈だ」

スラグホーンは、もう一杯ぐいっと飲む。その目が、今度は注意深く小屋を見回している。ほかのお宝を探しているようだ。樫《かし》の樽《たる》で熟成させた蜂蜜酒だとか、砂糖漬けパイナップル、ゆったりしたベルベットの上着などが、たんまり手に入る宝だ。スラグホーンは、ハグリッドのマグに注ぎ足し、自分のにも注いで、最近森に棲《す》む動物についてや、ハグリッドがどんなふうに面倒をみているのかなどを質問する。酒とスラグホーンのおだて用の興味に乗せられたせいで、ハグリッドは気が大きくなり、もう涙を拭《ぬぐ》うのはやめて、うれしそうに、ボウトラックル飼育を長々と説明しはじめた。

フェリックス・フェリシスが、ここでハリーを軽く小突《こづ》いた。ハリーは、スラグホーンが持ってきた酒が急激に少なくなっているのに気づく。ハリーはまだ、沈黙したまま「補充呪文《ほじゅう》」をかけることはできないが、しかし今夜は、できないかもしれないなどと考えること自体が笑止千万だ。ハリーはひとりでほくそ笑みながら、ハグリッドにもスラグホーンにも気づかれず（二人はいまや、ドラゴンの卵の非合法取引についての逸話《いつわ》を交換している）、テーブルの下から空になりかけた瓶《びん》に杖《つえ》を向ける。たちまち酒が補充されはじめる。

一時間ほど経つと、ハグリッドとスラグホーンは、乾杯の大盤振る舞いを始めた。ホグワーツ乾杯、ダンブルドア乾杯、しもべ妖精醸造のワイン乾杯――。

「ハリー・ポッターに乾杯！」

バケツ大のマグで十四杯目のワインを飲み干し、飲みこぼしを顎《あご》から滴《したた》らせながら、ハグリッドが破鐘《われがね》のような声を出す。

「そうだ」

スラグホーンは少し呂律《ろれつ》が回らなくなっている。

「パリー・オッター、『選ばれし生き残った男の者』――いや――とかなんとかに」ブツブツ言いながら、スラグホーンもマグを飲み干す。

それから間もなく、ハグリッドはまた涙もろくなり、ユニコーンの尻尾《しっぽ》を全部ごっそりスラグホーンの手に押しつけた。スラグホーンはそれをポケットに入れながらさけぶ。

「友情に乾杯！　気前のよさに乾杯！　一本十ガリオンに乾杯！」

それからは、ハグリッドとスラグホーンは並んで腰掛け、互いの体に腕を回して、オドと呼ばれた魔法使いの死を語る、ゆっくりした悲しい曲をしばらく歌っていた。

「あぁぁぁー、いいやつぁ早死する」

ハグリッドは、テーブルの上にだらりと首うなだれながら、酔眼《すいがん》でつぶやく。一方スラグホーンは、声を震わせて歌のリフレインを繰り返している。

「おれの親父はまーぁだ近く年《い》じゃぁぁなかったし……おまえさんの父さん母さんもだぁ、なあ、ハリー……」

大粒の涙が、またしてもハグリッドの目尻のしわから滲《にじ》み出す。ハグリッドは、ハリーの腕をにぎって振りながら言う。

「……あの年頃の魔女と魔法使いッ中じゃぁ、おれの知っちょるかぎりいっち番だ……ひどいもんだ……ひどいもんだ……」

スラグホーンは悲しげに歌う。

♪かくしてみんなは英雄の、オドを家へと運び込む
その家はオドがその昔、青年の日を過ごした場
オドの帽子は裏返り、オドの杖《つえ》までまっぷたつ
悲しい汚名の英雄の、オドはその家に葬らる

「……ひどいもんだ」

ハグリッドが低くうめき、ぼうぼうの頭がころりと横に傾《かし》いで、両腕にもたれたとたん、大いびきをかいて眠り込む。

「すまん」

スラグホーンがしゃっくりしながら言う。

「どうしても調子っぱずれになる」

「ハグリッドは、先生の歌のことを言ったのじゃありません」

ハリーが静かに訂正する。

「僕の両親が死んだことを言っていたんです」

「ああ」

スラグホーンが、大きなゲップを押さえ込みながら言う。

「ああ、なんと。いや、あれは――あれは本当にひどいことだった。ひどい……ひどい……」

スラグホーンは言葉に窮した様子で、その場しのぎに二人のマグに酒を注いだ。

「たぶん――たぶん君は、覚えてないのだろう？　ハリー？」

スラグホーンが気まずそうに聞く。

「はい――だって、僕はまだ一歳でしたから」

ハリーは、ハグリッドのいびきで揺らめく蠟燭《ろうそく》の炎を見つめながら答える。

「でも、なにが起こったのか、あとになってずいぶん詳しくわかりました。父が先に死んだんです。ご存知でしたか？」

「い――いや、それは」

スラグホーンの声が消え入りそうになる。

「そうなんです……ヴォルデモートが父を殺し、その亡骸《なきがら》をまたいで母に迫ったんです」ハリーが言う。

スラグホーンは大きく身震いし、目を逸《そ》らせることができないように、怯《おび》えた目でハリーの顔を見つめ続ける。

「あいつは母に、どけと言いました」

ハリーは、容赦なく話を進める。

「ヴォルデモートは僕に、母は死ぬ必要がなかったと言いました。あいつは僕だけが目当てだった。母は逃げることができたんです」

「おお、なんと」スラグホーンがひっそりと言う。「逃げられたのに……死ぬ必要は……なんと酷《むご》い……」

「そうでしょう?」ハリーはほとんどささやくように言い募る。「でも母は動かなかった。父はもう死んでしまったけれど、母は僕までも死なせたくはなかった。母はヴォルデモートに哀願しました……でも、あいつはただ高笑いを……」

「もういい!」

突然スラグホーンが、震える手で遮《さえぎ》る。

「もう十分だ。ハリー、もう……わたしは老人だ……聞く必要はない……聞きたくない……」

「忘れていた」

ハリーは、フェリックス・フェリシスの示すままにでまかせを言う。

「先生は、母が好きだったのですね?」

「好きだった?」スラグホーンの目に、ふたたび涙があふれる。「あの子に会った者は、だれだって好きにならずにはいられない……あれほど勇敢で……あれほどユーモアがあって……なんという恐ろしいことだ……」

「それなのに、先生は、その息子を助けようとしない」いよいよハリーが迫る。「母は僕に命をくれました。それなのに、先生は記憶をくれようとしない」

ハグリッドの轟々《ごうごう》たるいびきが小屋を満たす。ハリーは涙を溜めたスラグホーンの目をしっかり見つめた。魔法薬の教授は、目を逸《そ》らすことができないようだ。

「そんなことを言わんでくれ」スラグホーンがかすかな声で言い訳をする。「君にやるかやらないかの問題ではない……君を助けるためなら、もちろん……しかし、なんの役にも立たない……」

「役に立ちます」ハリーははっきりと言い切る。「ダンブルドアには情報が必要です。僕には情報が必要です」

なにを言っても安全だと、ハリーにはわかっている。朝になれば、スラグホーンはなにも覚えていないと、フェリックスが教えてくれている。スラグホーンの目をまっすぐ見つめながら、ハリーは少し身を乗り出す。

「僕は『選ばれし者』だ。やつを殺さなければならない。あの記憶が必要なんだ」

スラグホーンはさっと蒼《あお》ざめた。てかてかした額《ひたい》に、汗が光る。

「君はやはり、『選ばれし者』なのか？」

「もちろんそうです」ハリーは静かにうなずく。

「しかし、そうすると……君は……君は大変なことを頼んでいる……わたしに頼んでいるのは、実は、君が『あの人』を破滅させるのを援助しろと――」

「リリー・エバンズを殺した魔法使いを、退治したくないんですか？」

「ハリー、ハリー、もちろんそうしたい。しかし――」

「恐いんですね？　僕を助けたとあいつに知られてしまうことが」

スラグホーンは無言だった。恐れおののいているようだ。

「先生、僕の母のように、勇気を出して……」

スラグホーンはむっちりした片手を上げ、指を震わせながら口を覆う。一瞬、育ちすぎた赤ん坊のように見えた。

「自慢できることではない……」指の間から、スラグホーンがささやく。「恥ずかしい――あの記憶の顕《あら》わすことが――あの日に、わたしはとんでもない惨事を引き起こしてしまったのではないかと思う……」

「僕にその記憶を渡せば、先生のやったことはすべて帳消しになります」ハリーがだめを押す。「そうするのは、とても勇敢で気高いことです」

ハグリッドは眠ったままでぴくりと動いたが、またいびきをかき続ける。スラグホーンとハリーは、蠟燭《ろうそく》のなびく炎を挟んで見つめ合った。長い、長い沈黙が流れる。

フェリックス・フェリシスが、ハリーに、そのまま黙って待てと教えている。

やがてスラグホーンは、ゆっくりとポケットに手を入れ、杖《つえ》を取り出した。もう一方の手はマントに突っ込み、小さな空き瓶《びん》を取り出す。ハリーの目を見つめたまま、スラグホーンは杖の先でこめかみに触れ、杖を引く。記憶の長い銀色の糸が、杖先についてて出てくる。記憶は、長々と伸び、最後に切れて、銀色に輝きながら杖の先で揺れる。スラグホーンがそれを瓶に入れると、糸は螺旋状《らせんじょう》に巻き、やがて広がってガスのように渦巻いた。震える手でコルク栓を閉め、スラグホーンはテーブル越しに瓶をハリーに渡す。

「ありがとう、先生」

「君はいい子だ」

涙がスラグホーンのふくれた頬を伝い、セイウチひげに落ちる。

「それに、君の目は母親の目だ……それを見ても、わたしのことをあまり悪く思わんでくれ……」

そして、両腕に頭をもたせて深いため息をつき、スラグホーンもまた眠り込んだ。

第23章　ホークラックス

こっそりと城にもどる途中、ハリーはフェリックス・フェリシスの幸運の効き目が次第に薄れていくのを感じた。正面の扉こそまだ鍵はかかっていなかったものの、四階ではピーブズに出くわし、いつもの近道の一つに横っ飛びに飛び込むことで、辛《かろ》うじて見つからずにすんだ。さらに時間が経って、「太った婦人《レディ》」の肖像画の前で「透明マント」を脱いだときに「婦人《レディ》」が最悪のムードだったことも、薬の効き目が切れたことを実感させた。

「いま何時だと思ってるの？」

「ごめんなさい――大事な用で出かけなければならなかったので――」

「あのね、合言葉は真夜中に変わったの。だから、あなたは廊下で寝なければならないことになるわね？」

「まさか！」ハリーが言う。「どうして真夜中に変わらなきゃいけないんだ？」

「そうなっているのよ」「太った婦人《レディ》」が不機嫌そのものの声で言う。「腹が立つなら校長先生に抗議しなさい。安全対策を厳しくしたのはあの方ですからね」

「そりゃいいや」

硬そうな床を見回しながら、ハリーが苦々しげに言い放つ。

「まったくすごいや。ああ、ダンブルドアが学校にいるなら、抗議しにいくよ。だって、僕の用事はダンブルドアが――」

「いらっしゃいますぞ」

背後で声がした。

「ダンブルドア校長は、一時間前に学校にもどられました」

「ほとんど首無しニック」が、いつものようにひだ襟の上で首をぐらぐらさせながら、するするとハリーに近づいてくる。

「校長が到着するのを見ていた、『血みどろ男爵』から聞きました」

ニックが言う。

「男爵が言うには、校長は、もちろん少しお疲れのご様子ですが、お元気だそうです」

「どこにいるの？」ハリーは心が躍った。

「ああ、天文台の塔でうめいたり、鎧《よろい》をガチャつかせたりしていますよ。男爵の趣味でしてーー」

「ああーー校長室です」

ニックが〝あっ、そちら〟という顔で言いなおす。

「男爵の言い方から察しますに、お就寝《やす》みになる前になにか用事がおありのようで——」

「うん、そうなんだ」

あの記憶を手に入れたことを、ダンブルドアに報告できると思うと、ハリーの胸は興奮で熱くなる。くるりと向きを変え、「太った婦人《レディ》」の声が追いかけてくるのを無視して、ハリーはまた駆け出す。

「もどってらっしゃい！　ええ、わたしが嘘をついたの！　起こされてむしゃくしゃしたからよ！　合言葉は変わってないわ。『サナダムシ』よ！」

しかし、ハリーはもう、廊下を疾走していた。数分後には、ダンブルドアのガーゴイルに向かって「タフィー　エクレア」と合言葉を唱え、ガーゴイルが飛び退《の》いて、ハリーを螺旋《らせん》階段に通していた。

「お入り」ハリーのノックにダンブルドアが答えた。疲れ切った声だ。

ハリーは扉を押して入る。ダンブルドアの校長室はいつもどおりだが、窓の外には真っ暗な空に星が散っている。

「なんと、ハリー」

ダンブルドアは、少なからず驚いたようだ。

「こんな夜更けにわしを訪ねてきてくれるとは、いったいどんなわけがあるのじゃ？」

「先生――手に入れました。スラグホーンの記憶を、手に入れました」

ハリーはガラスの小瓶《こびん》を取り出して、ダンブルドアに見せる。ダンブルドアは一瞬、不意を衝《つ》かれた様子でいたが、やがてにっこりと顔をほころばせる。

「ハリー、すばらしい知らせじゃ！　ようやった！　きみならできると思うておった」

時間が遅いことなど、すっかり忘れてしまったように、ダンブルドアは急いで机の向こうから出てきて、傷ついていない手でスラグホーンの記憶の瓶を受け取り、「憂《うれ》いの篩《ふるい》」がしまってある棚につかつかと歩み寄る。

「いまこそ」

ダンブルドアは石の水盆《すいぼん》を机に置き、瓶の中身をそこに注ぎながら言う。

「ついにいまこそ、見ることができる。ハリー、急ぐのじゃ……」

ハリーは素直に「憂いの篩」を覗き込み、床から足が離れるのを感じる……今回もまたハリーは、暗闇の中を落ちていき、何年も前のホラス・スラグホーンの部屋に降り立った。

いまよりずっと若いホラス・スラグホーンがいる。艶《つや》のある豊かな麦藁《むぎわら》色の髪に、赤毛交じりのブロンドの口ひげを生やしたスラグホーンは、前の記憶と同じように、心地よさそうな肘掛《ひじかけ》椅子に腰掛け、ビロードのクッションに足を載せて片手に小さなワイングラスをつかみながら、もう一方の手で砂糖漬けパイナップルの箱を探っている。十代の男子が六人ほど、スラグホーンの周囲に座り、その真ん中にトム・リドルがいる。その指には、マールヴォロの金と黒の指輪が光っている。

ダンブルドアがハリーの横に姿を現したときに、リドルが聞く。

「先生、メリィソート先生が退職なさるというのは本当ですか?」

「トム、トム、たとえ知っていても、君には教えられないね」

スラグホーンは指をリドルに向けて、叱るように振り、同時にウィンクする。

「まったく、君って子は、どこで情報を仕入れてくるのか、知りたいものだ。教師の半数より情報通だね、君は」

リドルは微笑する。ほかの少年たちは笑って、リドルを称賛のまなざしで見る。

「知るべきではないことを知るという、君の謎のような能力、大事な人間をうれしがらせる心遣い――ところで、パイナップルをありがとう。君の考えどおり、これはわたしの好物で――」

何人かの男子が、またくすくす笑う。

「――君は、これから二十年のうちに魔法大臣になれると、わたしは確信しているよ。引き続きパイナップルを送ってくれたら十五年だ。魔法省にはすばらしいコネがある」

ほかの少年はまた笑ったが、トム・リドルはほほえむだけ。リドルがそのグループで最年長ではないのに、全員がリドルをリーダーとみなしているらしいことに、ハリーは気がつく。

「先生、僕に政治が向いているかどうかわかりません」

笑い声が収まったところで、リドルが言う。

「一つには、僕の生い立ちがふさわしいものではありません」

リドルのまわりにいた少年が二人、顔を見合わせてにやりと笑う。仲間だけに通じる冗談を楽しんでいるのだろう。自分たちの大将が、有名な先祖の子孫だと知っているか、またはそうだろうと考えているにちがいない。

「ばかな」スラグホーンがきびきびと言う。「君ほどの能力だ。由緒正しい魔法使いの家系であることは火を見るよりも明らかだ。いや、トム、君は出世する。生徒に関して、私がまちがったためしはない」

スラグホーンの背後で、机の上の小さな金色の置き時計が、十一時を打つ。スラグホーンが振り返る。

「なんとまあ、もうこんな時間か？　みな、もうもどったほうがいい。そうしないと、困ったことになるからね。レストレンジ、明日までにレポートを書いてこないと、罰則《ばっそく》だぞ。エイブリー、君もだ」

少年たちがぞろぞろ出ていく間、スラグホーンは肘掛椅子《ひじかけ》から重い腰を上げ、空になったグラスを机のほうに持っていく。背後の気配でスラグホーンが振り返ると、リドルがまだそこに立っていた。

「トム、早くせんか。時間外にベッドを抜け出しているところを捕まりたくはないだろう。君は監督生《かんとくせい》なのだし……」

「先生、お伺いしたいことがあるのです」

「それじゃ、遠慮なく聞きなさい、トム、遠慮なく」

「先生、ご存知でしょうか……ホークラックスのことですが？」

スラグホーンはリドルをじっと見つめる。ずんぐりした指が、ワイングラスの足を無意識になでている。

「『闇の魔術に対する防衛術』の課題かね？」

学校の課題ではないことを、スラグホーンは百も承知だとハリーは思った。

「いいえ、先生、そういうことでは」リドルが答える。「本を読んでいて見つけた言葉ですが、完全にはわかりませんでした」

「ふむ……まあ……トム、ホグワーツでホークラックスの詳細を書いた本を見つけるのは骨だろう。闇も闇、真っ暗闇の術だ」スラグホーンが言う。

「でも、先生はすべてご存知なのでしょう？　つまり、先生ほどの魔法使いなら——すみません。つまり、先生が教えてくださらないなら、当然——だれかが教えてくれるとするなら、先生しかないと思ったのです——ですから、とにかく伺ってみようと——」

うまい、とハリーは思う。遠慮がちに、何気ない調子で慎重におだて上げる。どれ一つとしてやりすぎてはいない。気が進まない相手をうまく乗せて情報を聞き出すことにかけては、ハリー自身がいやというほど経験していたので、名人芸だと認めざるをえない。リドルはその情報が欲しくてたまらないのだ。おそらく、このときのために何週間も準備していたのだろう。

「さてと——」

スラグホーンはリドルの顔を見ずに、砂糖漬けパイナップルの箱の上のリボンをいじりながら言う。

「まあ、もちろん、ざっとしたことを君に話しても別にかまわないだろう。その言葉を理解するためだけにならね。ホークラックスとは、人がその魂の一部を隠すために用いる物を指す言葉で、分霊箱《ぶんれいばこ》のことを言う」

「でも、先生、どうやってやるのか、僕にはよくわかりません」リドルはさらに問いかける。慎重に声を抑えてはいるが、ハリーはリドルの興奮を感じることができる。

「それはだね、魂を分断するわけだ」スラグホーンが続ける。

「そして、その部分を体の外にある物に隠す。すると、体が攻撃されたり破滅したりしても、死ぬことはない。なぜなら、魂の一部は滅びずに地上に残るからだ。しかしもちろん、そういう形での存在は……」

スラグホーンは激しく顔をしかめる。ハリー自身も、思わずほぼ二年前に聞いた言葉を思い出していた。

「俺様《おれさま》は肉体から引き裂かれ、霊魂にも満たない、ゴーストの端くれにも劣るものになった……しかし、俺様はまだ生きていた」

「……トム、それを望む者はめったにおるまい。めったにはな。死のほうが望ましいだろう」

しかし、リドルはいまや欲望をむき出しにしていた。渇望を隠し切れず、貪欲な表情になっている。

「どうやって魂を分断するのですか？」

「それは――」

スラグホーンが当惑しながら答えた。

「魂は完全な一体であるはずだということを理解しなければならない。分断するのは暴力行為であり、自然に逆らう」

「でも、どうやるのですか？」

「邪悪な行為――悪の極《きわ》みの行為による。つまり、殺人を犯すことによってだ。殺人は魂を引き裂く。分霊箱を作ろうと意図する魔法使いは、破壊を自らのために利用する。引き裂かれた部分を物に閉じ込める――」

「閉じ込める？　でも、どうやって――？」

「呪文がある。聞かないでくれ。わたしは知らない！」

スラグホーンは年老いた象がうるさい蚊を追いはらうように頭を振る。

「わたしがやったことがあるように見えるかね？――わたしが殺人者に見えるかね？」

「いいえ、先生、もちろん、ちがいます」リドルが急いで言う。「すみません……お気を悪くさせるつもりは……」

「いや、いや、気を悪くしてはいない」

スラグホーンがぶっきらぼうに言う。

「こういうことにちょっと興味を持つのは自然なことだ……ある程度の才能を持った魔法使いは、常にその類の魔法に惹《ひ》かれる……」

「そうですね、先生」リドルがさり気なく言い添える。

「でも、僕がわからないのは——ほんの好奇心ですが——あの、一個だけの分霊箱《ぶんれいばこ》で役に立つのでしょうか？　魂は一回しか分断できないのでしょうか？　もっとたくさん分断するほうがより確かで、より強力になれるのではないでしょうか？　つまり、たとえば、七という数は、一番強い魔法数字ではないですか？　七個に分断する場合は——？」

「とんでもない、トム！」

スラグホーンがかん高くさけぶ。

「七個とは！　一人を殺すと考えるだけでも十分に悪いことじゃないかね？　それに、いずれにしても……魂を二つに分断するだけでも十分に悪い……七つに引き裂くなど……」

スラグホーンは、今度は困り果てた顔で、それまで一度もはっきりとリドルを見たことがないかのような目で、じっとリドルを見つめる。そもそもこんな話に乗ったこと自体を後悔しているのだと、ハリーには察しがつく。

「もちろん」スラグホーンがつぶやく。

「すべて仮定の上での話だ。我々が話していることは。そうだね？　すべて学問的な……」

「ええ、もちろんです。先生」リドルがすぐに答える。

「しかし、いずれにしても、トム……黙っていてくれ。わたしが話したことは——つまり、我々が話したことは、という意味だが。我々が分霊箱のことを気軽に話したことが知れると、世間体が悪い。ホグワーツでは、つまり、この話題は禁じられている……ダンブルドアはとくにこのことについて厳しい……」

「一言も言いません。先生」

そう言うと、リドルは出ていった。しかし出ていく前にちらりと見せたその顔には、自分が魔法使いだとはじめて知らされたときに見せた、あのむき出しの幸福感が貼りついていた。だが、幸福感が端正な面立《おもだ》ちを引き立たせるのではなく、なぜか非人間的な顔にしている……。

「ハリー、ありがとう」ダンブルドアが静かに言う。「もどろうぞ……」

ハリーが校長室の床に着地したときには、ダンブルドアはすでに机の向こう側に座っていた。ハリーも腰掛けて、ダンブルドアの言葉を待つ。

「わしはずいぶん長い間、この証拠を求めておった」

しばらくしてダンブルドアが話しはじめた。

「わしが考えていた理論を裏づける証拠じゃ。これで、わしの理論が正しいということと同時に、道程《みちのり》がまだ遠いことがわかる……」

ハリーは突然、壁の歴代校長の肖像画がすべて目を覚まして、二人の会話に聞き入っていることに気がつく。でっぷり太った赤鼻の魔法使いは、古いラッパ形補聴器まで取り出している。

「さて、ハリー」ダンブルドアが言う。

「きみは、いましがたわれわれが耳にしたことの重大さに気づいておることじゃろう。いまのきみとほんの数か月とちがわぬ同い年で、トム・リドルは、自らを不滅にする方策を探し出すのに全力を傾けておった」

「先生はそれが成功したとお考えですか？」ハリーが思わず聞いた。「あいつは分霊箱を作ったのですか？　僕を襲ったときに死ななかったのは、そのせいなんですか？　どこかに分霊箱を一つ隠していたんでしょうか？　魂の一部は安全だったのですか？」

「一部……もしくはそれ以上じゃ」ダンブルドアが言う。「ヴォルデモートの言葉を聞いたじゃろうが、ホラスからとくに聞き出したがっていたのは、複数の分霊箱を作った魔法使いはどうなるかに関する意見じゃった。是が非でも死を回避せんと、何度も殺人を犯すことをも辞さない魔法使いが、繰り返し引き裂いた魂を、数多くの分霊箱に別々に収めて隠した場合、その魔法使いがどうなるかについての意見じゃ。どの本からもそのような情報は得られなかったじゃろう。わしの知るかぎり――ヴォルデモートの知るかぎりでもあろうと確信しておるが――魂を二つに引き裂く以上のことをした魔法使いは、いまだかつておらぬ」

ダンブルドアは一瞬言葉を切り、考えを整理していたが、やがて口を開いた。

「四年前、わしは、ヴォルデモートが魂を分断した確かな証拠と考えられる物を受け取った」

「どこでですか？」ハリーが聞く。「どうやってですか？」

「きみがわしに手渡したのじゃ、ハリー」ダンブルドアが言う。

「日記、リドルの日記じゃ。『秘密の部屋』を、いかにしてふたたび開くかを指示した日記じゃ」

「よくわかりません、先生」ハリーが聞く。

「されば、日記から現れたリドルをわしは見ておらぬが、きみが説明してくれた現象は、わしが一度も目撃したことのないものじゃった。単なる記憶が自ら考え、行動を起こすとはどういうことじゃろうか？　単なる記憶が、手中にした少女の命を搾《しぼ》り取るであろうか？　ありえぬ。あの日記の中には、なにかもっと邪悪なものが棲《す》みついておったのじゃ……魂のかけらじゃ。わしはほぼ確信した。日記は分霊箱《ぶんれいばこ》じゃった。しかし、これで一つの答えを得たものの、より多くの疑問が起こった。わしが最も関心を持ち、また驚愕したのは、あの日記が護りの道具としてだけではなく、武器として意図されていたことじゃった」

「まだよくわかりません、先生」ハリーは、わけがわからなくなる。

「さよう。あれは分霊箱として然るべき機能を果たした――換言すれば、その中に隠された魂のかけらは安全に保管され、まちがいなく、その所有者が死ぬことを回避する役目を果たした。しかし、リドルが実は、あの日記が読まれることを望んでいたのも、疑いの余地がない。スリザリンの怪物がふたたび解き放たれるよう、自分の魂のかけらが、だれかの中に棲みつくか取り憑《つ》くかすることを望んでおったのじゃ」

「ええ、せっかく苦労して作ったものを、むだにはしたくなかったのでしょう」

ハリーが意見を述べる。

「自分がスリザリンの継承者だということを、みんなに知って欲しかったんだ。あの時代にはそういう評価が得られなかったから」

「まさにそのとおりじゃ」ダンブルドアがうなずく。

「しかし、ハリー、気づかぬか？　日記を未来のホグワーツの生徒の手に渡したり、こっそり忍び込ませたりすることを、ヴォルデモートが意図していたとすれば、その中に隠した大切な自分の魂のかけらに関して、あまりに投げ遣りではないか。分霊箱の所以《ゆえん》は、スラグホーン先生の説明にもあったように、自分の一部を安全に隠しておくことであり、だれかの行く手に投げ出して、破壊されてしまう危険を冒したりはせぬものじゃ——事実そうなってしもうた。あの魂のかけらは失われてしもうた。きみがそうしたのじゃ」

「ヴォルデモートがあの分霊箱を軽率に考えておったということが、わしにとっては最も不気味なのじゃ。つまり、それは、ヴォルデモートがすでに、さらに複数の分霊箱を作った——または作ろうとしていた——ということを示唆しておる。つまり最初の分霊箱の喪失が、それほど致命的とはならぬようにしたのじゃ。信じたくはないが、それ以外には説明がつかぬ」

「それから二年後、きみは、ヴォルデモートが肉体を取りもどした夜のことを、わしに語ってくれた。死喰い人たちに、ヴォルデモートは、まことに示唆に富む、驚くべきことを言うておる。『だれよりも深く不死の道へと入り込んでいたこの俺様《おれさま》が』となヴォルデモートがそう言うたと、きみが話してくれた。『だれよりも深く』と。そして、死喰い人には理解できんじゃったろうが、わしにはその意味がわかった。ヴォルデモートは分霊箱のことを言うておったのじゃ。複数の分霊箱じゃよ、ハリー。ほかの魔法使いにそのような前例はないじゃろう。しかし、辻褄《つじつま》が合う。ヴォルデモート卿《きょう》は、年月が経つにつれ、ますます人間離れした姿になっていった。わしが思うに、そうした変身の道を説明できるのは、唯一、あの者がその魂を、われわれが通常は悪と呼ぶものを超えた領域にまで切り刻んでいたということじゃ……」

「それじゃ、あいつは、ほかの人間を殺すことで、自分が殺されるのを不可能にしていたのですか？」ハリーが聞く。「それほど不滅になりたかったのなら、どうして自分で『賢者《けんじゃ》の石』を創るか、盗むかしなかったのでしょう？」

「いや、そうしようとしたことはわかっておる。五年前のことじゃ」

ダンブルドアの説明が続く。

「しかし、ヴォルデモート卿にとって、『賢者の石』は分霊箱ほど魅力がなかったのではないかと、わしは考えておる。それにはいくつか理由がある」

『命の霊薬《れいやく》』はたしかに生命を延長するものではあるが、不滅の命を保つには、定期的に、永遠に飲み続けなければならぬ。さすれば、ヴォルデモートは、その霊薬に全面的に依存することになり、霊薬が切れたり不純なものになったりするか、または『石』が盗まれた場合には、ヴォルデモートはほかの者同様、死ぬことになるであろう。ヴォルデモートは、憶《おぼ》えておろうが、自分ひとりで事を為したがる。依存するということは、たとえそれが霊薬への依存であろうとも、がまんならなかったのであろうと思う。もちろん、きみを襲った後に、あのように恐ろしい半生命の状態に貶《おとし》められ、そこから抜け出すためであれば霊薬でさえ飲もうと思ったのであろう。しかし、それは肉体を取りもどすためにのみじゃ。それ以後は、引き続き分霊箱を信頼しようとしていたと、わしは確信しておる。それ以外にはなにも必要ではなかった。ただ人間としての形を取りもどすことさえできれば。あの者はすでに不滅だったのじゃから……もしくは、ほかのだれも到達できないほどに、不滅に近かったのじゃから」

「しかし、ハリーよ、きみが首尾よく手に入れてくれた、この肝心な記憶という情報が武器になり、われわれはいまこそ、ヴォルデモート卿を破滅させるための秘密に、これまでのだれよりも近づいておる。ハリー、あの者の言葉を聞いたじゃろう。『もっとたくさん分断するほうがより確かで、より強力になれるのではないでしょうか？……七という数は、一番強い魔法数字ではないですか？』……七という数は、一番強い魔法数字ではないですか。さよう。七分断された魂という考えが、ヴォルデモート卿を強く惹《ひ》きつけたであろうと思うのじゃ」

「七個の分霊箱を作ったのですか？」

ハリーは恐ろしさに身震いし、何枚かの壁の肖像画も、同じように衝撃と怒りの声を上げる。

「でも、その七個は、世界中のどこにだってありうる——隠して——埋めたり、見えなくしたり――」

「問題の大きさに気づいてくれたのはうれしい」ダンブルドアが冷静に肯定する。「しかし、まず、ハリー、七個の分霊箱《ぶんれいばこ》ではない。六個じゃ。七個目の魂は、どのように損傷されていようとも、蘇《よみがえ》った身体の中に宿っておる。長年の逃亡中、幽霊のような存在で生きていた部分じゃ。それなしでは、あの者に自己というものはまったくない。その七番目の魂こそ、ヴォルデモートを殺そうとする者が最後に攻撃しなければならない部分じゃ――ヴォルデモートの身体の中に棲《す》む魂のかけらじゃ」

「でも、それじゃ、六個の分霊箱は」ハリーは絶望気味に言う。「いったいどこを探せばよいのですか？」

「忘れておるようじゃの……きみはすでにそのうちの一つを破壊した。そしてわしももう一つを破壊した」

「先生が？」ハリーは急《せ》き込んだ。

「いかにも」

ダンブルドアはそう言うと、黒く焼け焦げたような手を挙げる。

「指輪じゃよ、ハリー。マールヴォロの指輪じゃ。それにも恐ろしい呪いがかけられておった。わしの並外れた術と――謙譲という美徳に欠ける言い方を許しておくれ――さらに、著しく傷ついてホグワーツにもどったときのスネイプ先生のすばやい処置がなければ、わしは生きてこの話をすることができなかったことじゃろう。しかし、片手が萎《な》えようとも、ヴォルデモートの七分の一の魂と引き換えなら、理不尽ではなかろう。指輪はもはや分霊箱ではない」

「でも、どうやって見つけたのですか？」

「そうじゃのう。もうきみにもわかったじゃろうが、わしは長年、ヴォルデモートの過去をできるだけ詳《つまび》らかにすることを責務としてきた。ヴォルデモートがかつて知っておった場所を訪ねて、わしはあちこち旅をした。たまたま廃屋になったゴーントの家に、指輪が隠してあったのを見つけたのじゃ。その中に魂の一部を首尾よく封じ込めたあとは、ヴォルデモートはもう指輪をはめたくなかったのじゃな。先祖がかつて住んでいた小屋に指輪を隠し、幾重にも強力な魔術を施して指輪を護った――もちろん、モーフィンはすでにアズカバンに連れ去られておった――いつの日《ひ》か、わしがわざわざその廃屋を訪ねるだろうとは、またわしが魔法による秘匿《ひとく》の跡に目を光らせるだろうとは、夢にも思わなかったことじゃろう」

「しかし、心から祝うわけにはいかぬ。きみは日記を、わしは指輪を破壊したが、魂の七分断説が正しいとすれば、あと四個の分霊箱が残っておる」

「それはどんな形でもありうるのですね？」ハリーが言う。「古い缶詰とか、えーと、空の薬瓶《くすりびん》とか……？」

「きみが考えているのは、ハリー、移動《ポート》キーじゃ。それはあたりまえの物で、簡単に見落とされそうな物でなければならない。しかし、ヴォルデモート卿《きょう》が、自分の大切な魂を護るのに、ブリキ缶や古い薬瓶《くすりびん》を使うと思うかね？　わしがこれまできみに見せたことを忘れているようじゃ。ヴォルデモート卿は勝利のトロフィーを集めたがったし、強力な魔法の歴史を持った物を好んだ。自尊心、自分の優位性に対する信仰、魔法史に驚くべき一角を占めようとする決意。こうしたことから考えると、ヴォルデモートは分霊箱《ぶんれいばこ》をある程度慎重に選び、名誉にふさわしい品々を好んで選んだと思われる」

「日記はそれほど特別ではありませんでした」

「日記は、きみ自身が言うたように、ヴォルデモートがスリザリンの後継者である証となるものじゃった。ヴォルデモートはそのことを、この上なく大切だと考えたにちがいない」

「それじゃ、ほかの分霊箱は？」ハリーは勢い込んで聞く。「先生、どういう品か、ご存知なのですか？」

「推量するしかない」ダンブルドアが答える。

「いまも言うたような理由から、ヴォルデモート卿は、品物自体がなんらかの意味で偉大なものを好んだであろうと思う。そこでわしは、ヴォルデモートの過去を隈《くま》なく探り、あの者の周囲でなにか品物が紛失した形跡を見つけようとした」

「ロケットだ！」ハリーが大声を出した。「ハッフルパフのカップ！」

「そうじゃ」ダンブルドアがほほえむ。

「賭けてもよいが——もう一方の手を賭けるわけにはいかぬがのう——指の一、二本ぐらいなら賭けてもよいが、その二つの品が三番目と四番目の分霊箱になった。残る二個は、全部で六個を創ったと仮定しての話じゃが、もっと難しい。しかし、当たるも八卦《はっけ》で言うならば、ハッフルパフとスリザリンの品を確保したあと、ヴォルデモートは、グリフィンドールとレイブンクローの所持品を探しはじめたであろう。四人の創始者の四つの品々は、ヴォルデモートの頭の中で、強い引力になっていたに相違あるまい。果たしてレイブンクローの品をなにか見つけたかどうか、わしは答えを持たぬが、しかし、グリフィンドールゆかりの品として知られる唯一の物は、いまだに無事じゃ」

ダンブルドアは黒焦げの指で背後の壁を指す。そこには、ルビーをちりばめた剣《つるぎ》が、ガラスケースに収まっている。

「先生、ヴォルデモートは、本当はそれが目当てで、ホグワーツにもどってきたかった、ということはあるでしょうか？」ハリーが問う。「創始者の一人の品をなにか見つけようとして？」

「わしもまさにそう思う」ダンブルドアが大きくうなずく。「しかし、残念ながら、そこから先はあまり説明できぬ。なぜなら、ヴォルデモートは学校の中を探索する機会もなく――とわしは信じておるのじゃが――門前払いされてしもうたのじゃから。ヴォルデモートは、四人の創始者の品々を集めるという野望を満たすことができなかった、と結論せざるをえんじゃろう。まちがいなく二つは手に入れた――三つ見つけたかも知れぬ――いまはせいぜいそこまでしか考えられぬ」

「レイブンクローかグリフィンドールの品のどちらかを手に入れたとしても、まだ六番目の分霊箱《ぶんれいばこ》が残っています」

ハリーは指を折って数えながら言う。

「それとも、二つの品を両方とも手に入れたのでしょうか？」

「そうは思わぬ」ダンブルドアが断言する。

「六番目がなにか、わしにはわかるような気がする。わしが、蛇のナギニの行動にしばらく興味を持っていたと打ち明けたら、きみはどう思うかね？」

「あの蛇ですか？」ハリーはぎくっとする。「動物を分霊箱に使えるのですか？」

「いや、賢明とは言えぬ」ダンブルドアが答える。

「それ自身が考えたり動いたりできるものに魂の一部を預けるのは、当然危険を伴う。しかし、わしの計算が正しければ、ヴォルデモートがきみを殺そうとして、ご両親の家に侵入したとき、六つの分霊箱という目標には、まだ少なくとも一つ欠けておったはずじゃ」

「ヴォルデモートは、とくに重大な者の死の時まで、分霊箱を作る過程を延期していたようじゃ。きみの場合は、まぎれもなくそうした死の一つじゃったろう。ヴォルデモートは、きみを殺せば、予言が示した危機を打ち砕くことになると信じていた。自分を無敵の存在にできると信じていた。きみを殺して最後の分霊箱を作ろうと考えていたと、わしは確信を持っておる」

「知ってのとおり、あの者はしくじった。しかし、何年かの後、ヴォルデモートはナギニを使って年老いたマグルの男を殺し、たぶんそのときに、ナギニを最後の分霊箱にすることを思いついたのじゃろう。ナギニはスリザリンとのつながりを際立たせ、なおかつヴォルデモート卿《きょう》の神秘的な雰囲気を高める。ヴォルデモートが好きになれるなにかがあるとするならば、おそらくそれはナギニじゃと思う。たしかにナギニをそばに置きたがっておるし、いかに蛇語使いじゃと言うても、異常なほどナギニを強く操っているようじゃ」

「すると」ハリーが確認する。

「日記もなくなったし、指輪もなくなった。カップ、ロケット、それと蛇はまだ残っている。そして先生は、かつてレイブンクローかグリフィンドールのものだった品かなにかが、分霊箱《ぶんれいばこ》になっているかもしれないとお考えなのですね？」

「見事に簡潔で正確な要約じゃ。そのとおり」ダンブルドアは一礼しながら言う。

「それで……先生はまだ、そうした物を探していらっしゃるのですね？　学校を留守になさっているときには、そういう場所を訪ねていらっしゃったのですか？」

「そうじゃ」ダンブルドアが答える。

「長いこと探しておった。たぶん……わしの考えでは……ほどなくもう一つ発見できるかもしれぬ。それらしい印がある」

「発見なさったら」ハリーは急いで願い出る。「僕も一緒に行って、それを破壊する手伝いができませんか？」

ダンブルドアは一瞬、ハリーをじっと見つめ、やがて口を開く。

「いいじゃろう」

「いいんですか？」ハリーは、まさかの答えに衝撃を受けた。

「いかにも」ダンブルドアはわずかにほほえんでいる。「きみはその権利を勝ち取ったと思う」

ハリーは胸が高鳴った。はじめて警告や庇護《ひご》の言葉を聞かされなかったのがうれしい。周囲の歴代校長たちは、ダンブルドアの決断に、あまり感心しないようだ。ハリーには何人かが首を横に振っているのが見え、フィニアス・ナイジェラスにいたってはフンと鼻を鳴らした。

「先生、ヴォルデモートは、分霊箱が壊されたとき、それがわかるのですか？　感じるのでしょうか？」ハリーは肖像画の反応を無視してたずねる。

「非常に興味ある質問じゃ、ハリー。答えは否《いな》じゃろう。ヴォルデモートはいまや、どっぷりと悪に染まっておるし、さらに自分自身の肝心な部分である分霊が、ずいぶん長いこと本体から切り離されておるので、われわれが感じるようには感じるまい。たぶん、自分が死ぬ時点で、あの者は失った物に気づくのであろう……たとえば、ルシウス・マルフォイの口から真実を吐《は》かせるまで、あの者は日記が破壊されてしまったことに気づかなんだ。日記がずたずたになり、そのすべての力を失ったと知ったときのヴォルデモートの怒りたるや、見るも恐ろしいほどじゃったと聞き及ぶ」

「でも、ルシウス・マルフォイがホグワーツに日記を忍び込ませたのは、あいつがそう指示したからでしょう？」

「いかにも。何年も前のことじゃが、あの者が複数の分霊箱を作れるという確信があったときにじゃ。しかしながら、ヴォルデモートの命令を待つ手はずじゃったルシウスは、その命令を受けることはなかった。日記をルシウスに預けてから間もなく、ヴォルデモートが消えたからじゃ。あの者は、ルシウスが分霊箱をただ大切に護るじゃろうと思い、まさか、それ以外のことをするとは思わなかったにちがいない。しかし、ヴォルデモートは、ルシウスの恐怖心を過大に考えておった。何年も姿を消したままの、死んだと思われるご主人様に対して、ルシウスが持つ恐怖心のことじゃ。もちろん、ルシウスは日記の本性を知らなんだ。あの日記には巧みな魔法がかけてあるので、『秘密の部屋』をもう一度開かせる物になるだろうと、ヴォルデモートがルシウスに話しておいたのじゃろうと思う。ご主人様の魂の一部が託されている物だと知っていたなら、ルシウスはまちがいなくあの日記を、もっと恭《うやうや》しく扱ったことじゃろうて——しかし、そうはせずに、ルシウスは、昔の計画を自分自身の目的のために勝手に実行してしまった。アーサー・ウィーズリーの娘のもとに日記を忍び込ませることで、アーサーの信用を傷つけ、わしをホグワーツから追放させ、同時に自分にとって非常に不利になる物証を片付けるという、一石三鳥を狙ったのじゃ。ああ、哀れなルシウスよ……。一つには、自らの利益のために分霊箱《ぶんれいばこ》を捨ててしもうたという事実、また一つには昨年の魔法省での大失態で、ヴォルデモートの逆鱗《げきりん》に触れてしもうた。現在はアズカバンに収監されているから安全じゃと、本人は内心喜んでおるとしてもむりからぬことじゃ」

ハリーはしばらく考え込み、やがて質問した。

「すると、分霊箱を全部破壊すれば、ヴォルデモートを殺すことが可能なのですか？」

「そうじゃろうと思う」ダンブルドアがうなずく。「分霊箱がなければ、ヴォルデモートは切り刻まれてかけらのごとくになった魂を持つ、滅すべき運命の存在じゃ。しかし、忘れるでない。あの者の魂は修復不能なまでに損傷されておるかもしれぬが、頭脳と魔力は無傷じゃ。ヴォルデモートのような魔法使いを殺すには、たとえ〝分霊箱〟がなくなっても、非凡な技と力を要するじゃろう」

「でも、僕は非凡な技も力も持っていません」ハリーは思わず口走る。

「いや、持っておる」ダンブルドアがきっぱりと言う。「きみはヴォルデモートが持ったことのない力を持っておる。きみの力は――」

「わかっています！」ハリーはいらだちながらダンブルドアを遮《さえぎ》る。「僕は愛することができます！」

そのあとにもう一言、「それがどうした！」と言いたいのを、ハリーはやっとの思いで呑《の》み込む。

「そうじゃよ、ハリー、きみは愛することができる」

ダンブルドアは、ハリーがいま呑み込んだ言葉をはっきりと聞いたかのような表情で言い聞かせる。

「これまできみの身に起こったさまざまな出来事を考えてみれば、それは偉大なすばらしいものなのじゃ。ハリー、自分がどんなに非凡な人間であるかを理解するには、きみはまだ若すぎる」

「それじゃ、予言で、僕が『闇の帝王の知らぬ力』を持つと言っていたのは、ただ単なる——愛？」ハリーは少し失望した。

「そうじゃ——単なる愛じゃ」ダンブルドアがハリーの言葉を繰り返す。

「しかし、ハリー、忘れるでないぞ。予言が予言として意味を持つのは、ヴォルデモートがそのようにしたからなのじゃということを。先学年の終わりにきみに話したように、ヴォルデモートは、自分にとって一番危険になりうる人物として、きみを選んだ——そうすることによって、あの者はきみを、自分にとって最も危険な人物にしたのじゃ」

「でも、結局はおんなじことになる——」

「いや、同じにはならぬ！」

今度はダンブルドアがいらだった口調になる。黒く萎《しな》びた手でハリーを指しながら、ダンブルドアが指摘する。

「きみは予言に重きを置きすぎておる」

「でも」ハリーは急《せ》き込んだ。「でも先生は、予言の意味を——」

「ヴォルデモートがまったく予言を聞かなかったとしたら、予言は実現したじゃろうか？　予言に意味があったじゃろうか？　もちろん、ない！『予言の間』のすべての予言が現実のものになったと思うかね？」

「でも──」ハリーは当惑した。

「でも先生は先学年におっしゃいました。二人のうちどちらかが、もう一人を殺さなければならないと──」

「ハリー、ハリー、それはヴォルデモートが重大なまちがいを犯し、トレローニー先生の言葉に応じて行動したからじゃ！　ヴォルデモートがきみの父君を殺さなかったら、きみの心に燃えるような復讐の願いをかき立てたじゃろうか？　もちろん否《いな》じゃ！　ヴォルデモートが、きみを守ろうとした母君を死に追いやらなかったら、あの者が侵入できぬほどの強い魔法の護りを、きみに与えることになったじゃろうか？これもちろん否じゃよ、ハリー！

わからぬか？　すべての暴君たる者がそうであるように、ヴォルデモート自身が、最大の敵を創り出したのじゃ！　暴君たる者が、自ら虐げている民をどんなに恐れているか、わかるかね？　暴君は、多くの虐げられた者の中から、ある日必ずだれかが立ち上がり、反撃することを認識しておるのじゃ。ヴォルデモートとて例外ではない！　だれかが自分に歯向かうのを、常に警戒しておる。予言を聞いたヴォルデモートは、すぐさま行動した。その結果、自分を破滅させる可能性の最も高い人物を自ら選んだばかりでなく、その者に無類の破壊的な武器まで手渡したのじゃ」

「でも――」

「きみがこのことを理解するのが肝心なのじゃ！」

ダンブルドアは立ち上がり、輝くローブを翻《ひるがえ》しながら部屋の中を大股で歩き回っている。こんなに激しく論じるダンブルドアを、ハリーははじめて見た。

「きみを殺そうとしたことで、ヴォルデモート自身が、非凡なる人物を選び出した。その人物はわしの目の前におる。そしてその人物に、任務のための道具まで与えた！　きみがヴォルデモートの考えや野心を覗き見ることができ、あの者が命令する際に使う蛇の言葉を理解することさえできるようにしたのは、ヴォルデモートの失敗じゃった。しかも、ハリー、ヴォルデモートの世界を洞察《どうさつ》できるという、きみの特権にもかかわらず――ついでながら、そのような才能を得るためなら、死喰い人は殺人もいとわぬことじゃろう――きみは一度たりとも闇の魔術に誘惑されたことがない。けっして、一瞬たりとも、ヴォルデモートの従者になりたいという願望を、露《つゆ》ほども見せたことがない！」

「当然です！」ハリーは憤る。「あいつは僕の父さんと母さんを殺した！」

「つまり、きみは、愛する力によって護られておるのじゃ！」

ダンブルドアが声を張り上げる。

「ヴォルデモートが持つ類の力の誘惑に抗する唯一の護りじゃ！　あらゆる誘惑に

耐えなければならなかったにもかかわらず、あらゆる苦しみにもかかわらず、きみの心は純粋なままじゃ。十一歳のとき、きみの心の望みを映す鏡を見つめているときと変わらぬ純粋さじゃ。あの鏡が示しておったのは、不滅の命でも富でもなく、ヴォルデモート卿《きょう》を倒す方法のみじゃ。ハリー、あの鏡に、きみが見たと同じものを見る魔法使いがいかに少ないか、わかっておるか？ ヴォルデモートはあのときに、自分が対峙《たいじ》しているものがなんなのかを知るべきじゃった。しかし、あの者は気づかなんだ！」

「しかし、あの者は、いまではそれを知っておる。きみは自らを損なうことなしに、ヴォルデモート卿の心に舞い込むことができた。一方、あの者は、きみに取り憑《つ》こうとすれば、死ぬほどの苦しみに耐えなければならないということに、魔法省で気づいたのじゃ。なぜそうなるのか、ハリー、あの者にはわかっておらぬと思う。あの者は、自らの魂を分断することを急ぐあまり、汚れのない、全《まった》き魂の比類なき力を理解する間がなかったのじゃ」

「でも、先生」

ハリーは反論がましく聞こえないよう、健気《けなげ》に努力しながら返す。

「結局は、すべて同じことなのではないですか？ 僕はあいつを殺さなければならない。さもないと——」

「なければならない?」ダンブルドアが語調を強めた。

「もちろん、きみはそうしなければならない! しかし、予言のせいではない! きみが、きみ自身が、そうしなければ休まることがないからじゃ! わしも、きみもそれを知っておる! 頼む、しばしの間でよいから、あの予言を聞かなかったと思って欲しい! さあ、ヴォルデモートについて、きみはどう感じるかな? 考えるのじゃ!」

ハリーは、目の前を大股で往《い》ったり来たりするダンブルドアを見つめながら考える。母親のこと、父親のこと、そしてシリウスのことを思う。セドリック・ディゴリーのことを思う。ヴォルデモート卿《きょう》の仕業であることがわかっている、あらゆる恐ろしい行為のことを心に描く。胸の中にめらめらと炎が燃え上がり、喉元《のどもと》を焦がすような気がする。

「あいつを破滅させたい」ハリーは静かに、しかししっかりと言い切る。「そして、僕が、そうしてやりたい」

「もちろんきみがそうしたいのじゃ!」ダンブルドアがさけぶ。

「よいか。予言はきみがなにかをしなければならないという意味ではない! しかし、予言は、ヴォルデモート卿に、きみを『自分に比肩する者として印す』ように仕向けた。つまり、きみがどういう道を選ぼうと自由じゃ。予言に背を向けるのも自由なのじゃ！　しかしヴォルデモートは、いまでも予言を重要視しておる。きみを追い続けるじゃろう……さすれば、確実に、まさに……」

「一方が、他方の手にかかって死ぬ」ハリーが言う。「そうです」

ハリーはやっと、ダンブルドアが自分に言わんとしていることがわかった。死に直面する戦いの場に引きずり込まれるか、頭を高く上げてその場に歩み入るかのちがいなのだ。その二つの道の間には、選択の余地はほとんどないという人も、おそらくいるだろう。しかし、ダンブルドアは知っている――僕も知っている。そう思うと、誇らしさが一気に込み上げてくる。そして、僕の両親も知っていた――その二つの間は、天と地ほどにちがうのだということを。

第24章　セクタムセンプラ

夜更けの授業で疲れ切っていたが、ハリーはうれしかった。翌朝の「呪文学」の教室で、ハリーは、ロンとハーマイオニーに一部始終を話して聞かせた（その前に近くの生徒たちに「耳塞《みみふさ》ぎ」呪文をかけておくことも忘れない）。どんなふうにしてスラグホーンを導いて記憶を引き出したかを聞くと、二人とも感心しきりだったので、ハリーは大満足だった。さらには、ヴォルデモートの分霊箱《ぶんれいばこ》のことや、ダンブルドアが次の一個を発見したらハリーを連れていくと約束した話をすると、二人は感服して恐れ入ってくれた。

「うわぁ」ハリーがすべてを話し終えると、ロンが声を漏《も》らす。ロンは自分がなにをやっているのかも意識せず、天井に向けて杖《つえ》を振っていた。

「君、本当にダンブルドアと一緒に行くんだ……そして破壊する……うわぁ」

「ロン、あなた、雪を降らせてるわよ」

ハーマイオニーがロンの手首をつかみ、杖を天井から逸《そ》らしながらやさしく言う。たしかに、大きな雪片が舞い落ちてきている。目を真っ赤にしたラベンダー・ブラウンが、隣のテーブルからハーマイオニーを睨《にら》みつけていた。ハーマイオニーはすぐにロンの腕を放す。

「ああ、ほんとだ」

ロンは驚いたような驚かないような顔で、自分の肩を見下ろす。

「ごめん……みんなひどいふけ症になったみたいだな……」

ロンは偽《にせ》の雪をハーマイオニーの肩からちょっと払う。ラベンダーが泣き出した。ロンは大いに申し訳なさそうな顔になり、ラベンダーに背を向ける。

「僕たち、別れたんだ」

ロンは、ほとんど口を動かさずにハリーに言う。

「昨日の夜。ラベンダーは、僕がハーマイオニーと一緒に寮から出てくるのを見たんだ。当然、君の姿は見えなかった。だから、ラベンダーは、二人きりだったと思い込んだよ」

「ああ」ハリーが言う。「まあね――だめになったって、いいんだろ?」

「うん」ロンが認めた。「あいつがわめいてた間は、相当参ったけど、少なくとも僕のほうからおしまいにせずにすんだ」

「弱虫」

そう言いながら、ハーマイオニーはおもしろがっているようだ。

「まあ、ロマンスにとってはいろいろと受難の夜だったみたいね。ジニーとディーンも別れたわよ、ハリー」

ハリーは、ハーマイオニーがハリーにそう言いながら、わけ知り顔の目つきをしたような気がする。しかしまさか、ハリーの胸の中で、急にコンガの踊りが始まったことまでは気づくまい。できるかぎり無表情で、できるだけ何気ない声で、ハリーは聞く。

「どうして?」

「ええ、なんだかとってもばかばかしいこと……ジニーが言うには、肖像画の穴を通るとき、まるでジニーがひとりで登れないみたいに、ディーンがいつも助けようとしたとか……でも、あの二人はずっと前から危うかったのよ」

ハリーは、教室の反対側にいるディーンを見る。たしかに落ち込んでいる。

「そうなると、もちろん、あなたにとってはちょっとしたジレンマね?」

ハーマイオニーが言う。

「どういうこと?」ハリーがあわてて聞く。

「クィディッチのチームのことよ」ハーマイオニーが答える。「ジニーとディーンが口をきかなくなると……」

「あ——ああ、うん」ハリーが言った。

「フリットウィックだ」ロンが警報を出した。

呪文学のちっちゃい先生が、三人のほうにひょこひょこやってくる。酢をワインに完璧に変えられていたのは、ハーマイオニーだけ。そのフラスコは真紅の液体で満たされている。ハリーとロンのフラスコの中身は濁った茶色だった。

「さあ、さあ、そこの二人」フリットウィック先生が咎《とが》めるようにキーキー言う。「おしゃべりを減らして、行動を増やす……先生にやって見せてごらん……」

二人は一緒に杖《つえ》を上げ、念力を集中させてフラスコに杖を向ける。ハリーの酢は氷に変わり、ロンのフラスコは爆発した。

「はい……宿題ね……」

机の下からふたたび姿を現し、帽子のてっぺんからガラスの破片を取り除きながら、フリットウィック先生が言い渡す。

「練習しなさい」

呪文学のあとは、めずらしく三人揃っての自由時間だったので、一緒に談話室にもどった。ロンは、ラベンダーとの仲が終わったことで俄然《がぜん》、気楽になったようだったし、ハーマイオニーもなんだか機嫌がいい。ただ、どうしてにやにやしているのかと聞くと、ハーマイオニーは、「いい天気ね」と言うだけだった。二人とも、ハリーの頭の中で激しい戦いが繰り広げられていることには気づかないようだ。

あの女《ひと》はロンの妹だ。

でもディーンを振った！

それでもロンの妹だ。

僕はロンの親友だ！

だからますます悪い。

最初にロンに話せば——。

ロンは君をぶんなぐるぞ。

僕が気にしないといったら？

ロンは君の親友だぞ！

ハリーは、肖像画の穴を乗り越えて陽当たりのよい談話室に入っていたことに、自分ではほとんど気づいておらず、さらには七年生が小さな群れを作っているのも、ハーマイオニーの声を聞くまではなんとなく見ていただけだった。

「ケイティ！　帰ってきたのね！　大丈夫？」

ハリーは目をみはる。まちがいなくケイティ・ベルだ。完全に健康を取りもどした様子のケイティを、友達が歓声を上げて取り囲んでいる。

「すっかり元気よ！」ケイティがうれしそうに言う。「月曜日に『聖マンゴ』から退院したんだけど、二、三日、パパやママと家で一緒に過ごして、今朝、もどってきたの。ちょうどいま、リーアンが、マクラーゲンのことや、この間の試合のことを話してくれていたところよ。ハリー……」

「うん」ハリーが明るく答える。

「まあ、君がもどったし、ロンも好調だし、レイブンクローを打倒するチャンスは十分だ。つまり、まだ優勝杯を狙える。ところで、ケイティ……」

ハリーは、早速ケイティに聞かないではいられなかった。知りたさのあまり、ジニーのことさえこの瞬間は頭から吹き飛んでいるほどだ。ケイティの友達が、どうやら変身術の授業に遅れそうになっているらしく出かける準備をしていたが、ハリーは声を落として聞く。

「……あのネックレス……だれが君に渡したのか、いま思い出せるかい？」

「ううん」ケイティは残念そうに首を振る。

「みんなに聞かれたんだけど、全然憶《おぼ》えていないの。最後に『三本の箒《ほうき》』の女子トイレに入ったことまでしか――」

「それじゃ、まちがいなくトイレには入ったのね？」ハーマイオニーがたずねる。

「うーん、ドアを押し開けたところまでは覚えがあるわ」ケイティが答える。「だから、私に『服従の呪文《ふくじゅう》』をかけただれかは、ドアのすぐ後ろに立っていたんだと思う。そのあとは、二週間前に『聖マンゴ』で目を覚ますまで、記憶が真っ白。さあ、もう行かなくちゃ。帰ってきた最初の日だからって、『反復書き取り』罰《ばつ》を免除してくれるようなマクゴナガルじゃないしね……」

ケイティは鞄と教科書類をつかみ、急いで友達のあとを追う。残されたハリー、ロン、ハーマイオニーは、窓際のテーブルに席を取り、ケイティがいま言ったことを考えた。

「ということは、ケイティにネックレスを渡したのは、女子、または女性だったことになるわね」ハーマイオニーが言う。「女子トイレにいたのなら」

「それとも、女の子か女性に見えるだれかだ」

ハリーがしたり顔で言う。

「忘れないでくれよ。ホグワーツには大鍋《おおなべ》一杯のポリジュース薬があるってこと。少し盗まれたこともわかってるんだ……」

ハリーは、クラッブとゴイルが何人もの女の子の姿に変身して、踊り跳ねながら行進していく姿を、頭の中で思い浮かべていた。

「もう一回フェリックスを飲もうかと思う」ハリーが考えを述べる。「そして、もう一度『必要の部屋』に挑戦してみる」

「それは、まったくのむだ遣いよ」

ハーマイオニーが、いま鞄から取り出したばかりの「スペルマンのすっきり音節」をテーブルに置きながら、にべもなく言う。

「幸運には幸運の限界があるわ、ハリー。スラグホーンの場合は状況がちがうの。あなたにははじめからスラグホーンを説得する能力があったのよ。あなたは、状況をちょっとつねってやる必要があっただけ。でも、強力な魔法を破るには、幸運だけでは足りない。あの薬の残りをむだにしないで！　ダンブルドアがあなたを一緒に連れていくときに、あらゆる幸運が必要になるわ……」

ハーマイオニーは声を落とし、ささやき声で言い渡す。

「もっと煎《せん》じればどうだ？」

ロンはハーマイオニーを無視して、ハリーに提案する。

「たくさん貯めておけたらいいだろうな……あの教科書を見てみろよ……」

ハリーは『上級魔法薬』の本を鞄から引っぱり出し、フェリックス・フェリシスを探す。

「驚いたなあ。マジで複雑だ」

材料のリストに目を走らせながら、ハリーがうなる。

「それに、六か月かかる……煮込まないといけない……」

「いっつもこれだもんな」ロンが嘆いた。

ハリーが本を元にもどそうとしたそのとき、ページの端が折れているのに気づく。そこを開けると、ハリーが数週間前に印をつけた、セクタムセンプラの呪文が見える。「敵に対して」と見出しがついている。ハーマイオニーがそばにいるときに試すのは気が引けて、なにをする呪文なのか、まだわかってはいない。しかし、この次にマクラーゲンの背後に忍び寄ったときに、試してみようと考えていた。

ケイティ・ベルが帰ってきてうれしくないのは、ディーン・トーマスだけだ。もうチェイサーとしてケイティの代わりを務める必要がない。ハリーがそう告げたとき、ディーンはさばさばと打撃を受け止め、ただうめいて肩をすくめるだけだった。しかしハリーがそばを離れると、ディーンとシェーマスが一緒になって背後で反抗的にぶつくさつぶやく気配がはっきり感じ取れた。

それから二週間は、ハリーがキャプテンになって以来最高の練習が続いた。チーム全員が、マクラーゲンがいなくなったことを喜び、ケイティがやっともどってきたことがうれしくて、抜群の飛びっぷりを見せる。

ジニーは、ディーンと別れたことを気にかけている様子など少しも見せない。それどころか、ジニーこそチームを楽しませる中心人物だった。クアッフルが猛烈な勢いで向かってきたときにゴールポストの前で不安そうにぴょこぴょこするロンの様子をまねたり、ハリーがノックアウトされて気絶する直前に大声でマクラーゲンに命令するところをまねたり、ジニーは終始全員を楽しませる。ハリーもみなと一緒に笑いながら、無邪気な理由でジニーを見ていられるのがうれしかった。しかし、まともにスニッチを探していなかったせいで、練習中にまたもや数回ブラッジャーを食らってけがをする。

頭の中の戦いは相変わらず壮絶を極めた。ジニーかロンか？「ラベンダー後」のロンは、ハリーがジニーを誘ってもあまり気にしないのではないかと、そう思うときもある。しかしそのたびに、ジニーとディーンがキスしているところを目撃したときのロンの表情を思い出す。ハリーがジニーの手をにぎっただけで、ロンはきっと卑《いや》しい裏切りだと考えるだろう……。

それでもハリーは、ジニーに話しかけたかったし一緒に笑いたかった。練習のあとは一緒に歩いてもどりたい。どんなに良心が疼《うず》こうと、気がつくとどうやったらジニーと二人きりになれるかを考えている。スラグホーンがまた小宴会を催してくれれば理想的なんだけれど――ロンがそばにいないだろうから――しかし、残念なことに、スラグホーンはパーティをやめてしまった様子だ。

一度か二度、ハリーはハーマイオニーに助けてもらおうかと思ったが、わかっていたわよ、という顔をされるのはがまんがならない。ハリーが、ジニーを見つめたり、ジニーの冗談で笑ったりするのを、ハーマイオニーがときおりそういう表情で見ているような気がする。さらに複雑なのは、自分が申し込まなければ、だれかがたちまちジニーを誘うにちがいないことだ。それが、またハリーを悩ませる。ハリーもロンも、ジニーに人気がありすぎるのは本人のためによくないという認識では、少なくとも一致している。

結局のところ、もう一度フェリックス・フェリシスを飲みたいという誘惑が日増しに強くなっている。なにしろこの件は確実に、ハーマイオニー言うところの「状況をちょっとつねる」に当たるような気がする。

芳しい五月の日々がいつのまにか過ぎていくのに、ハリーがジニーを目にするときには、なぜかロンが必ずハリーのすぐそばにいる。ハリーは一滴の幸運を切望していた。ロンが、親友と妹が互いに好きになるのはこの上ない幸せだと気がついて欲しい。そして、少しまとまった時間、ジニーと二人きりにしてくれるような幸運が欲しい。しかし、シーズン最後のクィディッチの試合が近づいていたため、ロンは四六時中ハリーと戦術を話したがり、それ以外はほとんどなにも考えていなかったので、どちらのチャンスも巡ってきそうにない。

ロンだけが特別なわけではない。学校中で、グリフィンドール対レイブンクローの試合への関心は、極限まで高まっていた。この試合が、まだ混戦状態の優勝杯の行方を決定するからだ。グリフィンドールがレイブンクローに三〇〇点差で勝てば（相当難しいが、ハリーには自分のチームの飛びっぷりが、これまでで最高だとの自信がある）、グリフィンドールの優勝。三〇〇点を下回る得点差で勝った場合は、レイブンクローに次いで二位となる。一〇〇点差で負ければ、ハッフルパフより下位の三位、一〇〇点を超える得点差で負ければ四位だ。そうなれば、この二世紀来、はじめてグリフィンドールを最下位に落としたキャプテンがハリーだと、みなが一生涯思い出させてくれることになる。

雌雄を決するこの試合への序盤戦は、お定まりの行事から始まった。対抗する寮の生徒たちが、相手チームを廊下で脅そうとしたり、選手が通り過ぎるときにはそれぞれの選手を嫌味ったらしく声高に囃《はや》し立てたりする。選手のほうは、肩で風を切って歩き、注目されることを楽しむか、授業の合間にトイレに駆け込んでゲーゲー吐《は》くかのどちらかだ。

なぜかハリーの頭の中では、試合の行方とジニーに対する自分の計画の成否とが密接に関連している。三〇〇点より多い得点差で勝てば、陶酔《とうすい》状態と試合後の素敵な大騒ぎのパーティが、フェリックス・フェリシスを思い切り飲んだと同じ効果をもたらすような気がしてしかたがない。

いろいろと考え事の多い中で、ハリーはもう一つの野心も捨てていなかった。マルフォイが「必要の部屋」でなにをしているかを知ることだ。ハリーは相変わらず「忍びの地図」を調べ、しばしば地図から消えてしまうマルフォイのことを、「必要の部屋」で相当の時間を過ごしているからだろうと考えている。首尾よくその部屋に入り込むという望みは失いかけていたものの、それでもまだ部屋の近くにいるときは必ず試してみた。しかし、どんなに言葉を変えて自分の必要を唱えても、壁は頑として扉を現さない。

レイブンクロー戦の数日前、ハリーは一人で談話室を出て夕食に向かっていた。ロンは、またしても近くのトイレに駆け込みゲーゲーやっている。ハーマイオニーは、前回の「数占い」の授業で提出したレポートにまちがいが一つあったかもしれないと、ベクトル先生に会いに飛んでいった。

ハリーはつい習慣で、いつものように回り道して八階の廊下に向かいながら、「忍びの地図」をチェックする。ざっと見ても、どこにもマルフォイの姿が見つからないので、また「必要の部屋」の中にちがいないと思った。しかしそのときふと、マルフォイと記された小さな点が、下の階の男子トイレに佇《たたず》んでいるのを目にした。一緒にいるのは、クラッブでもゴイルでもない。なんと「嘆きのマートル」だ。

あまりにありえない組み合わせだったのでハリーは地図から目を離せず、鎧《よろい》に正面衝突してしまった。大きな衝突音で我に返ったハリーは、フィルチが現れないうちにと急いでその場を離れ、大理石の階段を駆け下り、下の階の廊下を走る。トイレの外まできてドアに耳を押しつけたが、なにも聞こえない。ハリーはそっとドアを開ける。

ドラコ・マルフォイがドアに背を向けて立っている。両手で洗面台の両端をにぎり、プラチナ・ブロンドの頭を垂れている。

「やめて」

感傷的な「嘆きのマートル」の声が、小部屋の一つから聞こえてくる。

「やめてちょうだい……困ってることを話してよ……私が助けてあげる……」

「だれにも助けられない」

マルフォイが言う。体中を震わせている。

「僕にはできない……できない……うまくいかない……それに、すぐにやらないと……あの人は僕を殺すって言うんだ……」

そのときハリーは気がつく。あまりの衝撃に、ハリーはその場に根が生えたような気がする。マルフォイが泣いている――本当に泣いている――涙が蒼白《あおじろ》い頬を伝って、垢《あか》じみた洗面台に流れ落ちている。マルフォイは喘《あえ》ぎ、ぐっと涙をこらえて身震いし、顔を上げてひび割れた鏡を覗く。そして、肩越しに自分を見つめているハリーに気づいた。

マルフォイはくるりと振り返り、杖《つえ》を取り出す。ハリーも反射的に杖を引き出す。マルフォイの呪いはわずかにハリーを逸《そ》れ、そばにあった壁のランプを粉々にする。ハリーは脇に飛び退《の》き、「レビコーパス！　浮上せよ！」と心で唱えて杖を振る。しかしマルフォイはその呪いを阻止し、次の呪いをかけようと杖を上げる――。

「だめ！　だめよ！　やめて！」

「嘆きのマートル」がかん高い声を上げ、その声がタイル貼りのトイレに大きく反響する。

「やめて！　やめて！」

バーンと大きな音とともに、ハリーの後ろのゴミ箱が爆発する。ハリーは「足縛《あししば》りの呪い」をかけたが、マルフォイの耳の後ろの壁で撥《は》ね返り、「嘆きのマートル」の下の水槽タンクを破壊する。マートルが大きな悲鳴を上げた。水が一面にあふれ出し、ハリーは滑る。マルフォイは顔を歪《ゆが》めてさけぶ。

「クルーーー」

「セクタムセンプラ！」床に倒れながらもハリーは夢中で杖を振り、思わず例の呪文を大声で唱えた。

マルフォイの顔から胸から、まるで見えない刀で切られたように血が噴き出す。マルフォイはよろよろと後ずさりして水浸しの床にバシャッと倒れる。右手がだらりと垂れて杖が落ちた。

「そんな――」ハリーは息を呑《の》んだ。

滑ったりよろめいたりしながら、ハリーはやっと立ち上がってマルフォイの側に急ぐ。マルフォイの顔はもう血で真っ赤に光り、蒼白《そうはく》な両手が血染めの胸をかきむしっている。

「そんな――僕はそんな――」

ハリーは自分がなにを言っているのかわからなかった。自分自身の血の海で、激しく震えているマルフォイの横に、ハリーはがっくりと両膝をつく。「嘆きのマートル」が、耳をつんざくさけび声を上げる。

「人殺し！　トイレで人殺し！　人殺し！」

ハリーの背後のドアがバタンと開いた。目を上げたハリーはぞっとする。スネイプが憤怒《ふんぬ》の形相で飛び込んできた。ハリーを荒々しく押し退《の》け、スネイプはひざまずいてマルフォイの上にかがみ込み、杖を取り出して、ハリーの呪いでできた深い傷をなぞりながら、呪文を唱えている。まるで歌うような呪文だ。出血が緩やかになったような気がする。スネイプは、マルフォイの顔から残りの血を拭《ぬぐ》い、呪文を繰り返す。今度は傷口が塞がっていくようだ。

ハリーは自分のしたことに愕然《がくぜん》として、自分も血と水とでぐしょ濡れなことにはほとんど気づかず、ただただ見つめ続けていた。頭上では「嘆きのマートル」が、すすり上げむせび泣き続けている。スネイプは三度目の反対呪文を唱え終わると、マルフォイを半分抱え上げて立たせた。

「医務室に行く必要がある。多少傷痕《きずあと》を残すこともあるが、すぐにハナハッカを飲めばそれも避けられるだろう……こい……」

スネイプはマルフォイを支えて、トイレのドアまで歩き、振り返って冷たい怒りの声で指示を出す。

「そして、ポッター……ここで我輩《わがはい》を待つのだ」

逆らおうなどとはこれっぽちも考えなかった。ハリーは震えながらゆっくり立ち上がり、濡れた床を見下ろす。床一面に、真紅の花が咲いたように、血痕《けっこん》が浮いている。「嘆きのマートル」は、相変わらず泣きわめいたりすすり上げたりして、次第にそれを楽しんでいるのが明らかだったが、黙れという気力さえもうない。

十分後にスネイプがもどってきた。トイレに入ってくるなり、スネイプはドアを閉める。

「去れ」

スネイプの一声で、マートルはすぐに便器の中にスイーッともどっていく。あとには痛いほどの静けさが残った。

「そんなつもりはありませんでした」

ハリーがすぐさま弁解する。冷たい水浸しの床に、ハリーの声が反響する。

「あの呪文がどういうものなのか、知りませんでした」

しかし、スネイプは無視する。

「我輩は、君を見くびっていたようだな、ポッター」

スネイプが低い声で言い募る。

「君があのような闇の魔術を知っていようとは、だれが考えようか？　あの呪文はだれに習ったのだ？」

「僕――どこかで読んだんです」

「どこで？」

「あれは――図書室の本です」

ハリーは破れかぶれにでっち上げる。

「思い出せません。なんという本――」

「嘘をつくな」

スネイプが言う。ハリーは喉《のど》がからからになる。スネイプがなにをしようとしているかわかってはいたが、ハリーはこれまで一度もそれを防いだことがない……。

トイレが目の前で揺らめいてきたようだ。すべての考えを締め出そうと努力するが、もがけばもがくほどプリンスの『上級魔法薬』の教科書が頭に浮かび、ぼんやり漂う……。

そして次の瞬間、ハリーは壊れてびしょ濡れになったトイレで、ふたたびスネイプを見つめていた。勝ち目はないと思いながらも、見られたくないものをスネイプが見なかったことを願いつつ、ハリーはスネイプの暗い目を見つめる。しかし――。

「学用品の鞄を持ってこい」

スネイプが静かに命じる。

「それと、教科書を全部だ。全部だぞ。ここに、我輩《わがはい》のところへ持ってくるのだ。いますぐ！」

議論の余地などない。ハリーはすぐに踵《きびす》を返し、トイレからバシャバシャと出ていく。廊下に出るや、ハリーはグリフィンドール塔に向かって駆け出した。反対方向に歩いているほとんどの生徒が、ぐっしょり濡れた血だらけのハリーを唖然《あぜん》として見つめたが、すれちがいざまに投げかけられる質問にもいっさい答えずに、ハリーはひたすら走った。

ハリーは衝撃を受けていた。愛するペットが突然凶暴になったような気持ちだ。あんな呪文を教科書に書き込むなんて、いったいプリンスはなにを考えているんだ？

スネイプがあの教科書を見たら、いったいどうなるんだろう？　スラグホーンに言いつけるのだろうか――ハリーは胃がよじれる思いがする――今学期中、ハリーが魔法薬であんなによい成績だった理由を、スラグホーンにばらされてしまうのだろうか？　ハリーにこれほど多くのことを教えてくれた教科書を、スネイプは取り上げるのか破壊してしまうのか……指南役でもあり、友達でもあったあの教科書を？　そんなことがあってはならない……そんなことはとても……。

「どこに行って――？　なんでそんなにぐしょ濡れ――？　それ、血じゃないのか？」

ロンが階段の一番上に立って、当惑顔でハリーの姿を見ている。

「君の教科書が必要だ」ハリーが息をはずませながら頼む。「君の魔法薬の本。早く……僕に渡して……」

「でも、『プリンス』はどうするんだ？」

「あとで説明するから！」

ロンは自分の鞄から『上級魔法薬』の本を引っぱり出して、ハリーに渡す。ハリーはロンを置き去りにして走り出し、談話室にもどった。そこで鞄を引っつかみ、夕食をすませた何人かの生徒が驚いて眺めるのも構わず、ふたたび肖像画の穴に飛び込んで、八階の廊下を矢のように走った。

踊るトロールのタペストリーの横で急停止し、ハリーは両目をつむって歩きはじめる。

僕の本を隠す場所が必要だ……僕の本を隠す場所が必要だ……僕の本を隠す場所が必要だ……。

なにもない壁の前を、ハリーは三度往復する。目を開けると、ついにそこに扉が現れていた。「必要の部屋」の扉だ。ハリーはぐいと開けて中に飛び込み、扉をバタンと閉める。

ハリーは息を呑《の》む。急いで、無我夢中で、その上トイレで恐怖が待ち受けているにもかかわらず、ハリーは目の前の光景に威圧された。そこは、大聖堂ほどもある広い部屋だ。高窓からいく筋もの光が射し込み、そびえ立つ壁でできている都市のような空間を照らしている。ホグワーツの住人が何世代にもわたって隠してきた物が、壁のように積み上げられてできた都市だ。壊れた家具が積まれ、ぐらぐらしながら立っているその山の間が、通路や隘路《あいろ》になっている。

家具類は、たぶんしくじった魔法の証拠を隠すためにしまい込んだか、城自慢の屋敷しもべ妖精たちが隠したかったのだろう。何千冊、何万冊という本もある。明らかに禁書か、書き込みがしてあるか、盗品と思われる。羽の生えたパチンコ、噛《か》みつきフリスビーなどは、まだ少し生気が残っている物もあり、山のような禁じられた品々の上を、なんとなくふわふわ漂っている。固まった薬の入った欠けた瓶《びん》やら、帽子、宝石、マントなど。さらに、ドラゴンの卵の殻《から》のようなもの。コルク栓がしてある瓶の中身はまだ禍々《まがまが》しく光っている。錆びた剣が何振りかと、重い血染めの斧が一本。

ハリーは、隠された宝物に囲まれているいく筋もの隘路の一つに、急いで入り込む。巨大なトロールの剥製《はくせい》を通り過ぎたところで右に曲がり、少し走って、壊れた「姿をくらますキャビネット棚」のところを左折する。去年モンタギューが押し込められて姿を消したキャビネット棚だ。最後にハリーは、酸をかけられたらしく、表面がぼこぼこになった大きな戸棚の前で立ち止まる。キーキー軋《きし》む戸の一つを開けると、そこはすでに檻《おり》に入ったなにかが隠してあった。とっくに死んでいたが、骨は五本足だ。ハリーは檻の陰にプリンスの教科書を隠し、きっちり戸を閉めた。

雑然とした廃物の山を眺めて、ハリーはしばらくそこに佇《たたず》む。心臓が激しく胸をたたいている。……こんなガラクタの中で、この場所をまた見つけることができるだろうか？　ハリーは、近くの木箱の上に置いてあった、年老いた醜い魔法戦士の欠けた胸像を取り上げて本を隠した戸棚の上に置き、その頭に埃《ほこり》だらけの古い鬘《かずら》と黒ずんだティアラを載せて、さらに目立つようにした。それから、できるだけ急いでガラクタの隘路を駆けもどり、廊下に出て扉を閉めた。扉はたちまち元の石壁にもどる。

ハリーは、下の階のトイレに全速力でもどった。走りながら、ロンの『上級魔法薬』の教科書を鞄に押し込む。

一分後、ハリーはスネイプの面前に立っていた。スネイプは一言も言わずにハリーの鞄に手を差し出す。ハリーは息をはずませ、胸に焼けるような痛みを感じながら鞄を手渡して、待った。

スネイプはハリーの本を一冊ずつ引き出して調べる。最後に残った魔法薬の教科書を、スネイプは入念に調べた後に口をきいた。

「ポッター、これは君の『上級魔法薬』の教科書か？」

「はい」ハリーはまだ息をはずませている。

「たしかにそうか？　ポッター？」

「はい」ハリーは少し食ってかかるように言う。

「君がフローリシュ・アンド・ブロッツ書店から買った『上級魔法薬』の教科書か？」

「はい」ハリーはきっぱりと答える。

「それなれば、何故《なにゆえ》」スネイプが言及する。「表紙の裏に、『ローニル・ワズリブ』と書いてあるのだ？」

ハリーの心臓が、一拍すっ飛ばす。

「それは僕の綽名《あだな》です」

「君の綽名」スネイプが繰り返す。

「ええ……友達が僕をそう呼びます」

「綽名がどういうものかは、知っている」

スネイプは信じてはいない。冷たい暗い目が、またしてもハリーの目をぐりぐりと抉《えぐ》る。ハリーはスネイプの目を見ないようにした。心を閉じるんだ……心を閉じるんだ……しかしハリーは、そのやり方をきちんと習得していない……。

「ポッター、我輩《わがはい》がなにを考えているかわかるか？」

スネイプはきわめて低い声で問いかける。

「我輩は君が嘘つきのペテン師だと思う。そして、今学期一杯、土曜日に罰則を受けるに値すると考える。ポッター、君はどう思うかね？」

「僕――僕はそうは思いません。先生」

ハリーはまだスネイプの目を見ないようにしていた。

「ふむ。罰則を受けたあとで君がどう思うか見てみよう」スネイプが言い放つ。

「土曜の朝、十時だ。ポッター。我輩の研究室で」

「でも、先生……」ハリーは絶望的になって顔を上げる。

「クィディッチが……最後の試合が――」

「十時だ」

スネイプは黄色い歯を見せてにやりと笑いながら、ささやき声でつけ足す。

「哀れなグリフィンドールよ……今年は気の毒に、四位だろうな……」

スネイプはそれ以上一言も言わずに、トイレを出ていった。残されたハリーは、ロンでさえいままで感じたことがないにちがいないほどの、ひどい吐《は》き気を催しながら、割れた鏡を見つめていた。


「『だから注意したのに』、なんて言わないわ」

一時間後、談話室でハーマイオニーが言う。

「ほっとけよ、ハーマイオニー」ロンは怒っている。

ハリーは、結局夕食に行かなかった。まったく食欲がない。ついいましがた、ロン、ハーマイオニー、ジニーに、なにがあったかを話して聞かせたところだが、話す必要もなかったようだ。ニュースはすでにあっという間に広まっていた。どうやら「嘆きのマートル」が勝手に役目を引き受けて、城中のトイレにぽこぽこ現れてその話をしたらしい。パンジー・パーキンソンはとっくに医務室に行ってマルフォイを見舞い、時を移さず城の津《つ》々《づ》浦《うら》々《うら》を回って、ハリーをこき下ろしている。そしてスネイプは、先生方になにが起こったかを仔細《しさい》に報告していた。

ハリーはすでに談話室から呼び出され、マクゴナガル先生と差し向かいで非常に不愉快な十五分間を耐え忍んだ。マクゴナガル先生は、ハリーが退学にならなかったのは幸運だと告げ、今学期中すべての土曜日に罰則《ばっそく》というスネイプの処分を、全面的に支持した。

「あのプリンスという人物はどこか怪しいって、言ったはずよ」ハーマイオニーは、どうしてもそう言わずにはいられない様子だ。

「私の言うとおりだったでしょ？」

「いいや、そうは思わない」ハリーは頑固に言い張る。

ハーマイオニーに説教されなくとも、ハリーはもう十分に辛《つら》い思いを味わっている。土曜日の試合でプレイできないと告げたときのグリフィンドール・チームの表情が、最悪の罰だった。ジニーが自分を見つめているのを感じたのに、目も合わせられない。ジニーの目に失望と怒りを見たくなかった。ハリーはその場で、土曜日にはジニーがシーカーになり、ジニーの代わりにディーンがチェイサーを務めるようにと指示を出した。試合に勝てば、もしかして試合後の陶酔感《とうすいかん》で、ジニーとディーンがよりをもどすかもしれない……その思いが、氷のナイフのようにハリーを刺す。

「ハリー」ハーマイオニーが言い返してくる。「どうしてまだあの本の肩を持つの？　あんな呪文が――」

「あの本のことを、くだくだ言うのはやめてくれ！」ハリーが噛《か》みついた。「プリンスはあれを書き写しただけなんだ！　だれかに使えって勧めていたのとはちがう！」

そりゃ、断言はできないけど、プリンスは、自分に対して使われたやつを書き留めていただけかもしれないじゃないか！」

「信じられない」ハーマイオニーがなおも言い募る。「あなたが事実上弁護してること って——」

「自分のしたことを弁解しているわけじゃない！」ハリーは急いで言った。「しなければよかったと思ってる。なにも十数回分の罰則を食らったからって、それだけで言ってるわけじゃない。たとえマルフォイにだって、知ってたら僕はあんな呪文は使わなかっただろう。だけどプリンスを責めることはできない。『これを使え、すごくいいから』なんて書いてなかったんだから——プリンスは自分のために書き留めておいただけなんだ。だれかのためにじゃない……」

「ということは」ハーマイオニーが言う。「もどるつもり——？」

「そして本を取り返すってこと？　ああ、そのつもりだ」ハリーは力んだ。

「いいかい、プリンスなしでは、僕はフェリックス・フェリシスを勝ち取れなかっただろう。ロンが毒を飲んだとき、どうやって助けるかもわからなかったはずだ。それに、絶対——」

「――魔法薬に優れているという、身に余る評判も取れなかった」

ハーマイオニーが意地悪く言う。

「ハーマイオニー、やめなさいよ！」ジニーが鋭く口を出した。

ハリーは驚きと感謝のあまり、つい目を上げる。

「話を聞いたら、マルフォイが『許されざる呪文』を使おうとしていたみたいじゃない。ハリーが、いい切り札を隠していたことを喜ぶべきよ！」

「ええ、ハリーが呪いを受けなかったのは、もちろんうれしいわ！」

ハーマイオニーは明らかに傷ついたようだ。

「でも、ジニー、セクタムセンプラの呪文がいい切り札だとは言えないわよ。結局ハリーはこんな目にあったじゃない！　せっかくの試合に勝てるチャンスが、おかげでどうなったかを考えたら、私なら――」

「あら、いまさらクィディッチのことがわかるみたいな言い方をしないでよ」

ジニーがぴしゃりと制する。

「自分が面子《めんつ》を失うだけよ」

ハリーもロンも目をみはる。ハーマイオニーとジニーは、これまでずっととても馬が合っていたのに、いまや二人とも腕組みし、互いにそっぽを向いてあらぬ方向を睨《にら》んでいる。ロンはそわそわとハリーを見て、それから適当な本をさっとつかんでその陰に顔を隠した。

その夜はそれ以後、だれも互いに口をきかなかった。にもかかわらず、ハーリーは、そんな気分になる資格はないと思いながらも、急に信じられないほど気持ちが高ぶっていた。

しかし、うきうき気分もそう長くは続かない。次の日は、まずスリザリンの嘲《あざけ》りに耐えなければならず、それればかりか仲間のグリフィンドール生の怒りにもさらされた。なにしろ、寮のキャプテンともあろう者が、シーズン最後の試合への出場を禁じられるようなことをしでかしたこと自体、許しがたいのだ。

ハーマイオニーには強気で言い張ったものの、土曜日の朝がきてみると、ハリーは、ロンやジニーやほかの選手たちと一緒にクィディッチ競技場に行けるなら、世界中のフェリックス・フェリシスを、熨斗《のし》をつけて差し出してもいいと思うほどの気持ちになっていた。みながロゼットや帽子を身につけ、旗やスカーフを振りながら、太陽の下に出ていくというのに、自分だけが大勢の流れに背を向け、石の階段を地下牢教室に下りていくのはやはり耐えがたい。さらには、遠くの群衆の声がやがてまったく聞こえなくなり、一言の解説も、歓声も、うめき声も聞こえないことを思い知らされるのは、とても辛《つら》い。

「ああ、ポッター」

　ハリーが扉をノックして入っていくと、スネイプが迎える。不愉快な思い出の詰まったなじみ深い研究室は、スネイプが上の階で教えるようになっても、明け渡されてはいない。いつものように薄暗く、以前と同じように、さまざまな色の魔法薬の瓶《びん》が壁一杯に並び、中にはどろりとした死骸が浮遊している。明らかにハリーのために用意されているテーブルには、不吉にも蜘蛛《くも》の巣だらけの箱が積み上げられ、退屈で骨が折れて、しかも無意味な作業だというオーラが漂っている。

「フィルチさんが、この古い書類の整理をする者を探していた」

　スネイプが猫なで声で言う。

「ご同類のホグワーツの悪童どもと、その悪行に関する記録だ。インクが薄くなっていたり、カードがネズミの害を被っているものについて、犯罪と刑罰を新たに書き写していただこう。さらに、アルファベット順に並べて、元の箱に収めるのだ。魔法は使うな」

「わかりました。先生」

　ハリーは先生という言葉に、できるかぎりの軽蔑を込めて返事をする。

「最初に取りかかるのは」

　スネイプは、悪意たっぷりの笑みを唇に浮かべている。

「千十二番から千五十六番までの箱がよろしかろう。いくつかおなじみの名前が見つかるだろうから、仕事がさらにおもしろくなるはずだ。それ……」

スネイプは、一番上にある箱の一つから、仰々《ぎょうぎょう》しく一枚のカードを取り出して読み上げる。

「ジェームズ・ポッターとシリウス・ブラック。バートラム・オーブリーに対し、不法な呪いをかけた廉《かど》で捕まる。オーブリーの頭は通常の二倍。二倍の罰則《ばっそく》」

スネイプがにやりと笑う。

「死んでも偉業の記録を残す……そう考えると、大いに慰めになるだろうねえ」

ハリーの鳩尾《みずおち》に、いつもの煮えくり返るような感覚が走る。喉《のど》まで出かかった応酬の言葉を噛《か》み殺し、ハリーは箱の山の前に腰掛け、その一つを手元に引き寄せた。

予想したとおり、無益でつまらない作業だった。ときどき（明らかにスネイプの狙いどおり）、父親やシリウスの名前を見つけて、胃が揺さぶられる思いがする。たいてい二人でつるんで、些細《ささい》な悪戯《いたずら》をしている。またときどき、リーマス・ルーピンやピーター・ペティグリューの名前も一緒に出てきた。どんな悪さでどんな罰を受けたかを写し取りながら、始まったばかりの試合はどうなっているのだろうと、ハリーは外のことを考えた……ジニーがシーカーとして、チョウと対決している……。

チクタクと時を刻んでいる壁の大時計に、ハリーは何度も目をやる。その時計は、普通の倍も時間をかけて動いているのではないかと思える。もしや、スネイプが魔法で遅くしたのではないか？　まだ三十分しか経ってないなんてありえない……まだ一時間……まだ一時間半……。

時計が十二時半を示したとき、ハリーの腹時計がぐうぐう言い出した。作業の指示を出してから一度も口をきかなかったスネイプが、一時十分過ぎになってようやく顔を上げる。

「もうよかろう」スネイプが冷たく言い放つ。「どこまでやったか印をつけるのだ。次の土曜日、十時から先を続ける」

「はい、先生」

ハリーは、端を折ったカードを適当に箱に突っ込み、スネイプの気が変わらないうちに急いで部屋を出た。石段を駆け上がりながら、ハリーは競技場からの物音に耳を澄ませたが、まったく静かだ……もう、終わってしまったんだ……。

混み合った大広間の外で、ハリーは少し迷ったが、意を決して大理石の階段を駆け上がる。グリフィンドールが勝っても負けても、選手が祝ったり相憐れんだりするのは通常、寮の談話室だ。

「何事やある？　クイッド　アジス？」

中でなにが起こっているかと考えながら、ハリーは恐る恐る「太った婦人《レディ》」に呼びかけた。

「見ればわかるわ」と答えた婦人《レディ》の表情からは、なにも読み取れない。婦人《レディ》がパッと扉を開ける。

肖像画の裏の穴から、祝いの大歓声が爆発した。ハリーの姿を見つけてさけび声を上げるみなの顔を、ハリーはぽかんと大口を開けて見つめた。何本もの手が、ハリーを談話室へと引き込んだ。

「勝ったぞ！」

ロンが目の前に躍り出て、銀色の優勝杯を振りながらさけぶ。

「勝ったんだ！　四五〇対一四〇！　勝ったぞ！」

ハリーはあたりを見回した。ジニーが駆け寄ってきた。決然とした、燃えるような表情で、ジニーはハリーに抱きついた。ハリーは、なにも考えず、なにも構えず、五十人もの目が注がれているのも気にせず、ジニーにキスをする。

どのくらい経ったのだろう……三十分だったかもしれない……太陽の輝く数日間かもしれない――二人は離れた。部屋中がしんとなっている。それから何人かが冷やかしの口笛を吹き、あちこちでくすぐったそうな笑い声がわき起こった。

ジニーの頭越しに見ると、ディーン・トーマスが手にしたグラスをにぎりつぶし、ロミルダ・ベインはなにかを投げつけたそうな顔をしている。ハーマイオニーはにっこりしていた。しかし、ハリーはロンを目で探す。ようやく見つけたロンは、優勝杯をにぎったまま、頭を棍棒《こんぼう》でなぐられたときにふさわしい表情をしている。一瞬、二人は顔を見合わせた。それからロンが、首を小さくくいっと傾ける。ハリーにはその意味がわかった。

「まあな――しかたないだろ」

ハリーの胸の中の生き物が、勝利に吠えた。ハリーは、ジニーを見下ろしてにっこり笑い、なにも言わずに、肖像画の穴から出ようと合図する。校庭をいつまでも歩きたい。その間に――時間があればだが――試合の様子を話し合えるかもしれない。

第25章　盗聴された予見者

ハリーがジニー・ウィーズリーと付き合っている。そのことは大勢の、とくに女子の関心の的になっているようだ。しかしそれからの数週間、ハリーは噂話《うわさばなし》など、まったく気にならないほど幸せに過ごした。ずいぶん長い間、こんなに幸福な気持ちになったことなどない。それに、幸せなことで人の口に上るのは、闇の魔術の恐ろしい場面に巻き込まれて噂になるばかりだったハリーにとっては、この上なくすばらしい変化と言える。

「ほかにもっと噂話のネタはあるでしょうに」

談話室の床に座り、ハリーの足に寄りかかって「日刊予言者新聞《にっかんよげんしゃしんぶん》」を読んでいたジニーが言う。

「この一週間で三件も吸魂鬼襲撃事件があったっていうのに、ロミルダ・ベインが私に聞くことといったら、ハリーの胸にヒッポグリフの大きな刺青《いれずみ》があるというのは本当か、だって」

ロンとハーマイオニーが大笑いするのを、ハリーは無視する。

「なんて答えたんだい？」

「ハンガリー・ホーンテールだって言ってやったわ」

のんびりと新聞のページをめくりながら、ジニーが答える。

「ずっとマッチョっぽいじゃない」

「ありがと」ハリーはにやっと笑った。

「それで、ロンにはなんの刺青があるって言ったんだい？」

「ピグミーパフ。でも、どこにあるかは言わなかったわ」

ハーマイオニーは笑い転げ、ロンはしかめ面で睨《にら》む。

「気をつけろ」

ロンがハリーとジニーを指さして、警告するように言う。

「許可を与えることは与えたけど、撤回しないとは言ってないぞ――」

「〝許可〟？」ジニーがふんと言った。

「いつからわたしのすることに、許可を与えるようになったの？　どっちにしろ、マイケルやディーンなんかよりハリーだったらいいのにって言ったのは、あなたご自身ですからね」

「ああ、そのほうがいいさ」ロンがしぶしぶ認める。「君たちが公衆の面前でいちゃいちゃしないかぎり――」

「偽善者もいいとこだわ！　ラベンダーとあなたのことは、どうなの？　あっちこっちで二匹のうなぎみたいにぬめぬめのたうってたのは、どなた？」

ジニーが食ってかかった。

六月に入ると、ロンのがまんの限界を試す必要もなくなった。ハリーとジニーが二人一緒に過ごす時間は、どんどん少なくなってきている。O・W・L《ふくろう》試験が近づいて、ジニーは夜遅くまで勉強しなければならなかったからだ。そんなある夜、ジニーが図書室にこもっている間、ハリーは談話室の窓際に腰掛けて薬草学の宿題を仕上げていた。しかしそれは、うわべだけのこと。実際はジニーと湖のそばで過ごした、昼休みのこの上なく幸せな時間を思い浮かべていた。そのときハーマイオニーが、なにか含むところのあるような顔で、ハリーとロンの間に座る。

「ハリー、お話があるの」

「なんだい？」

ハリーは、いやな予感を抱きながら聞き返す。つい昨日もハーマイオニーは、ジニーは試験のために猛勉強をしなければならないのだから邪魔をしてはいけないと、ハリーに説教したばかりだ。

「いわゆる『半純血《はんじゅんけつ》のプリンス』のこと」

「またか」ハリーがうめく。「頼むからやめてくれないか？」

ハリーはまだ、教科書を取りに「必要の部屋」に入る勇気がわかない。その結果、当然ながら魔法薬の成績は大打撃を受ける（ただしスラグホーンは、お気に入りのジニーがハリーの相手だったこともあり、恋の病のせいだと茶化してすませてくれた）。それでもスネイプがプリンスの本を没収する望みをまだ捨ててはいないと確信するハリーは、スネイプの目が光っているうちは、本をそのままにしておこうと決めている。

「やめないわ」

ハーマイオニーがきっぱりと言う。

「あなたが私の言うことをちゃんと聞くまではね。闇の呪文を発明する趣味があるのは、どういう人なのか、私、少し探ってみたの」

「彼は、趣味でやったんじゃない――」

「彼、彼って――どうして男性なの？」

「前にも、同じやり取りをしたはずだ」ハリーがいらだつ。「プリンスだよ、ハーマイオニー、プ・リ・ン・ス！」

「いいわ！」

ハーマイオニーの頬がパッと赤く燃え上がる。ハーマイオニーはポケットからとびきり古い新聞の切り抜きを引っぱり出したと思うや、ハリーの目の前の机にバンとたたきつける。

「見て！　この写真を見るのよ！」

ハリーはボロボロの紙切れを拾い上げ、セピア色に変色した動く写真を見つめた。ロンも体を曲げて覗き込む。十五歳くらいの、やせた少女の写真だ。かわいいとは言えない。太く濃い眉《まゆ》に、蒼白《あおじろ》い面長な顔は、怒っているようにも、すねているようにも見える。写真の下にはこう書かれている。

〝アイリーン・プリンス。ホグワーツ・ゴブストーン・チームのキャプテン〟

「それで？」

写真に関係する短い記事にざっと目を通しながら、ハリーがたずねる。学校対抗試合の、かなりつまらない記事だ。

「この人の名前はアイリーン・プリンスよ。ハリー、プリンス」

三人は顔を見合わせ、ハリーはハーマイオニーの言おうとしていることに気づく。

ハリーは笑い出した。

「ありえないよ」

「なにが？」

「この女の子が『半純血の……』？　いいかげんにしろよ」

「え？　どうして？　ハリー、魔法界には本当の王子なんていないのよ！　綽名《あだな》か、勝手にその肩書きを名乗っているか、または実名かもしれないわ。そうでしょう？　いいから、よく聞いて！　もしこの女の子の父親が『プリンス』という姓で、母親がマグルなら、それで『半純血《はんじゅんけつ》のプリンス』になるわ！」

「ああ、独創的だよ、ハーマイオニー……」

「でも、そうなるわ！　この人はたぶん、自分が半分プリンスであることを誇りにしていたのよ！」

「いいかい、ハーマイオニー。女の子じゃないって、僕にはわかるんだ。とにかくわかるんだよ」

「本当は、女の子がそんなに賢いはずはないって、そう思ってるんだわ」

ハーマイオニーが怒ったように訴える。

「五年も君のそばにいた僕が、女の子が賢くないなんて思うはずないだろ？」

ハリーは少し傷ついて反論する。

「書き方だよ。プリンスが男だってことが、とにかくわかるんだ。僕にはわかるんだよ。この女の子はなんの関係もない。どっから引っぱり出してきたんだ？」

「図書室よ」

ハーマイオニーは予想どおりに答えた。

「古い『予言者新聞《よげんしゃしんぶん》』が全部取ってあるの。それで、私、できればアイリーン・プリンスのことをもっと調べるつもりよ」

「どうぞご勝手に」ハリーがいらつきながら言う。

「そうするわ」ハーマイオニーが返す。

「それに、最初に調べるのは――」

ハーマイオニーは肖像画の穴まで行き、ハリーに向かって語気鋭く言い放つ。

「昔の魔法薬の表彰の記録よ」

出ていくハーマイオニーを、ハリーはしばらく睨《にら》んでいたが、暗くなりかけた空を眺めながらまた物想いにもどった。

「ハーマイオニーは、魔法薬で、君が自分よりできるっていうのが、どうしてもがまんならないだけさ」ロンは『薬草ときのこ千種』をふたたび読みはじめながら言う。

「あの本を取りもどしたいって考える僕が、どうかしてると思うか？」

「思わないさ」

ロンが力強く言う。

「天才だよ。あのプリンスは。とにかく……もしベゾアール石のヒントがなかったら……」

ロンは自分の喉《のど》をかき切る動作をする。

「生きてこんな話をすることもできなかっただろ？　そりゃ、君がマルフォイに使った呪文がすごいなんてことは言わないけど——」

「僕だって、あの呪文がいいだなんて思ってない！」ハリーが即座に返す。

「だけど、マルフォイはちゃんと治ったじゃないか？　たちまち回復だ」

「うん」ハリーが答える。

たしかにそのとおりだが、やはり良心は痛む。

「スネイプのおかげでね……」ハリーはつけ足した。

「君、また次の土曜日にスネイプの罰則《ばっそく》か？」ロンが聞く。

「うん。そのあとの土曜日も、またそのあとの土曜日もだ」

ハリーはため息をつく。

「それに、今学期中に全部の箱をやり終えないと、来学年も続けるとかなんとか臭わせはじめてるし」

ただでさえジニーと過ごす時間が少ないのに、その上罰則で時間を取られるなんて、実際うんざりだ。最近ハリーは、スネイプが本当は承知の上でしていることではないかと、しばしば疑うようになっている。というのもスネイプが、せっかくのよい天気なのにいろいろな楽しみを失うとは、などとひとり言のようにちくちくつぶやきながら、毎回徐々にハリーの拘束時間を長くしているからだ。

苦い思いを噛《か》みしめていたハリーは、ジミー・ピークスが急にそばに現れたのでびくっとした。ジミーは羊皮紙《ようひし》の巻紙を差し出している。

「ありがとう、ジミー……あっ、ダンブルドアからだ！」

ハリーは巻紙を開いて目を走らせながら、興奮する。

「できるだけ早く、校長室にきて欲しいって！」

ハリーは、ロンと顔を見合わせる。

「おっどろきー」ロンがささやくように言った。「もしかして……見つけたのかな……？」

「すぐ行ったほうがいいよね？」

ハリーは勢いよく立ち上がる。

ハリーはすぐに談話室を出て、八階の廊下をできるだけ急いだ。途中ピーブズ以外にはだれとも会わなかった。ピーブズは決まり事のように、チョークのかけらをハリーに投げつけ、ハリーの防衛呪文をかわして、高笑いしながらハリーと反対方向に飛び去る。ピーブズが消え去ったあとの廊下は、深閑《しんかん》としていた。夜間外出禁止時間まであと十五分しかなかったので、大多数の生徒はもう談話室にもどっている。

そのとき、悲鳴と衝撃音が聞こえ、ハリーは足を止めて、耳を澄ませた。

「なんて――失礼な――あなた――あああああーっ！」

音は近くの廊下から聞こえてくる。ハリーは杖《つえ》を構えて音に向かって駆け出し、飛ぶように角を曲がる。トレローニー先生が、床に大の字に倒れていた。何枚も重なったショールの一枚が顔を覆い、そばにはシェリー酒の瓶《びん》が数本転がっている。一本は割れていた。

「先生――」

ハリーは急いで駆け寄り、トレローニー先生を助け起こす。ピカピカのビーズ飾りが何本か、メガネにからまっている。トレローニー先生は大きなしゃっくりをしながら髪をなでつけ、ハリーの腕にすがって立ち上がった。

「先生、どうなさったのですか？」

「よくぞ聞いてくださったわ！」

先生がかん高い声で話し出す。

「あたくし、考えごとをしながら歩き回っておりましたの。あたくしがたまたま垣間見た、いくつかの闇の前兆についてとか……」

しかし、ハリーはまともに聞いてはいなかった。いま立っている場所がどこなのかに気づいたからだ。右には踊るトロールのタペストリー、左一面は頑丈な石壁。その裏に隠れているのは――。

「先生、『必要の部屋』に入ろうとしていたのですか？」

「……あたくしに啓示された予兆についてとか――えっ？」

先生は急にそわそわしはじめる。

「『必要の部屋』です」

ハリーが繰り返す。

「そこに入ろうとなさっていたのですか？」

「あたくし――あら――生徒が知っているとは、あたくし存じませんでしたわ――」

「全員ではありません」

ハリーが答える。

「でも、なにがあったのですか？　悲鳴を上げましたね……けがでもしたように聞こえましたけど……」

「あたくし――あの」

トレローニー先生は、身を護るかのようにショールを体に巻きつけ、拡大された巨大な目でハリーをじっと見下ろす。

「あたくし――あ――ちょっとした物を――あッ――個人的な物をこの部屋に置いておこうと……」

それから先生は、「ひどい言いがかりですわ」のようなことをつぶやく。

「そうですか」

ハリーは、シェリー酒の瓶《びん》をちらりと見下ろしながら言う。

「でも、中に入って隠すことができなかったのですね？」

変だ、とハリーは思った。「部屋」は、プリンスの本を隠したいと思ったとき、ようやくハリーのために開いてくれた。

「いえ、ちゃんと入りましたことよ」

トレローニー先生は壁を睨《にら》みつけながら恨み事のようにつぶやく。

「でも、そこには先客がいましたの」

「中に――？　だれですか？　だれが？」

思わずハリーは詰問口調になった。

「先生、そこにはだれがいたんです？」

「さっぱりわかりませんわ」

ハリーの緊迫した声に少したじろぎながら、トレローニー先生が答える。

「『部屋』に入ったら、声が聞こえましたの。あたくし長年隠し――いえ、『部屋』

を使ってきましたけれど――こんなことははじめて――」

「声？　なにを言っていたんです？」

「なにかを言っていたのかどうか、わかりませんわ」

トレローニー先生が言う。

「ただ……歓声を上げていました」

「歓声を？」

「そう。大喜びで」先生がうなずく。

ハリーは先生をじっと見つめる。

「男でしたか？　女でしたか？」

「想像ざますけど、男でしょう」と、トレローニー先生。

「それで、喜んでいたのですか？」

「大喜びでしたわ」

トレローニー先生は尊大に鼻を鳴らしながら言い切る。

「なにか、お祝いしているみたいに？」

「まちがいなくそうですわ」

「それから――？」

「それから、あたくし、呼びかけましたの。『そこにいるのはだれ？』と」

「聞かなければ、だれがいるのかわからなかったんですか？」

ハリーは少しじりじりしながらも聞く。

「『内なる眼《め》』は――」

トレローニー先生は、ショールや何本ものキラキラするビーズ飾りを整えながら、威厳を込めて答える。

「歓声などの俗な世界より、ずっと超越した事柄を見つめておりましたの」

「そうですか」

ハリーは早口で相槌《あいづち》を打った。トレローニー先生の「内なる眼」については、すでにいやというほど聞かされている。

「それで、その声は、そこにだれがいるかを答えたのですか？」

「いいえ、答えませんでした。あたりが真っ暗になって、次に気がついたときには、頭から先に『部屋』から放り出されておりましたの」

「それで、そういうことが起こるだろうというのは、見透せなかったというわけですか？」

ハリーはそう聞かずにはいられなかった。

「いいえ。言いましたでございましょう。真っ暗――」

トレローニー先生は急に言葉を切り、なにが言いたいのかと本意を疑うようにハリーを睨《にら》む。

「ダンブルドア先生にお話ししたほうがいいと思います」

ハリーがトレローニー先生に向かって断言した。

「ダンブルドア先生は知るべきなんです。マルフォイがお祝いしていたこと――いえ、だれかが先生を『部屋』から放り出したことをです」

驚いたことに、トレローニー先生はハリーの意見を聞くや、気位高くしゃんと背筋を伸ばす。

「校長先生は、あたくしにあまりきて欲しくないとほのめかしましたわ」

トレローニー先生は冷たく言い捨てる。

「あたくしがそばにいることの価値を評価なさらない方に、むりにご一緒願うようなあたくしではございません。ダンブルドアが、カード占いの警告を無視なさるおつもりなのでしたら――」

先生の骨ばった手が、突然ハリーの手首をつかむ。

「何度も何度も、どんな並べ方をしても――」

そして先生は、ショールの下から仰々しくカードを一枚取り出す。

「――稲妻に撃たれた塔」先生がささやく。「災難。大惨事。刻々と近づいてくる……」

「そうですか」

ハリーはさっきと同じ愛想のない答え方をする。

「えーと……それでもダンブルドアに、その声のことを話すべきだと思います。それに、真っ暗になって『部屋』から放り出されたことなんかも……」

「そう思いますこと？」

トレローニー先生はしばらく考える様子を見せたが、その実、先生はちょっとした冒険話を聞かせたがっていると、ハリーには読み取れた。

「僕は、いま校長先生に会いにいくところです」

ハリーは気軽な調子で先生を促した。

「校長先生と約束があるんです。一緒に行きましょう」

「あら、まあ、それでしたら」

トレローニー先生はほほえみ、それからかがみ込んでシェリー酒の瓶《びん》を拾い集めると、近くの壁の窪みに置いてある青と白の大きな花瓶《かびん》の中に、無造作に投げ捨てた。

「ハリー、あなたが授業にいないと、寂しいですわ」

一緒に歩きながら、トレローニー先生が感傷的な声を出す。

「あなたは大した『予見者』ではありませんでしたが……でも、すばらしい『対象者』でしたわ……」

ハリーはなにも答えない。トレローニー先生の、絶え間ない宿命予言の「対象者」にされるのには辟易《へきえき》していた。

「残念ながら――」

先生はしゃべり続ける。

「あの駄馬は――ごめんあそばせ。あのケンタウルスは――カード占いをなにも知りませんのよ。あたくし、質問しましたの――予見者同士としてざますけど――災難が近づいているという遠くの振動を、あなたも感じませんか、と。ところが、あのケンタウルスは、あたくしのことを、ほとんど滑稽だと思ったらしいんですの。そうです、滑稽だと！」

トレローニー先生の声がヒステリー気味に高くなり、瓶《びん》はもう捨ててきたはずなのに、シェリー酒のきつい匂いが漂った。

「たぶんあの馬は、あたくしが曾曾祖母《そうそうそぼ》の才能を受け継いでいない、などとだれかが言うのを聞いたのですわ。そういう噂《うわさ》は、嫉妬深い人たちが、もう何年も前から言いふらしてきたことです。あたくしがそういう人たちになんと言ってやるか、ハリー、おわかり？　あたくしの才能はダンブルドアに十分証明ずみです。そうでなかったら、ダンブルドアはこの偉大な学校で、あたくしに教えさせたかしら？　この長年の間、あたくしをこんなに信用なさったかしら？」

ハリーは、ごにょごにょと聞き取れない言葉をつぶやく。

「最初のダンブルドアの面接のことは、よく憶《おぼ》えていましてよ」

トレローニー先生は、かすれ声で話し続ける。

「ダンブルドアは、もちろん、とても感心しましたわ……。あたくしは、ホッグズ・ヘッドに泊まっておりました。ところで、あそこはお勧めしませんわ――あなた、ベッドにはダニですのよ――でも、予算が少なかったの。ダンブルドアは、あたくしの部屋までわざわざお訪ねくださったわ。あたくしに質問なさった……白状いたしますとね、はじめのうちはダンブルドアが『占い学』をお気に召さないようだと思いましたわ……そして、あたくし、なんだかちょっと変な気分になりましてね。その日はあまり食べていませんでしたの……でも、それから……」

ハリーはいま、はじめてまともに傾聴していた。そのときなにが起こったかを知っているからだ。トレローニー先生は、ハリーとヴォルデモートに関する予言をし、それがハリーの全人生を変えてしまっている。

「……でも、そのとき、セブルス・スネイプが、無礼にも邪魔をしたのです！」

「えっ？」

「そうです。扉の外で騒ぎがあって、ドアがパッと開いて、そこにかなり粗野なバーテンが、スネイプと一緒に立っていたのです。スネイプはまちがえて階段を上がってきたとか、戯言《たわごと》を並べたてていましたわ。でも、あたくしはむしろ、ダンブルドアとあたくしの面接を盗み聞きしているところを捕まったのだろうと思いましたわ――だって、スネイプはあのとき、職を求めていましたもの。まちがいなく、面接のコツを探り出そうとしたのですわ！　そう、そのあとで、おわかりでございましょ、ダンブルドアはあたくしを採用なさることにずっと乗り気になったようですもの。ですから、ハリー、あたくしとしては、ダンブルドアには、気取らず才能をひけらかさないあたくしと、鍵穴から盗み聞きするような、押しつけがましい図々しい若い男との、明らかな相違がおわかりになったのだと、そう考えざるをえませんでした――あら、ハリー？」

トレローニー先生は、ハリーが横にいないことにやっと気づいて、振り返る。ハリーは足を止めていた。二人の間はすでに三メートルも開いている。

「ハリー？」トレローニー先生は、訝《いぶか》しげにもう一度呼びかける。

おそらく、ハリーの顔が蒼白《そうはく》だったのだろう。先生はぎょっとして、心配そうな顔になる。ハリーは身動きもせず突っ立っていた。衝撃が波のように打ち寄せては砕ける。次々と押し寄せる波が、長年自分には秘密にされてきたこの情報以外のすべてのものを、意識からかき消していた……。

予言を盗み聞きしたのはスネイプだった。スネイプが、その予言をヴォルデモートに知らせた。スネイプとピーター・ペティグリューとがぐるになって、ヴォルデモートがリリーとジェームズ、そしてその息子を追跡するように仕向けたのだ……。

ハリーには、もはや、ほかの事はどうでもよくなっていた。

「ハリー？」

トレローニー先生がもう一度声をかけた。

「ハリー——一緒に校長先生にお目にかかりにいくのじゃなかったかしら？」

「ここにいてください」ハリーは麻痺《まひ》した唇の間から言葉を搾《しぼ》り出す。

「でも、あなた……あたくしは、『部屋』で襲われたことを校長先生に申し上げるつもりで……」

「ここにいてください！」

ハリーが怒ったように繰り返す。

ハリーがトレローニー先生の前を駆け抜け、ダンブルドアの部屋に通じる廊下に向かって角を曲がるのを、トレローニー先生は唖然《あぜん》として見ていた。廊下にはガーゴイルが見張りに立っている。ハリーはガーゴイルに向かって合言葉をどなり、動く螺旋《らせん》階段を、一度に三段ずつ駆け上がった。ダンブルドアの部屋の扉を軽くノックするのではなく、ガンガンたたく。すると静かな声が答えた。

「お入り」

しかし、ハリーはすでに部屋に飛び込んでいた。

不死鳥のフォークスが振り返る。フォークスの輝く黒い目が、窓の外に沈む夕日の金色を映して光っていた。ダンブルドアは、旅行用の長い黒マントを両腕にかけ、窓から校庭を眺めて立っている。

「さて、ハリー、きみを一緒に連れていくと約束したのう」

ほんの一瞬、ハリーはなにを言われているのかわからなかった。トレローニーとの会話が、ほかのことをいっさい頭から追い出してしまい、脳みその動きがとても鈍いような気がする。

「一緒に……先生と……？」

「もちろん、もしきみがそうしたければじゃが」

「もし僕が……」

そして、ハリーは、もともとどうしてダンブルドアの校長室に急いでいたかを思い出した。

「見つけたのですか？　分霊箱《ぶんれいばこ》を見つけたのですか？」

「そうじゃろうと思う」

怒りと恨みの心が、衝撃と興奮の気持ちと戦う。しばらくの間、ハリーは口がきけなかった。

「恐れを感じるのは当然じゃ」ダンブルドアが言う。

「恐くありません！」ハリーは即座に答える。本当のことだ。恐怖という感情だけはまったく感じていなかった。

「どの分霊箱ですか？　どこにあるのですか？」

「どの分霊箱かは定かではない――ただし、蛇だけは除外できるじゃろう――ここから何キロも離れた海岸の洞窟《どうくつ》に隠されているらしい。その洞窟がどこにあるかを、わしは長い間探しておった。トム・リドルが、かつて年に一度の孤児院の遠足で、二人の子供を脅した洞窟じゃ。憶《おぼ》えておるかの？」

「はい」ハリーが答える。「どんなふうに護られているのですか？」

「わからぬ。こうではないかと思うことはあるが、まったくまちごうておるかもしれぬ」

ダンブルドアは一瞬の躊躇《ちゅうちょ》の後、こう言った。

「ハリー、わしはきみに一緒にきてよいと言うた。そして、約束は守る。しかし、きみに警告しないのは大きなまちがいじゃろう。今回はきわめて危険じゃ」

「僕、行きます」

ハリーはダンブルドアの言葉が終わらないうちに答えていた。スネイプへの怒りが沸騰し、なにか命がけの危険なことをしたいという願いが、この数分で十倍にふくれ上がっている。それがハリーの顔に現れたらしい。ダンブルドアは窓際を離れ、銀色の眉根《まゆね》にかすかにしわを寄せて、ハリーをさらにしっかりと見つめる。

「なにがあったのじゃ？」

「なんにもありません」ハリーは即座に嘘をつく。

「なぜ気が動転しておるのじゃ？」

「動転していません」

「ハリー、きみはよい閉心術者とは――」

その言葉が、ハリーの怒りに点火した。

「スネイプ！」

ハリーは大声を出す。フォークスが二人の背後で、小さくギャッと鳴いた。

「なにかありましたとも！　スネイプです！　あいつが、ヴォルデモートに予言を教えたんだ。あいつだったんだ。扉の外で聞いていたのは、あいつだった。トレローニーが教えてくれた！」

ダンブルドアは表情を変えない。しかし、沈む太陽に赤く映えるその顔の下で、ダンブルドアがすっと血の気を失ったようにハリーには見えた。しばらくの間、ダンブルドアは無言だった。

「いつ、それを知ったのじゃ？」しばらくして、ダンブルドアが聞く。

「たったいまです！」

ハリーが言う。さけびたいのを抑えるのがやっとだ。しかし、突然、もうがまんできなくなった。

「それなのに、先生はあいつにここで教えさせた。そしてあいつは、ヴォルデモートに僕の父と母を追うように言った！」

まるで戦いの最中《さなか》のように、ハリーは息《いき》を荒らげている。眉根一つ動かさないダンブルドアに背を向け、ハリーは部屋を往ったり来たりしながら拳《こぶし》をさすり、あたりの物をなぐり倒したい衝動を、必死で抑えた。ダンブルドアに向かって怒りをぶつけ、どなり散らしたい。しかし同時に、ダンブルドアと一緒に分霊箱《ぶんれいばこ》を破壊しにもいきたい。ダンブルドアに向かって、スネイプを信用するなんて、ばかな老人のすることだと言ってやりたい。しかし一方で、自分が怒りを抑制しなければ、ダンブルドアが一緒に連れていってくれなくなることも恐れる……。

「ハリー」ダンブルドアが静かに言う。

「わしの言うことをよく聞きなさい」

動き回るのをやめるのも、さけびたいのをこらえると同じぐらい難しかった。ハリーは唇を噛《か》んで立ち止まり、しわの刻まれたダンブルドアの顔を見る。

「スネイプ先生はひどいまちが――」

「まちがいを犯したなんて、言わないでください。先生、あいつは扉のところで盗聴してたんだ！」

「最後まで言わせておくれ」

ダンブルドアは、ハリーが素気なくうなずくまで待った。

「スネイプ先生はひどいまちがいを犯した。トレローニー先生の予言の前半を聞いたあの夜、スネイプ先生はまだヴォルデモート卿《きょう》の配下だった。当然、ご主人様に、自分が聞いたことを急いで伝えた。それが、ご主人様に深くかかわる事柄だったからじゃ。しかし、スネイプ先生は知らなかった――知る由《よし》もなかったのじゃ――ヴォルデモートがその後、どこの男の子を獲物にするかも知らず、ヴォルデモートの残忍な追及の末に殺される両親が、スネイプ先生の知っている人々だとも、知らなかったのじゃ。それがきみの父君、母君だとは――」

ハリーは、虚ろな笑い声を上げる。

「あいつは僕の父さんもシリウスも、同じように憎んでいた！　先生、気がつかないんですか？　スネイプが憎んだ人間は、なぜか死んでしまう」

「ヴォルデモート卿が予言をどう解釈したのかに気づいたとき、スネイプ先生がどんなに深い自責の念に駆られたか、きみには想像もつかぬじゃろう。人生最大の後悔だったじゃろうと、わしはそう信じておる。それ故《ゆえ》に、スネイプ先生はもどってきた

——」

「でも、先生、あいつこそ、とても優れた閉心術者じゃないんですか？」

平静に話そうと努力した結果、ハリーの声は震える。

「それに、ヴォルデモートは、いまでも、スネイプが自分の味方だと信じているのではないですか？　先生……スネイプがこっちの味方だと、なぜ確信していらっしゃるのですか？」

ダンブルドアは、一瞬沈黙した。何事かに関して、意思を固めようとしているかのようだ。しばらくしてダンブルドアは口を開いた。

「わしは確信しておる。セブルス・スネイプを完全に信用しておる」

ハリーは自分を落ち着かせようと、しばらく深呼吸する。しかし、むだだった。

「でも、僕はちがいます！」

ハリーはまた大声を出した。

「あいつは、いまのいま、ドラコ・マルフォイと一緒になにか企んでる。先生の目と鼻の先で。それでも先生はまだ——」

「ハリー、このことはもう話し合ったじゃろう」

ダンブルドアはふたたび厳しい口調にもどる。

「わしの見解はもうきみに話した」

「先生は今夜、学校を離れる。それなのに、先生はきっと、考えたこともないんでしょうね、スネイプとマルフォイがなにかするかもしれないなんて——」

「なにをするというのじゃ?」

ダンブルドアは眉《まゆ》を吊り上げる。

「具体的に、二人がなにをすると疑っておるのじゃ?」

「僕は……あいつらはなにか企んでるんだ!」

そう言いながら、ハリーは拳《こぶし》を固めていた。

「トレローニー先生がいま『必要の部屋』に入って、シェリー酒の瓶《びん》を隠そうとしていたんです。そしたら、マルフォイがなにかを祝って喜んでいる声を聞いたんです! あの部屋で、マルフォイはなにか危険な物を修理しようとしていた。きっと、とうとう修理が終わったんです。それなのに、先生は、学校を出ていこうとしている。なんにもせず——」

「もうよい」

ダンブルドアの声はとても静かだった。しかし、ハリーはすぐに黙った。ついに見えない線を踏み越えてしまった。

「今学年になって、わしの留守中に学校を無防備の状態で放置したことが一度たりともあると思うか? 否《いな》じゃ。今夜、わしがここを離れるときには、ふたたび追加的な保護策が施されるであろう。ハリー、わしが生徒たちの安全を真剣に考えていないなどと、仮初《かりそめ》にも言うではないぞ」

「そんなつもりでは――」

ハリーは少し恥じ入って口ごもったが、ダンブルドアがその言葉を遮《さえぎ》る。

「このことは、これ以上話したくはない」

ハリーは、返す言葉を呑《の》み込む。言いすぎて、ダンブルドアと一緒に行く機会をだめにしてしまったのではないかと恐れたが、ダンブルドアは言葉を続けた。

「今夜は、わしと一緒に行きたいか?」

「はい」ハリーは即座に答えた。

「よろしい。それでは、よく聞くのじゃ」

ダンブルドアは背筋を正し、威厳に満ちた姿で命じる。

「連れていくには、一つ条件がある。わしが与える命令には、すぐさま従うことじゃ。しかも質問することなしにじゃ」

「もちろんです」

「ハリー、よく理解するのじゃ。わしは、どんな命令にも従うように言うておる。たとえば、『逃げよ』、『隠れよ』、『もどれ』などの命令もじゃ。約束できるか?」

「僕――はい、もちろんです」

「わしが隠れるように言うたら、そうするか？」

「はい」

「わしが逃げよと言うたら、従うか？」

「はい」

「わしを置き去りにせよ、自らを助けよと言うたら、言われたとおりにするか？」

「僕――」

「ハリー？」

二人は一瞬見つめ合う。

「はい、先生」

「よろしい。それでは、もどって『透明マント』を取ってくるのじゃ。五分後に正面玄関で落ち合うこととする」

ダンブルドアは後ろを向き、真っ赤に染まった窓から外を見る。沈む太陽がいまやルビーのように赤々と、地平線に隠れようとしている。ハリーは急いで校長室を出て、螺旋《らせん》階段を下りた。不思議にも、急に頭が冴《さ》え冴《ざ》えとしてくる。なにをなすべきかがわかっていた。

ハリーが談話室にもどると、ロンとハーマイオニーは一緒に座っていた。

「ダンブルドアはなんのご用だったの?」

ハーマイオニーが間髪《かんはつ》を入れずにたずねる。

「ハリー、あなた、大丈夫?」

ハーマイオニーは心配そうに聞いた。

「大丈夫だ」

ハリーは足早に二人のそばを通り過ぎながら、短く答えた。階段を駆け上がり、寝室に入り、トランクを勢いよく開けて「忍びの地図」と丸めたソックスを一足引っぱり出した。それから、また急いで階段を下りて談話室に入り、呆然《ぼうぜん》と座ったままのロンとハーマイオニーのところまで駆けもどって急停止する。

「時間がないんだ」

ハリーは息をはずませて言う。

「ダンブルドアは、いま僕が『透明マント』を取りにもどったと思ってる。いいかい……」

ハリーは、どこへなんのために行くのかを、二人にかいつまんで話す。ハーマイオニーが恐怖に息を呑《の》もうと、ロンが急いで質問しようと、ハリーは話を中断しなかった。細かいことはあとで二人で考えることができるだろう。

「……だから、どういうことかわかるだろう?」

ハリーは、最後までまくし立てた。

「ダンブルドアは今夜ここにいない。だからマルフォイは、なにを企んでいるにせよ、邪魔が入らないいいチャンスなんだ。いいから、聞いてくれ！」ロンとハーマイオニーが口を挟みたくてたまらなそうにしたので、ハリーは噛《か》みつくように制した。

「『必要の部屋』で歓声を上げていたのはマルフォイだってことが、僕にはわかっている。さあ——」

ハリーは「忍びの地図」をハーマイオニーの手に押しつける。

「マルフォイを見張らないといけない。それにスネイプも見張らないといけない。ほかにだれでもいいから、DAのメンバーをかき集められるだけ集めてくれ。ハーマイオニー、ガリオン金貨の連絡網はまだ使えるね？　ダンブルドアは学校に追加的な保護策を施したっていうけど、スネイプがからんでいるのなら、ダンブルドアの保護措置のことも、回避の方法も知られている——だけど、スネイプは、君たちが監視《かんし》しているとは思わないだろう？」

「ハリー——」ハーマイオニーは恐怖に目を見開いて、なにか言いかけた。

「議論している時間がない」ハリーは素気なく答える。

「これも持っていて——」ハリーは、ロンの両手にソックスを押しつける。

「ありがと」ロンが言う。「あー――どうしてソックスが必要なんだ？」

「その中に包《くる》まっている物が必要なんだ。フェリックス・フェリシスだ。君たちとジニーとで飲んでくれ。ジニーに、僕からのさよならを伝えておいて。もう行かなきゃ。ダンブルドアが待ってる――」

「だめよ！」

ロンが、畏敬《いけい》の念に打たれたような顔で、靴下の中から小さな金色の薬が入った瓶《びん》を取り出したとき、ハーマイオニーが言った。

「私たちはいらない。あなたが飲んで。これからなにがあるかわからないじゃない？」

「僕は大丈夫だ。ダンブルドアと一緒だから」

ハリーはうなずきながら言い渡す。

「僕は、君たちが無事だと思っていたいんだよ……そんな顔しないで、ハーマイオニー。あとでまた会おう……」

そして、ハリーはその場を離れて肖像画の穴をくぐり、正面玄関へと急いだ。

ダンブルドアは玄関の樫《かし》の扉の横で待っていた。ハリーが息せき切って、脇腹を押さえながら、石段の最上段に滑り込むと、ダンブルドアが振り向いた。

「『マント』を着てくれるかの」

ダンブルドアはそう言うと、ハリーがマントをかぶるのを待つ。

「よろしい。では参ろうか」

ダンブルドアはすぐさま石段を下りはじめた。夏の夕凪《ゆうなぎ》で、ダンブルドアの旅行マントはちらりとも動かない。ハリーは「透明マント」に隠れ、並んで急ぎながらまだ息をはずませ、かなりの汗をかいていた。

「でも、先生、先生が出ていくところを見たら、みんなはどう思うでしょう？」

ハリーは、マルフォイとスネイプのことを考えながら聞く。

「わしが、ホグズミードに一杯飲みに行ったと思うじゃろう」

ダンブルドアは気軽に言う。

「ときどきわしは、ロスメルタの得意客になるし、さもなければホッグズ・ヘッドに行くのじゃ……もしくは、そのように見えるのじゃ。本当の目的地を隠すには、それが一番の方法なのじゃよ」

黄昏《たそがれ》の薄明かりの中を、二人は馬車道を歩く。草いきれ、湖の水の匂い、ハグリッドの小屋からの薪《まき》の煙の匂いがあたりを満たしている。これから危険な、恐ろしいものに向かっていくことなど、信じられなかった。

「先生」馬車道が尽きるところに校門が見えてきたとき、ハリーがそっと聞いた。

「『姿現わし』するのですか？」

「そうじゃ」ダンブルドアが言う。「きみはもう、できるのじゃったな?」

「ええ」ハリーが答える。「でも、まだ免許状をもらっていません」

正直に話すのが一番いいと思った。目的地から二百キロも離れたところに現れて、すべてが台無しになるよりは。

「心配ない」ダンブルドアが穏やかな声で言う。「わしがまた介助しようぞ」

校門を出ると、二人は人気のない夕暮の道を、ホグズミードに向かう。道々、夕闇が急速に濃くなり、ハイストリート通りに着いたときには、とっぷりと暮れていた。店の二階の窓々から、ちらちらと灯《あか》りが見える。「三本の箒《ほうき》」に近づいたとき、騒々しいわめき声が聞こえてきた。

「――出ておいき!」

マダム・ロスメルタが、むさくるしい魔法使いを押し出しながらさけぶ。

「あら、アルバス、こんばんは……遅いおでかけね……」

「こんばんは、ロスメルタ、ご機嫌よう……すまぬが、ホッグズ・ヘッドに行くところじゃ……悪く思わんでくだされ。今夜は少し静かなところに行きたい気分でのう……」

ほどなく二人は、横道に入る。風もないのに、ホッグズ・ヘッドの看板がキーキーと小さく軋《きし》んでいる。「三本の箒」とは対照的に、このパブはまったく空っぽのように見える。

「中に入る必要はなかろう」

ダンブルドアは、あたりを見回してつぶやく。

「われわれが消えるのを、だれにも目撃されないかぎり……さあ、ハリー、片手をわしの腕に置くがよい。強くにぎる必要はないぞ。きみを導くだけじゃからのう。三つ数えて――いち……に……さん……」

ハリーは回転した。たちまち、太いゴム管の中に押し込められるような、いやな感覚に襲われる。息ができない。体中のありとあらゆる部分が、がまんできないほどに圧縮され、そして、いまにも窒息すると思ったその瞬間、見えないバンドがはち切れたようだった。

ハリーは冷たい暗闇の中に立ち、胸一杯に新鮮な潮風を吸い込んでいた。

第26章　洞窟

潮の香と、打ち寄せる波の音がする。月光に照らされた海と星をちりばめた空を眺めるハリーの髪を、肌寒い風が軽く乱していく。ハリーは、海から高く突き出た黒々とした岩の上に立っていた。眼下に、海が泡立ち渦巻いている。振り返ると、見上げるような崖がのっぺりした岩肌を見せて黒々とそそり立っていた。ハリーとダンブルドアが立つ岩と同じような大岩がいくつか、はるか昔に崖が割れて離れてしまったような姿で立っている。荒涼たる光景だ。海にも岩にも、厳しさを和らげる草も木も、砂地さえもない。

「どう思うかの？」

ダンブルドアが聞く。ピクニックをするのによい場所かどうか、ハリーの意見を聞いたのかもしれない。

「孤児院の子供たちを、ここに連れてきたのですか？」

遠足にくる場所としてはこれほど不適切なところもないだろうと思いながらハリーはたずねた。

「正確にはここではない」ダンブルドアが答える。「後ろの崖沿いに半分ほど行くと、村らしきものがある。孤児たちは海岸の空気を吸い、海の波を見るためにそこに連れていかれたのじゃろう。この場所そのものを訪れたのは、トム・リドルと幼い犠牲者たちだけじゃったと思う。並はずれた登山家でもなければ、マグルはこの岩にたどり着くことはできぬし、船も崖には近づけぬ。このまわりの海は危険すぎるのでな。リドルは崖を下りてきたのじゃろう。魔法が、ロープより役に立ったことじゃろうな。そして、小さな子供を二人連れてきた。おそらく脅す楽しみのためじゃ。連れてくるだけで、目的は十分果たされたと思うが、どうじゃな?」

ハリーはもう一度崖を見上げ、鳥肌の立つのを覚える。

「しかし、リドルの最終目的地は――われわれの目的地でもあるが――もう少し先じゃ。おいで」

ダンブルドアは、ハリーを岩の先端に招き寄せた。そこからぎざぎざの窪みが足場になって、崖により近い、いくつかの大岩のほうへと下降している。半分海に沈んでいる、いくつかの大岩までの危なっかしい岩場を、片手が萎《な》えているせいもあって、ダンブルドアはゆっくりと下りていく。下のほうの岩は、海水で滑りやすくなっている。ハリーは、冷たい波しぶきが顔を打つのを感じた。

「ルーモス！ 光よ！」

崖に最も近い大岩に近づくと、ダンブルドアが唱えた。金色の光が、身をかがめているダンブルドアから数十センチ下の暗い海面に反射し、何千という光の玉がきらめいた。ダンブルドアの横の黒い岩壁も照らし出される。

「見えるかの？」

ダンブルドアが杖《つえ》を少し高く掲げて、静かに言う。崖の割れ目に、黒い水が渦を巻いて流れ込んでいるのが見える。

「多少濡れてもかまわぬか？」

「はい」ハリーが答えた。

「それでは『透明マント』を脱ぐがよい――いまは必要がない――ではひと泳ぎしようぞ」

ダンブルドアは、突然若者のような敏捷《びんしょう》さで大岩から滑り降りて海に入り、崖の割れ目をめざし、灯《あか》りの点《つ》いた杖を口にくわえながら見事な平泳ぎで泳ぎはじめる。

ハリーは「透明マント」を脱いでポケットに入れ、あとを追う。

海は氷のように冷たい。水を吸った服が体に巻きつき、ハリーは重みで沈みがちになる。大きく呼吸すると、潮の香と海草の匂いがつんと鼻をつく。崖の奥へと入り込んでいく杖灯《つえあか》りが、ちらちらと次第に小さくなっていくのを追って、ハリーは抜き手を切った。

割れ目のすぐ奥は、暗いトンネルになっている。満潮時には水没してしまうところだろうと思われる。両壁の間隔は一メートルほどしかなく、ぬめぬめした岩肌が、ダンブルドアの杖灯りに照らされるたびに、濡れたタールのように光る。少し入り込むとトンネルは左に折れ、崖のずっと奥まで延びている。ハリーはダンブルドアの後ろを泳ぎ続けた。かじかんだ指先が、濡れた粗い岩肌をこする。

やがて、先のほうで、ダンブルドアが水から上がるのが見えた。銀色の髪と黒いローブがかすかに光っている。ハリーがそこにたどり着くと、大きな洞穴《ほらあな》に続く階段が見える。ぐっしょり濡れた服から水を滴《したた》らせながらハリーは階段を這《は》い登る。そしてガチガチと震えながら、凍りつくような冷たい静寂の中に出る。

ダンブルドアは洞穴の真ん中に立っていた。その場でゆっくり回りながら、杖を高く掲げて壁や天井を調べている。

「さよう。ここがその場所じゃ」ダンブルドアが断言する。

「どうしてわかるのですか?」ハリーはささやき声で聞く。

「魔法を使った形跡がある」ダンブルドアはそれだけしか言わない。

体の震えが、骨も凍るような寒さのせいなのか、その魔法を認識したからなのか、ハリーにはわからなかった。ダンブルドアが、ハリーには見えないなにかに神経を集中させているのは明らかだ。ハリーは、その場で回り続けているダンブルドアを見つめた。

「ここは、入口の小部屋にすぎない」

しばらくしてダンブルドアが言う。

「内奥《ないおう》に入り込む必要がある……これからは、自然の作り出す障害ではなく、ヴォルデモート卿《きょう》の罠《わな》が行く手を阻む……」

ダンブルドアは洞穴の壁に近づき、ハリーには理解できない不思議な言葉を唱えながら、黒ずんだ指先でなでている。ダンブルドアは、洞穴を二度巡り、ごつごつした岩のできるだけ広い範囲に触れた。ときどき歩を止めては、その場所で指を前後に走らせていたが、ついにある場所で岩壁にぴたりと手のひらを押しつけ、ダンブルドアは立ち止まった。

「ここじゃ」ダンブルドアが言う。

「ここを通り抜ける。入口が隠されておる」

どうしてわかるのかとの質問を、ハリーはしなかった。こんなふうにただ見たり触ったりするだけで、物事を解決する魔法使いを見たことがないが、派手な音や煙は経験の豊かさを示すものではなくむしろ無能力の印だということを、ハリーはとっくに学び取っている。

ダンブルドアは壁から離れ、杖《つえ》を岩壁に向ける。アーチ型の輪郭線が現れ、隙間の向こう側に強烈な光でもあるように、一瞬かっと白く輝く。

「先生、やりましたね！」

歯をガチガチ言わせながら、ハリーが言う。しかし、その言葉が終わらないうちに輪郭線は消え、なんの変哲もない元の固い岩にもどってしまった。ダンブルドアが振り返る。

「ハリー、すまなかった。忘れておった」

ダンブルドアがハリーに杖を向けると、燃え盛る焚《た》き火の前で干したように、たちまち服が暖かくなり乾いていく。

「ありがとうございます」

ハリーは礼を言ったが、ダンブルドアはすでに、固い岩壁にふたたび注意を向けている。もはや魔法は使わず、ダンブルドアはただ佇《たたず》んで、じっと壁を見つめている。まるでそこに、とても興味深いことが書かれてでもいるようだ。ハリーは身動きもせず黙っていた。ダンブルドアの集中を妨げたくない。

すると、かっきり二分経ってダンブルドアが静かに言った。

「ああ、まさかそんなこととは。なんと幼稚な」

「先生、なんですか?」

「わしの考えでは」

ダンブルドアは傷ついていないほうの手をローブに入れて、銀の小刀を取り出す。

ハリーが魔法薬の材料を刻むのに使うナイフのような小刀だ。

「通行料を払わねばならぬらしい」

「通行料?」ハリーが聞き返す。

「扉に、なにかやらないといけないんですか?」

「そうじゃ」ダンブルドアが言う。

「血じゃ。わしがそれほどまちごうておらぬなら」

「血?」

「幼稚だと言ったじゃろう」

ダンブルドアは、軽蔑したようでもあり、ヴォルデモートがダンブルドアの期待する水準に達しなかったことに、むしろ失望したようでもある言い方をする。

「きみにも推測できたことと思うが、進入する敵は、自らその力を弱めねばならないという考えじゃ。またしてもヴォルデモート卿《きょう》は、肉体的損傷よりも、はるかに恐ろしいものがあることを、把握しそこねておる」

「ええ、でも、避けられるのでしたら……」

痛みなら十分に経験ずみのハリーは、わざわざこれ以上痛い思いをしたいとは思わない。

「しかし、ときには避けられぬこともある……」

ダンブルドアはローブの袖《そで》を振ってたくし上げ、傷ついたほうの手の前腕をあらわにした。

「先生！」

ダンブルドアが小刀を振り上げたので、ハリーはあわてて飛び出し、止めようとした。

「僕がやります。僕なら――」

ハリーはなんと言ってよいかわからなかった――若いから？　元気だから？　しかし、ダンブルドアはほほえむだけだった。銀色の光が走り、真っ赤な色がほとばしる。岩の表面に黒く光る血が点々と飛び散った。

「ハリー、気持ちはうれしいが――」

ダンブルドアは、自分で腕につけた深い傷を杖先《つえさき》でなぞりながら言う。スネイプがマルフォイの傷を治したと同じように、ダンブルドアの傷はたちまち癒《い》える。

「しかしきみの血は、わしのよりも貴重じゃ。ああ、これで首尾よくいったようじゃな」

岩肌に、銀色に燃えるアーチ型の輪郭がふたたび現れた。今度は消えない。輪郭の中の、血痕のついた岩がさっと消え、そこから先は真っ暗闇のように見える。

「あとからおいで」

ダンブルドアがアーチ型の入口を通る。ハリーはそのすぐあとについて歩きながら、急いで自分の杖に灯《とも》りを点《あか》した。

目の前に、この世のものとも思えない光景が現れる。二人は巨大な黒い湖のほとりに立っていた。向こう岸が見えない、広い湖だ。洞穴《ほらあな》は天井も見えないほど高い。遠く湖の真ん中と思《おぼ》しきあたりに、緑色に霞んだ光が見える。光は、さざなみひとつない湖に反射していた。ビロードのような暗闇を破るものは、緑がかった光と二つの杖灯りだけ。しかし、杖灯りは、ハリーが思ったほど遠くまでは届かない。この暗闇は、なぜか普通の闇よりも濃い。

「歩こうかのう」

ダンブルドアが静かに言う。

「水に足を入れぬように気をつけるのじゃ。わしのそばを離れるでないぞ」

ダンブルドアは、湖の縁《ふち》を歩きはじめる。ハリーは、ぴたりとそのあとについて歩いた。湖を囲んでいる狭い岩縁《いわべり》を踏む二人の足音が、ピタピタと洞穴に反響する。二人は延々と歩いたが、光景にはなんの変化もない。二人の横にはごつごつした岩壁があり、反対側には鏡のように滑らかな湖が果てしなく黒々と広がっている。その真ん中に、神秘的な緑色の光がある。この場所、そしてこの静けさは、ハリーにとって重苦しく、言い知れぬ不安をかき立てた。

「先生?」

とうとうハリーが口をきいた。

「分霊箱《ぶんれいばこ》はここにあるのでしょうか?」

「ああ、いかにも」

ダンブルドアが答える。

「あることは確かじゃ。問題は、どうすればそれにたどりつけるのか?」

「もしかしたら……『呼び寄せ呪文』を使ってみてはどうでしょう?」

愚かな提案だとは思う。しかし、できるだけ早くこの場所から出たいという思いが、自分でも認めたくないほどに強かった。

「たしかに、使ってみることはできる」

ダンブルドアが急に立ち止まったので、ハリーはぶつかりそうになる。

「きみがやってみてはどうかな?」

「僕が? あ……はい……」

こんなことになるとは思わなかったが、ハリーは咳《せき》ばらいをして杖《つえ》を掲げ、大声でさけぶ。

「アクシオ、ホークラックス！　分霊箱よ、こい！」

爆発音のような音とともに、なにか大きくて青白いものが、五、六メートル先の暗い水の中から噴き出した。ハリーが見定める間もなく、それは恐ろしい水音を上げ、鏡のような湖面に大きな波紋を残してふたたび水中に消えた。ハリーは驚いて飛びすさり、岩壁にぶつかった。動悸《どうき》が止まらないまま、ハリーはダンブルドアを見た。

「なんだったのですか？」

「たぶん、分霊箱を取ろうとする者を待ち構えている、なにかじゃな」

ハリーは振り返って湖を見た。湖面はふたたび鏡のように黒く輝いている。波紋は不自然なほど早く消えていたが、ハリーの心臓はまだ波立っている。

「先生は、あんなことが起こると予想していらっしゃったのですか？」

「分霊箱にあからさまに手出しをしようとすれば、なにかが起こるとは考えておった。ハリー、非常によい考えじゃった。われわれが向かうべき相手を知るには、最も単純な方法じゃ」

「でも、あれはなんだったのか、わかりません」

ハリーは不気味に静まり返った湖面を見ながら言う。

「あれら、と言うべきじゃろう」

ダンブルドアが謎のようなことを言う。

「あれ一つだけ、ということはなかろう。もう少し歩いてみようかの？」

「先生？」

「なんじゃね？　ハリー？」

「湖の中に入らないといけないのでしょうか？」

「中に？　非常に不運な場合のみじゃな」

「分霊箱《ぶんれいばこ》は、湖の底にはないのでしょうか？」

「いやいや……分霊箱は真ん中にあるはずじゃ」

ダンブルドアは湖の中心にある、緑色の霞んだ光を指す。

「それじゃ、手に入れるには、湖を渡らなければならないのですか？」

「そうじゃろうな」

ハリーは黙っていた。頭の中でありとあらゆる怪物が渦巻いている。水中の怪物、大海蛇、魔物、水魔、妖怪……。

「おう」

ダンブルドアがまた急に立ち止まる。今度こそ、ハリーはぶつかってしまった。一瞬、ハリーは暗い水際《みずぎわ》に倒れかけたが、ダンブルドアが傷ついていないほうの手でハリーの腕をしっかりとつかみ、引きもどしてくれた。

「ハリー、まことにすまなんだ。前もって注意するべきじゃったのう。壁側に寄っておくれ。然《しか》るべき場所を見つけたと思うのでな」

ハリーはダンブルドアがなにを言っているのかさっぱりわからない。ハリーの見るかぎり、この場所はほかの暗い岸辺とまったく同じように見える。しかしダンブルドアは、なにか特別なものを見つけたようだ。今度は岩肌に手を這《は》わせるのではなく、なにか見えない物を探してつかもうとするように、目の前の空中を手探りした。

「ほほう」

数秒後、ダンブルドアがうれしそうに声を上げた。ハリーには見えなかったが、空中でなにかをつかんでいる。ダンブルドアは水辺に近づく。ダンブルドアの留め金つきの靴の先が岩の先端にかかるのを、ハリーははらはらしながら見つめていた。空中でしっかり手をにぎりながら、ダンブルドアはもう片方の手で杖《つえ》を上げ、にぎり拳《こぶし》を杖先で軽くたたいた。

とたんに、赤みを帯びた緑色の太い鎖がどこからともなく現れる。鎖は湖の深みからダンブルドアの拳へと伸び、ダンブルドアが鎖をたたくと、にぎり拳を通って蛇のように滑り出した。ガチャガチャという音を岩壁にうるさく反響させながら、鎖はひとりでに岩の上にとぐろを巻き、黒い水の深みからなにかを引っぱり出した。ハリーは息を呑《の》む。小舟の舳先《へさき》が水面《みなも》を割って幽霊のごとく現れ、鎖と同じ緑色の光を発しながらさざなみも立てずに漂い、ハリーとダンブルドアのいる岸辺に近づいてくる。

「あんな物がそこにあるって、どうしておわかりになったのですか？」

ハリーは驚愕して聞く。

「魔法は常に跡を残すものじゃ」

小舟が軽い音を立てて岸辺にぶつかると、ダンブルドアが言った。

「ときには非常に顕著な跡をな。トム・リドルを教えたわしじゃ。あの者のやり方はわかっておる」

「この……この小舟は安全ですか？」

「ああ、そのはずじゃ。ヴォルデモートは、自分自身が分霊箱《ぶんれいばこ》に近づいたり、またはそれを取り除いたりする必要がある場合には、湖の中に自ら配置したものの怒りを買うことなしに、この湖を渡る必要があったのじゃ」

「それじゃ、ヴォルデモートの舟で渡れば、水の中にいるなにかは僕たちに手を出さないのですね？」

「どこかの時点で、われわれがヴォルデモート卿《きょう》ではないことに気づくであろうの。そのことは覚悟せねばなるまい。しかしこれまでは首尾よくいった。連中はわれわれが小舟を浮上させるのを許した」

「でも、どうして許したんでしょう？」

岸辺が見えないほど遠くまで進んだとたん、黒い水の中から何本もの触手が伸びてくる光景を、ハリーは頭から振り払うことができなかった。

「よほど偉大な魔法使いでなければ、小舟を見つけることはできぬと、ヴォルデモートには相当な自信があったのじゃろう」ダンブルドアが言う。

「あの者の考えでは、自分以外の者が舟を発見する可能性は、ほとんどありえなかった。しかも、あの者しか突破できないべつの障害物も、この先に仕掛けてあるじゃろうから、確率のきわめて低い危険性なら許容してもよかったのじゃろう。その考えが正しかったかどうか、いまにわかる」

ハリーは小舟を見下ろす。本当に小さな舟だ。

「二人用に作られているようには見えません。二人とも乗れるでしょうか？　一緒だと重すぎはしませんか？」

ダンブルドアはくすくす笑う。

「ヴォルデモートは重さではなく、自分の湖を渡る魔法力の強さを気にしたことじゃろう。わしはむしろ、この小舟には、一度に一人の魔法使いしか乗れないように、呪文がかけられているのではないかと思う」

「そうすると――？」

「ハリー、きみは数に入らぬじゃろう。未成年で資格がない。ヴォルデモートには、まさか十六歳の若者がここにやってくるとは、思いもつかぬことじゃろう。わしの力と比べれば、きみの力が考慮されることはありえぬ」

ダンブルドアの言葉は、けっしてハリーの士気を高めるものではない。ダンブルドアにもおそらくそれがわかったのか、言葉をつけ加えた。

「ヴォルデモートの過ちじゃ、ハリー、ヴォルデモートの過ちじゃよ……年を取った者は愚かで忘れっぽくなり、若者を侮ってしまうことがあるものじゃ……さて、今度は先に行くがよい。水に触れぬよう注意するのじゃぞ」

ダンブルドアが一歩下がり、ハリーは慎重に舟に乗る。ダンブルドアも乗り込み、鎖を舟の中に巻き取った。二人で乗ると窮屈だった。ハリーはゆったり座ることができず、膝《ひざ》を小舟の縁《へり》から突き出すようにうずくまる。小舟はすぐに動き出した。舳先《へさき》が水を割る衣擦《きぬず》れのような音以外は、なにも聞こえない。小舟は、ひとりでに真ん中の光に向かって、見えない綱で引かれるように進む。間もなく、洞窟《どうくつ》の壁が見えなくなった。波はないものの、二人は海原に出たかのようだった。

下を見ると、ハリーの杖灯《つえあか》りが水面に反射して、舟が通るときに黒い水が金色にきらめくのが見える。小舟は鏡のような湖面に深い波紋を刻み、暗い鏡に溝を掘っていく……。

そのときハリーの目に飛び込んできたのは、湖面のすぐ下を漂っている、大理石のように白いものだった。

「先生！」

ハリーの驚愕した声が、静まり返った水面に大きく響く。

「なんじゃ？」

「水の中に手が見えたような気がします――人の手が！」

「さよう、見えたことじゃろう」ダンブルドアは落ち着いている。

消えた手を探して湖面に目を凝らしながら、ハリーはいまにも吐《は》きそうになる。

「それじゃ、水から飛び上がったあれは――？」

ダンブルドアの答えを待つまでもなかった。杖灯りが別の湖面を照らし出したとき、水面のすぐ下に、今度は仰向けの男の死体が横たわっているのが見えたのだ。見開いた両眼は蜘蛛《くも》の巣で覆われたように曇り、髪や衣服が身体のまわりに煙のように渦巻いている。

「死体がある！」

ハリーの声は上ずって、自分の声のようではない。

「そうじゃ」

ダンブルドアはやはり平静だ。

「しかし、いまはそのことを心配する必要はない」

「いまは？」

やっとのことで水面から目を逸《そ》らし、ダンブルドアを見つめながらハリーが聞き返す。

「死体が下のほうで、ただ静かに漂っているうちは大丈夫じゃ」

ダンブルドアが言う。

「ハリー、屍《しかばね》を恐れることはない。暗闇を恐れる必要がないのと同じことじゃ。もちろん、その両方を密かに恐れておるヴォルデモート卿《きょう》は、意見を異《こと》にするがのう。しかしあの者は、またしても自らの無知を暴露しておる。われわれが、死や暗闇に対して恐れを抱くのは、それらを知らぬからじゃ。それ以外のなにものでもない」

ハリーは無言だった。反論したいとは思わなかったが、まわりに死体が浮かび、自分の下を漂っていると思うとぞっとする。それよりもなによりも、死体が危険ではないとは思えなかった。

「でも一つ飛び上がりました」

ハリーは、ダンブルドアと同じように平静な声で言おうと努力した。

「分霊箱《ぶんれいばこ》を呼び寄せようとしたとき、湖から死体が飛び上がりました」

「そうじゃ」ダンブルドアが答えを出す。

「われわれが分霊箱を手に入れたときには、死体は静かではなくなるじゃろう。しかし、冷たく暗いところに棲《す》む生き物の多くがそうなのじゃが、死体は光と暖かさを恐れる。じゃから、必要となれば、われわれはそうしたものを味方にするのじゃ――ハリー、火じゃよ」

ハリーが戸惑った顔をしていたので、ダンブルドアは、最後の言葉をほほえみながらつけ加えた。

「あ……はい……」

あわてて返事し、ハリーは、小舟が否応なく近づいていく先に目を向ける。緑がかった輝きが見える。怖くないふりは、もうできない。広大な黒い湖は死体であふれている……トレローニー先生に出会ったのも、ロンとハーマイオニーにフェリックス・フェリシスを渡したのも、遥か何時間も前だったような気がする……突然、二人に、もっときちんと別れを告げればよかったと思う……それに、ジニーには会いもしなかった……。

「もうすぐじゃ」ダンブルドアが楽しげに言う。

たしかに、緑がかった光は、いよいよ大きくなったように見える。そして数分後、小舟はなにかに軽くぶつかって止まった。はじめはよく見えなかったが、ハリーが杖《つえ》灯《あか》りを掲げて見ると、湖の中央にある滑らかな岩でできた小島に着いていた。

「水に触れぬよう、気をつけるのじゃ」

ハリーが小舟から降りるとき、ダンブルドアがふたたび注意する。

小島はせいぜいダンブルドアの校長室くらいの大きさで、平らな黒い石の上に立っているのは、あの緑がかった光の源だけ。近くで見るとずっと明るく見える。ハリーは目を細めて光を見た。最初はランプのような物かと思ったが、よく見てみると、光はむしろ「憂《うれ》いの篩《ふるい》」のような石の水盆《すいぼん》から発している。水盆は台座の上に置かれていた。

ダンブルドアが台座に近づき、ハリーもあとに続く。二人は並んで中を覗き込んだ。水盆は、燐光《りんこう》を発するエメラルド色の液体で満たされている。

「なんでしょう?」ハリーが小声でたずねる。

「よくわからぬ」

ダンブルドアが答える。

「ただし、血や死体よりも、もっと懸念《けねん》すべき物であることは確かじゃ」

ダンブルドアはけがをしているほうの手のローブの袖《そで》をたくし上げ、液体の表面に焼け焦げた指先を伸ばす。

「先生、やめて! 触らないで——!」

「触れることはできぬ」

ダンブルドアはほほえむ。

「ご覧。これ以上は近づくことができぬ。やってみるがよい」

ハリーは目をみはり、水盆に手を入れて液体に触れようとしたが、液面から二、三センチ上のところで見えない障壁に阻まれる。どんなに強く押しても、指に触れるのは硬くてびくともしない空気のようなものだけだ。

「ハリー、離れていなさい」ダンブルドアが指示をする。

ダンブルドアは杖《つえ》をかざし、液体の上で複雑に動かしながら、無言で呪文を唱える。何事も起こらない。ただ、液体が少し明るく光ったような気がしただけだ。ダンブルドアが術をかけている間、ハリーは黙っていた。しばらくしてダンブルドアが杖を引いたとき、もう大丈夫だと思って話しかけた。

「先生、分霊箱はここにあるのでしょうか?」

「ああ、ある」

ダンブルドアは、さらに目を凝らして水盆を覗く。ハリーには、緑色の液体の表面に、ダンブルドアの顔が逆さまに映るのが見える。

「しかし、どうやって手に入れるか? この液体は手では突き通せぬ。『消失呪文』も効かぬし、分けることも、すくうことも、吸い上げることもできぬ。さらに、『変身呪文』やその他の呪文でも、いっさいこの液体の正体を変えることができぬ」

ダンブルドアは、ほとんど無意識にふたたび杖《つえ》を上げて空中で一ひねりし、どこからともなく現れたクリスタルのゴブレットをつかんだ。

「結論は唯《ただ》一つ、この液体は飲み干すようになっておる」

「ええっ?」ハリーが口走る。「だめです!」

「さよう、そのようじゃ。飲み干すことによってのみ、水盆《すいぼん》の底にある物を見ることができるのじゃ」

「でも、もし——もし劇薬だったら?」

「いや、そのような効果を持つ物ではなかろう」

ダンブルドアは気軽に答える。

「ヴォルデモート卿《きょう》は、この島にたどり着くほどの者を、殺したくはないじゃろう」

ハリーは信じられない思いだった。またしても、だれに対しても善良さを認めようとする、ダンブルドアの異常な信念なのだろうか?

「先生」

ハリーは理性的に聞こえるように努力した。

「先生、相手はヴォルデモートなのですよ——」

「言葉が足りなかったようじゃ、ハリー。こう言うべきじゃった。ヴォルデモートは、この島にたどり着くほどの者を、すぐさま殺したいとは思わぬじゃろう」

ダンブルドアが言いなおす。

「ヴォルデモートは、その者が、いかにしてここまで防衛線を突破してきたかがわかるまでは、生かしておきたいじゃろう。さらに、これは最も重要なことじゃが、その者がなぜ、かくも熱心に水盆を空にしたがっているかを知りたいのではないじゃろうか。忘れてならぬのは、ヴォルデモート卿が、分霊箱《ぶんれいばこ》のことは自分しか知らぬと信じておることじゃ」

ハリーはまたなにか言おうとしたが、今度はダンブルドアが静かにするようにと手で制し、明らかに考えをめぐらしている様子で、少し顔をしかめながらエメラルドの液体を見る。

「まちがいない」

ダンブルドアがやっと口をきく。

「この薬は、わしが分霊箱を奪うのを阻止する働きをするにちがいない。わしを麻《ま》痺《ひ》させるか、なぜここにいるかを忘れさせるか、気を逸《そ》らさざるをえないほどの苦しみを与えるか、もしくはそのほかのやり方で、わしの能力を奪うじゃろう。そうである以上、ハリー、きみの役目は、わしに飲み続けさせることじゃ。わしの口が抗《あらが》い、きみがむりに薬を流し込まなければならなくなってもじゃ。わかったかな？」

水盆を挟んで、二人は見つめ合う。不可思議な緑の光を受けて、二人の顔はともに蒼白《あおじろ》い。ハリーは無言だった。一緒に連れてこられたのは、このためだったのだろうか――ダンブルドアに耐え難い苦痛を与えるかもしれない薬を、むりやり飲ませるためなのだろうか？

「憶《おぼ》えておるじゃろうな」

ダンブルドアが確認する。

「きみを一緒に連れてくる条件を」

ハリーはダンブルドアの目を見つめながら、躊躇《ちゅうちょ》した。ダンブルドアの青い目が水盆の光を映して緑色になっている。

「でも、もし――？」

「誓ったはずじゃな？　わしの命令には従うと」

「はい、でも――」

「警告したはずじゃな？　危険が伴うかもしれぬと」

「はい」ハリーが言う。「でも――」

「さあ、それなら」

ダンブルドアはそう言うと、ふたたび袖《そで》をたくし上げ、空のゴブレットを掲げる。

「わしの命令じゃ」

「僕が代わりに飲んではいけませんか？」ハリーは絶望的な思いで申し出る。

「いや、わしのほうが年寄りで、より賢く、ずっと価値がない」

ダンブルドアがもう一度確認する。

「一度だけ聞く。わしが飲み続けるよう、きみは全力を尽くすと誓えるか？」

「どうしても――？」

「誓えるか？」

「でも――」

「誓うのじゃ、ハリー」

「僕は――はい、でも――」

ハリーがそれ以上抗議できずにいるうちに、ダンブルドアはクリスタルのゴブレットを下ろし、薬の中に入れる。一瞬ハリーは、ゴブレットが薬に触れることができないようにと願った。しかしほかの物とはちがって、ゴブレットは液体の中に沈み込む。縁までなみなみと液体を満たし、ダンブルドアはそれを口元に近づける。

「きみの健康を願って、ハリー」

そして、ダンブルドアはゴブレットを飲み干す。ハリーは指先の感覚がなくなるほどぎゅっと水盆《すいぼん》の縁をにぎりしめ、恐る恐る見守った。

「先生？」

ダンブルドアが空のゴブレットを口から離したとき、ハリーが呼びかけた。気が気ではない。

「大丈夫ですか？」

ダンブルドアは目を閉じて首を振る。ハリーは苦しいのではないだろうかと心配する。ダンブルドアは目を閉じたまま水盆《すいぼん》にゴブレットを突っ込み、また飲んだ。

ダンブルドアは無言で、三度ゴブレットを満たして飲み干す。四杯目の途中で、ダンブルドアはよろめき、前屈みに倒れて水盆に寄りかかった。目は閉じたままで、息遣いが荒い。

「ダンブルドア先生？」

ハリーの声が緊張する。

「僕の声が聞こえますか？」

ダンブルドアは答えない。深い眠りの中で、恐ろしい夢を見ているかのように、顔が痙攣《けいれん》している。ゴブレットをにぎった手が緩み、薬がこぼれそうになっている。ハリーは手を伸ばしてクリスタルのゴブレットをつかみ、しっかりと支えた。

「先生、聞こえますか？」

ハリーは大声で繰り返す。声が洞窟《どうくつ》にこだまする。

ダンブルドアは喘《あえ》ぎ、ダンブルドアの声とは思えない声を発する。ダンブルドアが恐怖に駆られた声を出すのを、ハリーはいままで聞いたことがなかった。

「やりたくない……わしにそんなことを……」

ダンブルドアの顔は蒼白《そうはく》だ。よく見知っているはずのその顔と曲がった鼻、半月メガネをハリーはじっと見つめたが、どうしてよいのかわからない。

「……いやじゃ……やめたい……」ダンブルドアがうめく。

「先生……やめることはできません、先生」

ハリーが意を決して言う。

「飲み続けなければならないんです。そうでしょう？　先生が僕に、飲み続けなければならないっておっしゃいました。さあ……」

自分自身を憎み、自分のやっていることを嫌悪しながら、ハリーはゴブレットをむりやりダンブルドアの口元にもどし、傾け、中に残っている薬を飲み干させた。

「だめじゃ……」

ハリーがダンブルドアに代わってゴブレットを水盆に入れて薬で満たしていると、ダンブルドアがうめくように言う。

「いやじゃ……いやなのじゃ……行かせてくれ……」

「先生、大丈夫ですから」

ハリーの手は震えている。

「大丈夫です。僕がついていますー―」

「やめさせてくれ。やめさせてくれ」ダンブルドアがまたうめく。

「ええ……さあ、これでやめさせられます」

ハリーは嘘をついて、ゴブレットの液体をダンブルドアの開いている口に流し込んでいく。

ダンブルドアがさけぶ。その声は真っ黒な死の湖面を渡り、茫洋《ぼうよう》とした洞穴《ほらあな》に響き渡る。

「だめじゃ、だめ、だめ……だめじゃ……わしにはできん……できん。させないでくれ。やりたくない……」

「大丈夫です。先生。大丈夫ですから！」

ハリーは大声で言う。手が激しく震え、六杯目の薬をまともにすくうことができないほどだ。水盆《すいぼん》はいまや半分空になっている。

「なんにも起こっていません。先生は無事です。夢を見ているんです。絶対に現実のことではありませんから——さあ、これを飲んで。飲んで……」

するとダンブルドアは、ハリーが差し出しているのが解毒剤ででもあるかのように、従順に飲んだ。しかし、ゴブレットを飲み干したとたん、がくりと膝《ひざ》をつき、激しく震え出す。

「わしのせいじゃ。わしのせいじゃ」

ダンブルドアはすすり泣いている。

「やめさせてくれ。わしが悪かったのじゃ。ああ、どうかやめさせてくれ。わしはもう二度と、けっして……」

「先生、これでやめさせられます」ハリーが必死に言う。

七杯目の薬をダンブルドアの口に流し込みながら、ハリーは涙声になっている。

ダンブルドアは、目に見えない拷問者に囲まれているかのように、身を縮めはじめ、うめきながら手を振り回して、薬を満たしたゴブレットをハリーの震える手から払い落とそうとする。

「あの者たちを傷つけないでくれ、頼む。お願いだ。わしが悪かった。代わりにわしを傷つけてくれ……」

「さあ、これを飲んで。飲んで。大丈夫ですから」

ハリーが必死でそう言い含めると、ダンブルドアは目を固く閉じたままで全身震えてはいたが、ふたたび従順に口を開く。

ダンブルドアは、今度は前のめりに倒れ、ハリーが九杯目を満たしているときに、拳《こぶし》で地面をたたきながら悲鳴を上げる。

「頼む。お願いだ。お願いだ。だめだ……それはだめだ。それはだめだ。わしがなんでもするから……」

「先生、いいから飲んでください。飲んで……」

ダンブルドアは、渇きで死にかけている子供のように飲む。しかし、飲み終わるとまたしても、内臓に火がついたようなさけび声を上げた。

「もうそれ以上は、お願いだ、もうそれ以上は……」

ハリーは十杯目の薬をすくい上げる。ゴブレットが水盆《すいぼん》の底をこするのを感じた。

「もうすぐです。先生。これを飲んで。飲んでください……」

ハリーはダンブルドアの肩を支えた。そしてダンブルドアはまたしてもゴブレットを飲み干した。ハリーはもう一度立ち上がり、ゴブレットを満たす。ダンブルドアは、これまで以上に激しい苦痛の声を上げはじめる。

「わしは死にたい！　やめさせてくれ！　やめさせてくれ！　死にたい！」

「飲んでください。先生、これを飲んでください……」

ダンブルドアが飲む。そして飲み干すやいなや、さけぶ。

「殺してくれ！」

「これで——これでそうなります！」

ハリーは喘《あえ》ぎながら言う。

「飲むんです……終わりますから……全部終わりますから！」

ダンブルドアはゴブレットをぐいと傾け、最後の一滴まで飲み干した。そして、ガラガラと大きく最後の息を吐《は》き、転がってうつ伏せになった。

「先生！」

立ち上がってもう一度薬を満たそうとしていたハリーは、ゴブレットを水盆に放り出す。そして、さけびながらダンブルドアの脇に膝《ひざ》をつき、力一杯抱きかかえて仰向けにする。ダンブルドアのメガネが外れ、口はぱっかり開き、目は閉じられていた。

「先生」ハリーはダンブルドアを揺する。

「しっかりして。死んじゃだめです。先生は毒薬じゃないって言った。目を覚ましてください。目を覚まして――リナベイト！　蘇生せよ！」

ハリーは杖《つえ》をダンブルドアの胸に向けてさけぶ。赤い光が走ったが、なんの変化もない。

「リナベイト！　蘇生せよ！――先生――お願いです――」

ダンブルドアの瞼《まぶた》がかすかに動く。ハリーは心が躍った。

「先生、大丈夫――？」

「水」ダンブルドアがかすれ声で言う。

「水？――」ハリーは喘いだ。「――はい――」

ハリーははじかれたように立ち上がり、水盆に落としたゴブレットをつかむ。その下に丸まっている金色のロケットに、ハリーはまったく気づかない。

ハリーは杖《つえ》でゴブレットを突つきながらさけんだ。

「アグアメンティ！　水よ！」

清らかな水がゴブレットを満たす。ハリーはダンブルドアの横にひざまずいて、頭を起こし、唇にゴブレットを近づける――ところが、空っぽだった。ダンブルドアはうめき声を上げ、喘《あえ》ぎ出す。

「でも、さっきは――待ってください――アグアメンティ！　水よ！」ハリーはふたたび唱える。

もう一度、澄んだ水が、一瞬ゴブレットの中でキラキラ光る。しかし、ダンブルドアの唇に近づけると、ふたたび水は消えてしまった。

「先生、僕、がんばってます。がんばってるんです！」

ハリーは絶望的な声を上げた。しかし聞こえているとは思えない。ダンブルドアは転がって横になり、ゼーゼーと苦しそうに末期《まつご》の息を吐《は》いている。

「アグアメンティ――水よ――アグアメンティ！」

ゴブレットはまた満ちて、また空になる。ダンブルドアはいまや虫の息だ。頭の中はパニック状態で目まぐるしく動いていたが、ハリーには直感的に、水を得る最後の手段がわかっていた。ヴォルデモートがそのように仕組んでいるはずだ……。

ハリーは、身を投げ出すようにして岩の端からゴブレットを湖に突っ込み、冷たい水を一杯に満たす。水は消えなかった。

「先生――さあ！」

さけびながらダンブルドアに飛びつき、ハリーは不器用にゴブレットを傾けて、ダンブルドアの顔に水をかけた。

やっとの思いで、ハリーができたのはそれだけだった。ゴブレットを持っていないほうの腕にひやりとするものを感じたのは、水の冷たさが残っていたためではなかった。ぬめぬめとした白い手がハリーの手首をつかみ、その手の先にある何者かが、岩の上のハリーをゆっくりと湖のほうへと引きずりもどしていく。湖面はもはや滑らかな鏡のようではなく、激しく揺れ動いていた。ハリーの目が届くかぎり、暗い水から白い頭や手が突き出ている。男、女、子供。落ち窪んだ見えない目が岩場に向かって近づいてくる。黒い水から立ち上がった、死人の軍団だ。

「ペトリフィカス　トタルス！　石になれ！」

濡れてすべすべした小島の岩にしがみつこうともがきながら、ハリーは腕をつかんでいる「亡者《もうじゃ》」に杖を向けてさけぶ。亡者の手が離れ、のけぞって水しぶきを上げながら倒れた。ハリーは足をもつれさせながら立ち上がる。しかし、亡者はうじゃうじゃと、つるつるした岩に骨ばった手をかけて這《は》い上がってくる。虚ろな濁《にご》った目をハリーに向け、水浸しのボロを引きずりながら、落ち窪んだ顔に不気味な薄笑いを浮かべながら。

「ペトリフィカス　トタルス！　石になれ！」

後ずさりしながら杖《つえ》を大きく振り下ろし、ハリーがふたたびさけんだ。七、八体の亡者《もうじゃ》がくずおれた。しかし、あとからあとから、ハリーめがけてやってくる。

「インペディメンタ！　妨害せよ！　インカーセラス！　縛れ！」

何体かが倒れる。一、二体が縄で縛られる。しかし、次々と岩場に登ってくる亡者は、倒れた死体を無造作に踏みつけ、乗り越えてやってくる。杖で空を切りながら、ハリーはさけび続けた。

「セクタムセンプラ！　切り裂け！　セクタムセンプラ！」

水浸しのボロと、氷のような肌がざっくりと切り裂かれはするが、亡者は流すべき血を持たない。なにも感じない様子で、萎《しな》びた手をハリーに向けて伸ばしながら歩いてくる。さらに後退りしたとき、ハリーは背後からいくつもの腕で締めつけられた。死のように冷たく、やせこけた薄っぺらな腕が、ハリーを吊るし上げ、ゆっくりと、そして確実に水辺に引きずり込んでいく。逃れる道はない、とハリーは覚悟した。自分は溺《おぼ》れ、引き裂かれたヴォルデモートの魂のひとかけらを護衛する、死人の一人になるのか……。

そのとき、暗闇の中から火が燃え上がった。紅《くれない》と金色の炎の輪が岩場を取り囲み、ハリーをあれほどがっしりとつかんでいた亡者どもは、転び、怯《ひる》み、火をかいくぐって、湖にもどることさえできない。亡者はハリーを放した。地べたに落ちたハリーは岩で滑って転び、両腕をすりむいた。なんとか立ち上がり、杖を構えてあたりに目を凝らす。

ダンブルドアがふたたび立ち上がっていた。顔色こそ包囲している亡者と同じく蒼《あお》白《じろ》かったが、背の高いその姿はすっくと抜きん出ている。瞳に炎を躍らせ、杖を松明《たいまつ》のように掲げている。杖先から噴出する炎が、巨大な投げ縄のように周囲のすべてを熱く取り囲んでいた。

亡者は、炎の包囲から逃れようとぶつかり合い、やみくもに逃げ惑っている……。

ダンブルドアは水盆《すいぼん》の底からロケットをすくい上げ、ローブの中にしまい込み、無言のままハリーを自分のそばに招き寄せる。炎に撹乱《かくらん》された亡者どもは、獲物が去っていくのにも気づかない。ダンブルドアはハリーを小舟へと誘い、炎の輪も二人を取り巻いて水辺へと移動する。うろたえた亡者どもは水際までついてきて、そこから暗い水の中へと我先に滑り落ちていった。

体中震えながらも、ハリーは一瞬、ダンブルドアが自力で小舟に乗れないのではないかと思った。乗り込もうとして、ダンブルドアはわずかによろめく。持てる力のすべてを、二人を囲む炎の輪の護りを維持するために注ぎ込んでいるように見える。ハリーはダンブルドアを支え、小舟に乗るのを助けた。二人がふたたびしっかり乗り込むと、小舟は小島を離れ、炎の輪に囲まれたまま黒い湖をもどりはじめた。下のほうにうようよしている亡者どもは、どうやら二度と浮上できないらしい。

「先生」ハリーは喘《あえ》ぎながら言う。

「先生、僕、忘れていました――炎のことを――亡者《もうじゃ》に襲われて、僕、パニックになってしまって――」

「当然のことじゃ」

ダンブルドアがつぶやくように言う。その声のあまりに弱々しいことに、ハリーは驚く。

軽い衝撃とともに、小舟は岸に着いた。ハリーは飛び降り、急いでダンブルドアを介助する。岸に降り立ったとたん、ダンブルドアの杖《つえ》を掲げた手が下がり、炎の輪が消えた。しかし、亡者は二度と水から現れはしなかった。小舟はふたたび水中に沈む。鎖もガチャガチャ音を立てながら湖の中に滑り入っていく。ダンブルドアは大きなため息をつき、洞窟《どうくつ》の壁に寄りかかった。

「わしは弱った……」ダンブルドアがつぶやく。

「大丈夫です、先生」

ハリーが即座に言う。真っ蒼《さお》で疲労困憊《こんぱい》しているダンブルドアが心配だ。

「大丈夫です。僕が先生を必ず連れて帰ります……先生、僕に寄りかかってくださ い……」

そしてハリーは、ダンブルドアの傷ついていないほうの腕を肩に回し、その重みをほとんど全部背負って湖の縁《へり》を歩き、元きた場所へと校長先生を導く。

「防御は……最終的には……巧みなものじゃった」ダンブルドアが弱々しく言う。

「一人ではできなかったであろう……きみはようやった。ハリー、非常にようやった……」

「いまはしゃべらないでください」

ダンブルドアの言葉があまりに不明瞭で、足取りがあまりに弱々しいのが、ハリーは心配でならない。

「お疲れになりますから……もうすぐここを出られます……」

「入口のアーチはまた閉じられているじゃろう……わしの小刀を……」

「その必要はありません。僕が岩で傷を負いましたから」

ハリーがしっかりと言う。

「どこなのかだけ教えてください……」

「ここじゃ……」

ハリーはすりむいた腕を、岩にこすりつけた。血の貢ぎ物を受け取ったアーチの岩は、たちまちふたたび開く。二人は外側の洞窟《どうくつ》を横切り、ハリーはダンブルドアを支え、崖の割れ目を満たしている氷のような海水に入った。

「先生、大丈夫ですよ」

ハリーは何度も声をかけた。弱々しい声も心配だったが、それよりダンブルドアが無言のままでいるほうがもっと心配だ。

「もうすぐです……僕が一緒に『姿現わし』します……心配しないでください……」

「わしは心配しておらぬ、ハリー」

凍るような海中だったが、ダンブルドアの声がわずかに力強くなった。

「きみと一緒じゃからのう」

第27章　稲妻に撃たれた塔

星空の下にもどるや、ハリーはダンブルドアを一番近くの大岩の上に引っぱり上げ、抱きかかえて立たせた。ぐしょ濡れで震えながら、ダンブルドアの重みを支え、ハリーはこんなに集中したことはないと思えるほど真剣に、目的地を念じる。ホグズミード。目を閉じ、ダンブルドアの腕をしっかりにぎって、押しつぶされるような恐ろしい感覚の中にハリーは踏み入った。

目を開ける前から、ハリーは成功を確信した。潮の香も潮風も消えている。ダンブルドアと二人、ホグズミードのハイストリート通りの真ん中に、水を滴《したた》らせ、震えながら立っていた。一瞬だけ、店の周辺からまたしても亡者《もうじゃ》たちが忍び寄ってくる恐ろしい幻覚を見たが、瞬きしてみると、うごめくものはなにもなかった。すべてが静まり返り、わずかな街灯と何軒かの店の二階の窓明かりのほかは、真っ暗闇だ。

「やりました、先生！」

ハリーはやっとの思いでささやく。急に鳩尾《みずおち》に刺し込むような痛みを覚える。

「やりました！　分霊箱《ぶんれいばこ》を手に入れました！」

ダンブルドアがぐらりとハリーに倒れかかる。刹那《せつな》、自分の未熟な「姿現わし」のせいで、ダンブルドアがバランスを崩したかと心配した。遠い街灯の明かりに照らされたダンブルドアの顔は、ますます蒼白《あおじろ》く衰弱している。

「先生、大丈夫ですか？」

「最高とは言えんのう」

ダンブルドアの声は弱々しかったが、冗談を言おうと唇の端がひくひく動く。

「あの薬は……健康ドリンクではなかったのう……」

その言葉とともに、ダンブルドアは地面にくずおれた。ハリーは戦慄《せんりつ》する。

「先生――大丈夫です。きっとよくなります。心配せずに――」

ハリーは助けを求めようと必死の思いで周囲を見回したが、人影はない。なんとかして早くダンブルドアを医務室に連れていかなければならない。いまのハリーには、それしか頭にない。

「先生を学校に連れて帰らなければなりません……マダム・ポンフリーが……」

「いや」

ダンブルドアが断末魔《だんまつま》のような中からきっぱり言う。

「必要なのは……スネイプ先生じゃ……しかし、どうやら……いまのわしは遠くまでは歩けぬ……」

「わかりました……先生、いいですか……僕がどこかの家のドアをたたいて、先生が休めるところを見つけます――それから走っていって、連れてきます。マダム……」

「セブルスじゃ」

ダンブルドアが、もう一度はっきりと言う。

「セブルスが必要じゃ……」

「わかりました。それじゃスネイプを――でも、しばらく先生を一人で置いとかないと――」

しかし行動を起こさないうちに、だれかの走る足音が聞こえた。ハリーは心が躍る。だれかが、見つけてくれた。助けが必要なことに気づいてくれた――見回すと、マダム・ロスメルタが暗い通りを小走りに駆けてくるのが見える。踵《かかと》の高いふわふわした室内履《ば》きを履き、ドラゴンの刺繍《ししゅう》をした絹の部屋着を着ている。

「寝室のカーテンを閉めようとしていたら、あなたが『姿現わし』するのが見えたの！　よかった、よかったわ。どうしたらいいのかわからなくて――まあ、アルバスになにかあったの？」

マダム・ロスメルタは息を切らしながら立ち止まり、目を見開いてダンブルドアを見下ろす。

「けがをしてるんです」ハリーが言う。「マダム・ロスメルタ、僕が学校に行って助けを呼んでくるまで、先生を『三本の箒《ほうき》』で休ませてくれますか？」

「一人で学校に行くなんてことできないわよ！　わからないの――？　見なかったの――？」

「一緒に先生を支えてくだされば――」

ハリーは、ロスメルタの言ったことを聞いていない。

「中まで運べると思います――」

「なにがあったのじゃ？」ダンブルドアが聞く。「ロスメルタ、なにかあったのか？」

「や――『闇の印』よ、アルバス」

そして、マダム・ロスメルタはホグワーツの方角の空を指さす。その言葉で背筋がぞっと寒くなり、ハリーは振り返って空を見る。

学校の上空に、たしかにあの印が上っている。蛇の舌を出した緑色の髑髏《どくろ》が、無気味にぎらぎら輝いている。死喰い人が侵入したあとに残す印……だれかを殺したときに残す印……。

「いつ現れたのじゃ？」

ダンブルドアが聞く。立ち上がろうとするダンブルドアの手が、ハリーの肩に痛いほど食い込む。

「何分か前だと思うわ。猫を外に出したときにはありませんでしたもの。でも二階に上がったときに――」

「すぐに城にもどらねばならぬ」

ダンブルドアが言う。少しよろめきはしていたが、しっかり事態を掌握している。

「ロスメルタ、輸送手段が必要じゃ――箒が――」

「バーのカウンターの裏に、二、三本ありますわ」ロスメルタは怯《おび》えている。「行って取ってきましょうか？」

「いや、ハリーにまかせられる」

ハリーは、すぐさま杖《つえ》を上げた。

「アクシオ！　ロスメルタの箒よ、こい！」

たちまち大きな音がして、パブの入口の扉がパッと開き、箒が二本、勢いよく表に飛び出す。箒は抜きつ抜かれつハリーの脇まで飛んできて、かすかに振動しながら、腰の高さでぴたりと停まる。

「ロスメルタ、魔法省への連絡を頼んだぞ」

ダンブルドアは自分に近いほうの箒にまたがりながら言う。

「ホグワーツの内部の者は、まだ異変に気づいておらぬやもしれぬ……ハリー、『透明マント』を着るのじゃ」

ハリーはポケットからマントを取り出してかぶり、箒《ほうき》にまたがった。ハリーとダンブルドアが地面を蹴って空に舞い上がったときには、マダム・ロスメルタはすでに踵《かかと》の高い室内履《ば》きでよろけながらパブに向かって小走りに駆け出していた。城をめざして速度を上げながら、ハリーは、ダンブルドアが落ちるようなことがあればすぐさま支えられるようにと、終始横を気にしていた。しかし、「闇の印」はダンブルドアにとって、刺激剤のような効果をもたらしたらしい。印を見据《みす》えて、長い銀色の髪とひげとを夜空になびかせながら、ダンブルドアは箒に低くかがみ込んでいる。ハリーも前方の髑髏《どくろ》を見据えた。恐怖が泡立つ毒のように肺を締めつけ、ほかのいっさいの苦痛を念頭から追い出してしまっている……。

二人は、どのくらいの時間、留守にしていたのだろう。ロンやハーマイオニー、ジニーの幸運は、もう効き目が切れたのだろうか？　学校の上空にあの印が上がったのは、三人のうちのだれかになにかあったからなのだろうか、それともネビルかルーナか？　DAのメンバーのだれかではないだろうか？　そしてもしそうなら……廊下をパトロールしろと言ったのは自分だ。ベッドにいれば安全なのに、ベッドを離れるように頼んだのは自分だ……またしても僕のせいで、友人が死んだのだろうか？

出発のときに歩いた、曲りくねった暗い道の上空を飛びながら、耳元で鳴る夜風のヒューヒューという音の合間に、ハリーは、ダンブルドアがまたしても不可解な言葉を唱えるのを聞く。校庭に入る境界線を飛び越えた瞬間、箒が振動した理由が、ハリーにはわかった。ダンブルドアは、自分が城にかけた呪文を解除し、二人が高速で突破できるようにしていたのだ。「闇の印」は、城で一番高い天文台の塔の真上で光っている。そこで殺人があったのだろうか？

ダンブルドアは、塔の屋上の、銃眼つきの防壁をすでに飛び越え、箒から降りるところだ。ハリーもすぐあとからそばに降り、あたりを見回す。

防壁の内側に人影はない。城の内部に続く螺旋《らせん》階段の扉は閉まったままだ。争いの跡も、死闘が繰り広げられた形跡もなく、死体すらない。

「どういうことでしょう？」

ハリーは、頭上に不気味に光る蛇舌《へびじた》の髑髏を見上げながら、ダンブルドアに問いかける。

「あれは本当の印でしょうか？　だれかが本当に――先生？」

印が放つかすかな緑の光に、黒ずんだ手で胸を押さえているダンブルドアが見えた。

「セブルスを起こしてくるのじゃ」

ダンブルドアはかすかな声で、しかしはっきりと指示を出す。

「なにがあったかを話し、わしのところへ連れてくるのじゃ。ほかにはなにもするでないぞ。ほかのだれにも話をせず、『透明マント』を脱がぬよう。わしはここで待っておる」

「でも――」

「わしに従うと誓ったはずじゃ、ハリー――行くのじゃ！」

ハリーは螺旋《らせん》階段の扉へと急ぐ。しかし扉の鉄の輪に手が触れたとたん、扉の内側からだれかの走ってくる足音が聞こえた。振り返ると、ダンブルドアは退《さ》がれと身振りで示している。ハリーは杖《つえ》を構えながら後ずさりした。

扉が勢いよく開き、だれかが飛び出しざまにさけんだ。

「エクスペリアームス！　武器よ去れ！」

ハリーはたちまち体が硬直して動かなくなり、まるで不安定な銅像のように倒れて、塔の防壁に支えられる格好になった。動くことも口をきくこともできない。どうしてこんなことになったのか、ハリーにはわからなかった――エクスペリアームスは「凍結《とうけつ》呪文」とはちがうのに――。

そのとき、闇の印の明かりで、ダンブルドアの杖が弧を描き防壁の端を越えて飛んでいくのが見え、事態を呑《の》み込むことができた……ダンブルドアが無言でハリーを動けなくしたのだ。その術をかける一瞬の間のせいで、ダンブルドアは自分を護るチャンスを失った。

血の気の失せた顔で、防壁を背にして立ちながらも、ダンブルドアには恐怖や苦悩の影すらない。自分の武器を奪った相手に目をやり、ただ一言声をかける。

「こんばんは、ドラコ」

マルフォイが進み出る。すばやくあたりに目を配り、ダンブルドアと二人きりかどうかを確かめる。二本目の箒《ほうき》に目が走った。

「ほかにだれかいるのか？」

「わしのほうこそ聞きたい。きみ一人の行動かね？」

闇の印の緑の光で、マルフォイの薄い色の目がダンブルドアに視線をもどすのが見える。

「ちがう」マルフォイが答える。「援軍がある。今夜この学校には『死喰い人』がいるんだ」

「ほう、ほう」

ダンブルドアはまるで、マルフォイががんばって仕上げた宿題を見ているような言い方をした。

「なかなかのものじゃ。きみが連中を導き入れる方法を見つけたのかね？」

かったろう！」

「そうだ」マルフォイは息を切らしている。「校長の目と鼻の先なのに、気がつかな

「よい思いつきじゃ」ダンブルドアが言う。「しかし……失礼ながら……その連中は

いまどこにいるのかね？　きみの援軍とやらは、いないようだが」

「そっちの護衛に出くわしたんだ。下で戦ってる。追っつけくるだろう……僕は先

にきたんだ。僕には――僕にはやるべきことがある」

「おう、それなら、疾《と》くそれに取りかからねばなるまいのう」ダンブルドアが優し

く言い聞かせる。

沈黙が流れた。ハリーは自分の体に閉じ込められ、身動きもできずに姿を隠したま

ま二人を見つめ、遠くに死喰い人の戦いの音が聞こえはしないかと耳を研ぎ澄まして

いた。ハリーの目の前で、ドラコ・マルフォイはアルバス・ダンブルドアをただ見つ

めるばかりだった。ダンブルドアは、なんと、ほほえんだ。

「ドラコ、ドラコ、きみには人は殺せぬ」

「わかるもんか！」ドラコが切り返す。

その言い方がいかにも子供っぽいと自分でも気づいたらしく、ハリーはドラコが顔

を赤らめるのを、緑の明かりの下に見た。

「僕になにができるかなど、校長にわかるものか」マルフォイは前より力強く言い

放つ。「これまで僕がしてきたことだって知らないだろう！」

「いや、いや、知っておる」ダンブルドアは穏やかなままだ。「君はケイティ・ベルとロナルド・ウィーズリーを危うく殺すところじゃった。この一年間、きみはわしを殺そうとして、だんだん自暴自棄になっていた。失礼じゃが、ドラコ、全部中途半端な試みじゃったのう……あまりに生半可なので、正直言うてきみが本気なのかどうか、わしは疑うた……」

「本気だった！」マルフォイが激しい口調で言う。「この一年、僕はずっと準備してきた。そして今夜――」

城のずっと下のほうから、押し殺したようなさけび声がハリーの耳に入ってくる。マルフォイは、ぎくりと体を強張《こわば》らせて後ろを振り返る。

「だれかが善戦しているようじゃの」

ダンブルドアは茶飲み話でもしているようだ。

「しかし、きみが言いかけておったのは……おう、そうじゃ、『死喰い人』を、この学校に首尾よく案内してきたということじゃのう。それは、さすがにわしも不可能じゃと思うておったのじゃが……どうやったのかね？」

しかしマルフォイは答えない。下のほうで何事か起こっているのに耳を澄ませたまま、ほとんどハリーと同じぐらい体を硬直させている。

「きみ一人で、なすべきことをなさねばならぬかもしれぬのう」

ダンブルドアが促す。

「わしの護衛が、きみの援軍を挫《くじ》いてしまったとしたらどうなるかの？　たぶん気づいておろうが、今夜ここには、『不死鳥の騎士団《きしだん》』の者たちもきておる。それに、いずれにせよ、きみには援護など必要ない……わしはいま、杖《つえ》を持たぬ……自衛できんのじゃ」

マルフォイは、ダンブルドアを見つめるだけだった。

「なるほど」

マルフォイが、しゃべりもせず動きもしないので、ダンブルドアが優しく言う。

「みながくるまで、怖くて行動できないのじゃな」

「怖くない！」

マルフォイがうなる。しかし、まだまったくダンブルドアを傷つける様子はない。

「そっちこそ怖いはずだ！」

「なぜかね？　ドラコ、きみがわしを殺すとは思わぬ。無垢《むく》な者にとって、人を殺すことは、思いのほか難しいものじゃ……それでは、きみの友達がくるまで、聞かせておくれ……どうやって連中を潜入させたのじゃね？　準備が整うまで、ずいぶんと時間がかかったようじゃが」

マルフォイは、さけび出したい衝動か、突き上げる吐《は》き気と戦ってでもいるようだ。ダンブルドアの心臓にぴたりと杖を向けて睨《にら》みつけながら、マルフォイはごくりと唾を飲み、深呼吸を繰り返す。そしてこらえ切れなくなったように口を開いた。

「壊れて、何年も使われていなかった『姿をくらますキャビネット棚』をなおさなければならなかったんだ。去年、モンタギューがその中で行方不明になったキャビネットだ」

「おう、おう」

ダンブルドアのため息は、うめきに似ていた。ダンブルドアはしばらく目を閉じる。

「賢いことじゃ……たしか、対になっておったのう？」

「もう片方は、ボージン・アンド・バークスの店だ」

マルフォイが続ける。

「二つの間に通路のようなものができるんだ。モンタギューが、ホグワーツにあったキャビネット棚に押し込まれたとき、どっちつかずに引っかかっていたけど、ときどき学校で起こっていることが聞こえたし、ときどき店の出来事も聞こえたと話してくれた。まるで棚が二箇所の間を往《い》ったり来たりしているみたいに。しかし自分の声はだれにも届かなかったって……結局あいつは、試験にはパスしなかったけど、むりやり『姿現わし』したんだ。おかげで死にかけた。みんなは、おもしろいでっち上げ話だと思っていたけど、僕だけはその意味がわかった――ボージンでさえ知らなかった――壊れたキャビネット棚を修理すれば、それを通ってホグワーツに入る方法があるだろうと気づいたのは、この僕だ」

「見事じゃ」ダンブルドアがつぶやく。「それで、『死喰い人』たちは、きみの応援に、ボージン・アンド・バークスからホグワーツに入り込むことができたのじゃな……賢い計画じゃ、実に賢い……それに、きみも言うたように、わしの目と鼻の先じゃ……」

「そうだ」

マルフォイは、ダンブルドアに褒《ほ》められたことで、皮肉にも勇気と慰めを得たようだ。

「そうなんだ！」

「しかし、ときには――」ダンブルドアが言葉を続けた。「キャビネット棚を修理できないのではないかと思ったこともあったのじゃろうな？　そこで、粗雑で軽率な方法を使おうとしたのう。どう考えてもほかの者の手に渡ってしまうのに、呪われたネックレスをわしに送ってみたり……わしが飲む可能性はほとんどないのに、蜂蜜酒に毒を入れてみたり……」

「そうだ。だけど、それでもだれが仕組んだのか、わからなかったろう?」

マルフォイがせせら笑う。ダンブルドアの体が、防壁にもたれたままわずかにずり下がる。足の力が弱ってきたにちがいない。ハリーは自分をしばっている呪文に抗《あらが》い、声もなく空しくもがく。

「実はわかっておったのじゃ」ダンブルドアが言う。「きみにまちがいないと思っておった」

「じゃ、なぜ止めなかった?」マルフォイが詰め寄る。

「そうしようとしたのじゃよ、ドラコ。スネイプ先生が、わしの命を受けて、きみを見張っておった――」

「あいつは校長の命令で動いていたんじゃない。僕の母上に約束して――」

「もちろん、ドラコ、スネイプ先生は、きみにはそう言うたじゃろう。しかし――」

「あいつは二重スパイだ。あんたも老いぼれたものだ。あいつは校長のために働いていたんじゃない。あんたがそう思い込んでいただけだ!」

「その点は、意見がちがうと認め合わねばならぬのう、ドラコ。わしは、スネイプ先生を信じておるのじゃ――」

「それじゃ、あんたには事態がわかってないってことだ!」

マルフォイがふたたびせせら笑う。

「あいつは僕を助けたいとさんざん持ちかけてきた。全部自分の手柄にしたかったんだ——一枚加わりたかったんだ——『なにをしておるのかね？　君がネックレスを仕掛けたのか？　あれは愚かしいことだ。全部台無しにしてしまったかもしれん——』。だけど僕は『必要の部屋』でしていることを、あいつには教えなかった。明日、あいつが目を覚ましたときには全部終わっていて、もうあいつは、闇の帝王のお気に入りじゃなくなるんだ。僕に比べればあいつは何者でもない。ゼロだ！」

「満足じゃろうな」ダンブルドアが穏やかに言う。「だれでも、一所懸命やったことを褒《ほ》めて欲しいものじゃ、もちろんのう……しかし、それにしてもきみには共犯者がいたはずじゃ……ホグズミードのだれかが。ケイティにこっそりあれを手渡す——あっ——あぁぁ……」

ダンブルドアはふたたび目を閉じてこくりとうなずく。まるでそのまま眠り込むかのように。

「なるほど……もちろん……ロスメルタじゃ。いつから『服従《ふくじゅう》の呪文』にかかっておるのじゃ？」

「やっとわかったようだな」マルフォイが嘲《あざけ》る。

下のほうから、またさけび声が聞こえた。今度はさらに大きい声だ。マルフォイはびくっとしてまた振り返ったが、すぐにダンブルドアへ視線をもどす。ダンブルドアは言葉を続けた。

「それでは、哀れなロスメルタが店のトイレで待ち伏せして、一人でトイレにやってくるホグワーツの生徒のだれかにネックレスを渡すよう命令されたというわけじゃな？　それに毒入り蜂蜜酒……ふむ、当然ロスメルタなら、わしへのクリスマスプレゼントだと信じて、スラグホーンにボトルを送る前に、きみに代わって毒を盛ることもできた……実にあざやかじゃ……実に……哀れむべきフィルチさんは、ロスメルタのボトルを調べようなどとは思うまい……どうやってロスメルタと連絡を取っていたか、話してくれるかの？　学校に出入りする通信手段は、すべて監視《かんし》されていたはずじゃが」

「コインに呪文をかけた」

杖《つえ》を持った手がひどく震えていたが、マルフォイは、話し続けずにはいられないように言葉を繰り出す。

「僕が一枚、あっちがもう一枚だ。それで僕が命令を送ることができた――」

「『ダンブルドア軍団』というグループが先学期に使った、秘密の伝達手段と同じものではないかな？」

ダンブルドアが聞く。気軽な会話をしているような声だったが、ハリーは、ダンブルドアがそう言いながらまた二、三センチずり下がるのに気づく。

「ああ、あいつらからヒントを得たんだ」マルフォイは歪《ゆが》んだ笑いを浮かべる。「蜂蜜酒に毒を入れるヒントも、『穢《けが》れた血』のグレンジャーからもらった。図書室であいつが、フィルチは毒物を見つけられないと話しているのを聞いたんだ」

「わしの前で、そのような侮蔑的な言葉は使わないで欲しいものじゃ」

ダンブルドアが言うと、マルフォイが残忍な笑い声を上げた。

「いまにも僕に殺されるというのに、この僕が、『穢れた血』と言うのが気になるのか？」

「気になるのじゃよ」ダンブルドアが答える。

まっすぐ立ち続けようと踏んばって、ダンブルドアの両足が床を上滑りする。

「しかし、いまにもわしを殺すということについては、ドラコよ、すでに数分という長い時間が経ったし、ここには二人しかおらぬ。わしはいま丸腰で、きみが夢にも思わなかったほど無防備じゃ。にもかかわらず、きみはまだ行動を起こさぬ……」

ひどく苦い物を口にしたかのように、マルフォイの口が思わず歪む。

「さて、今夜のことじゃが」ダンブルドアが続けた。

「どのように事が起こったのか、わしには少しわからぬところがある……きみはわしが学校を出たことを知っていたのかね？　いや、なるほど」

ダンブルドアは、自分で自分の質問に答える。

「ロスメルタが、わしが出かけるところを見て、きみの考えたすばらしいコインを使って、きみに知らせたのじゃ。そうにちがいない……」

「そのとおりだ」マルフォイが言う。「だけど、ロスメルタは校長が一杯飲みに出かけただけで、すぐもどってくると言った……」

「なるほど、たしかにわしは飲み物を飲んだのう……そして、もどってきた……辛《かろ》うじてじゃが」ダンブルドアがつぶやくように言う。「それできみは、わしを罠《わな》にかけようとしたわけじゃの？」

「僕たちは、『闇の印』を塔の上に出して、だれが殺されたのかを調べに、校長が急いでここにもどるようにしようと決めたんだ」マルフォイが言う。「そして、うまくいった！」

「ふむ……そうかもしれぬし、そうでないかもしれぬ……」ダンブルドアが確認する。

「それでは、殺された者はおらぬと考えてよいのじゃな？」

「だれかが死んだ」マルフォイの声が、一オクターブ高くなったように思われた。

「そっちのだれかだ……だれかわからなかった。暗くて……僕が死体をまたいだ……僕は校長がもどったときに、ここで待ち構えているはずだった。ただ、『不死鳥』のやつらが邪魔して……」

「さよう。そういう癖があるでのう」ダンブルドアが言った。

下から聞こえる騒ぎやさけび声が、一段と大きくなった。今度は、ダンブルドア、マルフォイ、ハリーのいる屋上に直接つながっている螺旋《らせん》階段で戦っているような音だ。ハリーの心臓は、透明の胸の中でだれにも聞こえはしなかったが、雷のように轟《とどろ》いた……だれかが死んだ……マルフォイが死体をまたいだ……だれだったんだ？

「いずれにせよ時間がない」ダンブルドアが意を決したように言う。

「きみの選択肢を話し合おうぞ、ドラコ」

「僕の選択肢！」マルフォイが大声で言い返す。「僕は杖《つえ》を持ってここに立っている――校長を殺そうとしている――」

「ドラコよ、もう虚仮威《こけおど》しはおしまいにしようぞ。わしを殺すつもりなら、最初にわしを『武装解除』したときにそうしていたじゃろう。方法論をあれこれと楽しくおしゃべりして、時間を費やすことはなかったじゃろう」

「僕には選択肢なんかない！」

マルフォイが吐《は》き棄《す》てる。そして突然、ダンブルドアと同じくらい蒼白《そうはく》になった。

「僕はやらなければならないんだ！　そうしなければ、あの人が僕を殺す！　僕の家族を皆殺しにする！」

「きみの難しい立場はよくわかる」ダンブルドアが言う。

「わしがいままできみに対抗しなかった理由が、それ以外にあると思うかね？　わしがきみを疑っていると、ヴォルデモート卿《きょう》に気づかれてしまえば、きみは殺されてしまうと、わしにはわかっておったのじゃ」

マルフォイはその名を聞いただけで怯《ひる》んだ。

「きみに与えられた任務のことは知っておったが、それについてきみと話をすることができなんだ。あの者がきみに対して『開心術』を使うかもしれぬからのう」

ダンブルドアが語り続ける。

「しかしいまやっと、お互いに率直な話ができる……なにも被害はなかった。きみはだれをも傷つけてはいない。もっとも予期せぬ犠牲者たちが死ななかったのは、きみにとって非常に幸運ではあったのじゃが……ドラコ、わしが助けてしんぜよう」

「できっこない」マルフォイの杖を持った手が激しく震えている。「だれにもできない。あの人が僕にやれと命じた。やらなければ殺される。僕にはほかに道がない」

「ドラコ、われわれの側にくるのじゃ。われわれは、きみの想像もつかぬほど完璧に、きみを匿《かくま》うことができるのじゃ。その上、わしが今夜『騎士団』の者を母上のもとに遣わして、母上をも匿うことができる。父上のほうは、いまのところアズカバンにいて安全じゃ……時がくれば、父上もわれわれが保護しよう……正しいほうにつくのじゃ、ドラコ……きみは殺人者ではない……」

マルフォイはダンブルドアをじっと見つめる。

「だけど、僕はここまでやり遂げたじゃないか」ドラコがゆっくりと言う。「僕が途中で死ぬだろうと、みんながそう思っていた。だけど、僕はここにいる……そして校長は僕の手中にある……杖《つえ》を持っているのは僕だ……あんたは僕のお情けで……」

「いや、ドラコ」

ダンブルドアが静かに言い切る。

「いま大切なのは、きみの情けではなく、わしの情けなのじゃ」

マルフォイは無言だった。口を開け、杖を持つ手がまだ震えている。ハリーには、心なしかマルフォイの杖がわずかに下がったように見えた――。

しかし突然、階段を踏み鳴らして駆け上がってくる音がし、次の瞬間、マルフォイは、屋上に躍り出た黒いローブの四人に押し退《の》けられた。身動きできず、瞬《まばた》きできない目を見開いて、恐怖に駆られながら、ハリーは四人の侵入者を見つめた。階下の戦いは、死喰い人が勝利したらしい。

ずんぐりした男が、奇妙に引き攣《つ》った薄ら笑いを浮かべながら、ぐぐぐっと笑う。

「ダンブルドアを追い詰めたぞ！」

男は、妹かと思われるずんぐりした小柄な女のほうを振り向きながら吠《ほ》えた。女は勢い込んでにやにや笑っている。

「ダンブルドアには杖がない。一人だ！　よくやった、ドラコ、よくやった！」

「こんばんは、アミカス」

ダンブルドアはまるで茶会に客を迎えるかのように、落ち着いている。

「それにアレクトもお連れくださったようじゃな……ようおいでくだされた……」

女は怒ったように、小さく忍び笑いを漏《も》らす。

「死の床で、冗談を言えば助かると思っているのか？」女が嘲《あざけ》る。

「冗談とな？　いや、いや、礼儀というものじゃ」ダンブルドアが答えた。

「殺《や》れ」

ハリーの一番近くに立っていた、もつれた灰色の髪の大柄で手足の長い男が命じた。動物のような口ひげが生えている。死喰い人の黒いローブがきつすぎて着心地が悪そうだ。ハリーが聞いたこともない種類の、神経を逆なでするような吠え声をしている。泥と汗、それにまちがいなく血の臭いの混じった強烈な悪臭がハリーの鼻を突く。汚らしい両手に長い黄ばんだ爪が伸びている。

「フェンリールじゃな？」ダンブルドアが聞く。

「そのとおりだ」男がしわがれ声で答えた。「会えてうれしいか、ダンブルドア？」

「いや、そうは言えぬのう……」

フェンリール・グレイバックは、尖《とが》った歯を見せてにやりと笑う。血をたらたらと顎《あご》に滴《したた》らせ、グレイバックはゆっくりといやらしく唇をなめた。

「しかしダンブルドア、おれが子供好きだということを知っているだろうな」

「いまでは満月を待たずに襲っているということかな？　異常なことじゃ……毎月一度では満足できぬほど、人肉が好きになったのか？」

「そのとおりだ」グレイバックが得意満面に言う。「驚いたかね、え？　ダンブルドア？　恐いかね？」

「はてさて、多少嫌悪感を覚えるのを隠すことはできまいのう」

ダンブルドアが実際いやそうに言う。

「それに、たしかに驚いたのう。このドラコが、友人の住むこの学校に、よりによってきみのような者を招待するとは……」

「僕じゃない」

マルフォイが消え入るように否定する。グレイバックから目を背け、ちらりとでも見たくないという様子だ。

「こいつがくるとは知らなかったんだ――」

「ダンブルドア、おれはホグワーツへの旅行を逃すようなことはしない」グレイバックがしわがれ声で言う。「食い破る喉《のど》がたくさん待っているというのに……うまいぞ、うまいぞ……」

グレイバックは、ダンブルドアに向かってにたにた笑いながら、黄色い爪で前歯の間をほじる。

「おまえをデザートにいただこうか。ダンブルドア」

「だめだ」四人目の死喰い人が鋭く言う。厚ぼったい野蛮な顔をした男だ。

「我々は命令を受けている。ドラコがやらねばならない。さあ、ドラコ、急げ」

マルフォイはいっそう気が挫《くじ》け、怯《おび》えた目でダンブルドアの顔を見つめている。ダンブルドアはますます蒼《あお》ざめ、防壁に寄りかかった体がさらにずり下がったせいで、いつもより低い位置に顔がある。

「おれに言わせりゃ、こいつはどうせもう長い命じゃない！」

歪《ゆが》んだ顔の男が言うと、妹がぐぐっと笑って相槌《あいづち》を打つ。

「なんてざまだ――いったいどうしたんだね、ダンビー？」

「ああ、アミカス、抵抗力が弱り、反射神経が鈍くなってのう」

ダンブルドアが世間話のように言う。

「要するに、年じゃよ……そのうち、おそらく、きみも年を取る……きみが幸運ならばじゃが……」

「なにが言いたいんだ？　え？　なにが言いたいんだ？」男は急に乱暴になった。

「相変わらずだな、え？　ダンビー。口ばかりでなにもしない。なんにも。闇の帝王が、なぜわざわざおまえを殺そうとするのか、わからん！　さあ、ドラコ、やれ！」

しかしそのとき、またしても下から、気ぜわしく動く音、大声でさけぶ声が聞こえた。

「連中が階段を封鎖した——レダクト！　粉々《こなごな》！」

ハリーは心が躍った。この四人が相手を全滅させたわけじゃない。戦いを抜け出して塔の屋上にきただけだ。そしてどうやら、背後に障壁《しょうへき》を作ってきたらしい——。

「さあ、ドラコ、早く！」野蛮な顔の男が、怒ったように促す。

しかし、マルフォイの手はどうしようもなく震え、狙いさえ定められない。

「おれがやる」

グレイバックが両手を突き出し、牙《きば》をむいてうなりながら、ダンブルドアに向かっていく。

「だめだと言ったはずだ！」

野蛮な顔の男がさけぶ。閃光《せんこう》が走り、狼男が吹き飛ばされた。グレイバックは防壁に衝突し、憤怒《ふんぬ》の形相でよろめく。ハリーの胸は激しく動悸《どうき》し、ダンブルドアの呪文に閉じ込められてそこにいる自分の気配を、そばのだれかが聞きつけないはずはないと思った——動けさえしたら、「透明マント」の下から呪いをかけられるのに——。

「ドラコ、殺《や》るんだよ。さもなきゃ、おどき。代わりにだれかが——」

女がかん高い声で命じようとしたちょうどそのとき、屋上への扉がふたたびパッと開き、スネイプが杖《つえ》を引っ提げて現れた。すばやくあたりを見回す暗い目が、防壁に力なく寄りかかっているダンブルドアから、怒り狂った狼男を含む四人の死喰い人、そしてマルフォイへと走る。

「スネイプ、困ったことになった」

ずんぐりしたアミカスが、目と杖でダンブルドアをしっかりと捕えたまま言う。

「この坊主にはできそうもない――」

そのとき、ほかの声が、スネイプの名をひっそりと呼ぶ。

「セブルス……」

その声は、今夜のさまざまな出来事の中でも、一番ハリーを怯《おび》えさせた。はじめて、ダンブルドアが懇願している。

スネイプは無言で進み出て、荒々しくマルフォイを押し退《の》ける。三人の死喰い人は一言も言わずに後ろに下がった。狼男でさえ怯えたように見える。

スネイプは一瞬、ダンブルドアを見つめる。その非情な顔のしわには、嫌悪と憎しみが刻まれていた。

「セブルス……頼む……」

スネイプは杖を上げ、まっすぐにダンブルドアを狙う。

「アバダ　ケダブラ！」

緑の閃光《せんこう》がスネイプの杖先《つえさき》からほとばしり、狙い違《たが》わずダンブルドアの胸に当たる。ハリーの恐怖のさけびは、声にならなかった。沈黙し、動くこともできず、ハリーはダンブルドアが空中に吹き飛ばされるのを見ているほかなかった。ほんのわずかの間、ダンブルドアは光る髑髏《どくろ》の下に浮いているように見えた。それから、仰向けにゆっくりと、大きな軟らかい人形のように、ダンブルドアは屋上の防壁の向こう側に落ちて、姿が見えなくなった。

第28章　プリンスの逃亡

ハリーは自分も空を飛んでいるような気がした。本当のことじゃない……本当のことであるはずがない……。

「ここから出るのだ。早く」スネイプが指示を出す。

スネイプはマルフォイの襟首《えりくび》をつかみ、真っ先に扉から押し出した。グレイバックと、ずんぐりした兄妹がそのあとに続く。二人とも興奮に息をはずませている。三人がいなくなったとき、ハリーはもう体が動かせることに気づいた。麻痺《まひ》したまま防壁に寄りかかっているのは魔法のせいではなく、恐怖とショックのせいだった。残忍な顔の死喰い人が、最後に塔の屋上から扉の向こうに消えようとする瞬間、ハリーは「透明マント」をかなぐり捨てた。

「ペトリフィカス　トタルス！　石になれ！」

四人目の死喰い人は蠟《ろう》人形のように硬直し、背中を硬いもので打たれたかのように、ばったりと倒れる。その体が倒れるか倒れないうちに、ハリーはもう、その死喰い人を乗り越え、暗い階段を駆け下りていた。

恐怖がハリーの心臓を引き裂く……ダンブルドアのところへ行かなければならない。スネイプを捕えなければならない……二つのことがなぜか関連していた……二人を一緒にすれば、起こってしまった出来事を覆せるかもしれない……ダンブルドアが死ぬはずはない……。

ハリーは螺旋《らせん》階段の最後の十段をひと息に飛び降り、杖《つえ》を構えてその場に立ち止まる。薄暗い廊下はもうもうと土埃《つちぼこり》が立っていた。天井の半分は落ち、ハリーの目の前で戦いが繰り広げられていた。しかし、戦っているのはだれなのかを見極めようとしたそのとき、あの憎むべき声がさけんだ。

「終わった。行くぞ！」

スネイプの姿が廊下の向こう端から、角を曲がって消えようとしている。スネイプとマルフォイは、無傷のままで戦いからの活路を見出したらしい。ハリーがそのあとを追いかけて突進したとき、だれかが乱闘から離れてハリーに飛びかかった。狼男のグレイバックだ。ハリーが杖を掲げる間もなく、グレイバックがのしかかった。

ハリーは仰向けに倒れた。汚らしいもつれた髪がハリーの顔にかかり、汗と血の悪臭が鼻と喉《のど》を詰まらせ、血に飢えた熱い息がハリーの喉元《のどもと》に――。

「ペトリフィカス トタルス！ 石になれ！」

ハリーは、グレイバックが自分の体の上に倒れ込むのを感じた。満身の力でハリーは狼男を押し退《の》け、床に転がした。そのとき緑の閃光《せんこう》がハリーめがけて飛んできた。ハリーはそれをかわして、乱闘の中に頭から突っ込んでいった。床に転がっていたぐにゃりとした滑りやすいなにかに、ハリーは足を取られて倒れた。二つの死体が血の海にうつ伏せになっている。しかし、調べている暇はない。今度は目の前で炎のように舞っている赤毛が目に入った。ジニーが、ずんぐりした死喰い人のアミカスとの戦いに巻き込まれている。アミカスが次々と投げつける呪詛《じゅそ》を、ジニーがかわしている。アミカスはぐっぐっと笑いながら、スポーツでも楽しむようにからかっている。

「クルーシオ！ 苦しめ！――いつまでも踊っちゃいられないよ、お嬢ちゃん――」

「インペディメンタ！ 妨害せよ！」ハリーがさけぶ。

呪いはアミカスの胸に当たった。キーッと豚のような悲鳴を上げて吹っ飛んだアミカスは、反対側の壁に激突して壁伝いにずるずるとずり落ち、ロン、マクゴナガル先生、ルーピンの背後に姿を消した。三人も、それぞれ死喰い人との一騎打ちの最中だ。その向こうで、トンクスが巨大なブロンドの魔法使いと戦っているのが見える。その男の所かまわず飛ばす呪文が、まわりの壁に撥《は》ね返って石を砕き、近くの窓を粉々にしている――。

「ハリー、どこから出てきたの？」

ジニーがさけんだが、それに答えている暇はない。ハリーは頭を低くし、先を急いで走る。頭上でなにかが炸裂する。ハリーは危うくかわしたが、壊れた壁があたり一面に降り注いでくる。スネイプを逃がすわけにはいかない。スネイプに追いつかなければならない――。

「これでもか！」マクゴナガル先生がさけぶ。

ハリーが目をやると、死喰い人のアレクトが両腕で頭を覆いながら、廊下を走り去るところだった。兄の死喰い人がそのすぐあとを走っている。ハリーは二人を追いかけようとした。ところが、なにかにつまずき、次の瞬間、ハリーはだれかの足の上に倒れていた。見回すと、蒼白《そうはく》になったネビルの丸顔が、床に張りついている。

「ネビル、大丈――？」

「だいじょぶ」ネビルは、腹を押さえながらつぶやくように答える。「ハリー……スネイプとマルフォイが……走っていった……」

「わかってる。まかせておけ！」

ハリーは、倒れた姿勢のままで、一番派手に暴れまわっている巨大なブロンドの死喰い人めがけて呪詛《じゅそ》をかけた。呪いが顔に命中して、男は苦痛の吠《ほ》え声を上げ、よろめきながらくるりと向きを変えて、兄妹のあとからドタバタと逃げ出した。

ハリーは急いで立ち上がり、背後の乱闘の音を無視して廊下を疾走した。もどれとさけぶ声にも耳をかさず、床に倒れたまま生死もわからない人々の無言の呼びかけにも応《こた》えず……。

曲り角でスニーカーが血で滑り、ハリーは横滑りした。スネイプはとっくの昔にここを曲がった――すでに「必要の部屋」のキャビネット棚に入ってしまったということもありうるだろうか？　それとも「騎士団」が棚を確保する措置を取って、死喰い人の退路を断っただろうか？　聞こえる音と言えば、曲り角から先の、人気のない廊下を走る自分の足音と、ドキドキという心臓の鼓動だけだ。そのとき、血染めの足跡を見つけた。少なくとも逃走中の死喰い人の一人は、正面玄関に向かったのだ――「必要の部屋」は本当に閉鎖されたのかもしれない――。

次の角をまた横滑りしながら曲がったとき、呪いがハリーのそばをかすめて飛んできた。鎧《よろい》の陰に飛び込むと、鎧が爆発した。兄妹の死喰い人が、行く手の大理石の階段を駆け下りていくのが見える。ハリーは二人を狙って呪いをかけたが、踊り場に掛かった絵に描かれている、鬘《かずら》をつけた魔女の何人かに当たっただけだ。肖像画の主たちは、悲鳴を上げて隣の絵に逃げ込む。壊れた鎧を乗り越えて飛び出したそのとき、ハリーはまたしてもさけび声や悲鳴を聞いた。城の中のほかの生徒たちが目を覚ましたらしい……。

兄妹に追いつきたい、スネイプとマルフォイを追い詰めたいと、ハリーは近道の一つへと急いだ。スネイプたちはまちがいなくもう校庭に出てしまったはずだ。隠れた階段の真ん中あたりにある、消える一段を忘れずに飛び越し、ハリーは階段の一番下にあるタペストリーをくぐって外の廊下に飛び出した。そこには、戸惑い顔のハッフルパフ生が大勢、パジャマ姿で立っていた。

「ハリー、音が聞こえたんだ。だれかが『闇の印』のことを言ってた――」

アーニー・マクミランが話しかけてきた。

「どいてくれ！」

ハリーはさけびながら男子を二人突き飛ばして、大理石の階段の踊り場に向かって疾走し、そこからまた階段を駆け下りる。樫《かし》の正面扉は吹き飛ばされて開いていた。敷石には血痕《けっこん》が見える。怯《おび》えた生徒たちが数人、壁を背に身を寄せ合って立ち、その中の何人かは両腕で顔を覆って、かがみ込んだままでいる。巨大なグリフィンドールの砂時計が呪いで打ち砕かれ、中のルビーがゴロゴロと大きな音を立てながら、敷石の上を転がっている……。

ハリーは、玄関ホールを飛ぶように横切り、暗い校庭に出る。三つの影が芝生を横切って校門に向かうのを、ハリーはやっとのことで見分けることができた。校門から出れば、「姿くらまし」ができる――影から判断して、巨大なブロンドの死喰い人と、それより少し先に……見つけた。スネイプとマルフォイだ……。

三人を追って矢のように走るハリーの肺を、冷たい夜気が切り裂く。遠くでパッと閃《ひらめ》いた光が、ハリーの追う姿の輪郭を一瞬浮かび上がらせる。なんの光か、ハリーにはわからなかったが、かまわず走り続けた。まだ呪いで狙いを定める距離にまで近づいていない。

もう一度閃光《せんこう》が走り、さけび声と光の応酬――そしてハリーは事態を呑《の》み込んだ。ハグリッドが小屋から現れ、死喰い人たちの逃亡を阻止しようとしている。息をするたびに胸が裂け、鳩尾《みずおち》は燃えるように熱かったが、ハリーはかまわず全速力で走った。頭の中で勝手に声がする……ハグリッドまでも……ハグリッドだけはどうか……。

なにかが背後からハリーの腰を強打した。ハリーは前のめりに倒れ、顔を打って鼻血が流れ出る。杖《つえ》を構えて転がりながら、相手がだれなのかはもうわかっていた。ハリーが近道を使っていったん追い越した兄妹が、後ろから迫ってきたのだ……。

「インペディメンタ！　妨害せよ！」

もう一度転がり、暗い地面に伏せながら、ハリーはさけぶ。呪文が奇跡的に一人に命中し、相手がよろめいて倒れ、もう一人をつまずかせた。ハリーは急いで立ち上がり、駆け出した。スネイプを追って……。

雲の切れ目から突然現れた三日月に照らされ、今度はハグリッドの巨大な輪郭が見える。ブロンドの死喰い人が、森番めがけて矢継ぎ早に呪いをかけていたが、ハグリッドの並はずれた力と、巨人の母親から受け継いだ堅固な皮膚とが、ハグリッドを護っているようだ。しかし、スネイプとマルフォイは、まだ走り続けている。もうすぐ校門の外に出てしまう。そして「姿くらまし」ができる――。

ハリーは、ハグリッドとその対戦相手の脇を猛烈な勢いで駆け抜け、スネイプの背中を狙ってさけんだ。

「ステューピファイ！　麻痺《まひ》せよ！」

外れた。赤い閃光《せんこう》はスネイプの頭上を通り過ぎる。スネイプがさけぶ。

「ドラコ、走るんだ！」

そしてスネイプが振り向いた。二十メートルの間を挟み、スネイプとハリーは睨《にら》み合い、同時に杖《つえ》を構えた。

「クルーシ――」

しかしスネイプは呪いをかわし、ハリーは、呪詛《じゅそ》を言い終えないうちに仰向けに吹き飛ばされた。一回転して立ち上がるそのとき、巨大な死喰い人が背後でさけんだ。

「インセンディオ！　燃えよ！」

バーンという爆発音がハリーの耳に聞こえ、あたり一面にオレンジ色の光が踊る。

ハグリッドの小屋が燃え上がった。

「ファングが中にいるんだぞ。この悪党め――！」ハグリッドが大声でさけぶ。

「クルーシ――」

踊る炎に照らされた目の前の姿に向かって、ハリーはふたたび唱える。しかしスネイプは、またしても呪文を阻止した。薄ら笑いを浮かべているのが見える。

「ポッター、おまえには『許されざる呪文』はできん！」

炎が燃え上がる音、ハグリッドのさけぶ声、閉じ込められたファングがキャンキャンと激しく吠《ほ》える声を背後に、スネイプが大声で嘲《あざけ》った。

「おまえにはそんな度胸はない。というより能力が――」

「インカーセ――」

ハリーは、吠えるように唱えた。しかしスネイプはわずらわしげに、わずかに腕を動かしただけで呪文を軽くいなす。

「戦え！」ハリーがさけぶ。「戦え、臆病者――」

「臆病者？　ポッター、我輩《わがはい》をそう呼んだか？」スネイプが大声で返す。「おまえの父親は、四対一でなければ、けっして我輩を攻撃しなかったものだ。そういう父親を、いったいどう呼ぶのかね？」

「ステューピ――」

「また防がれたな。ポッター、おまえが口を閉じ、心を閉じることを学ばぬうちは、何度やっても同じことだ」

スネイプはまたしても呪文を逸《そ》らせながら、冷笑する。

「さあ、行くぞ！」

スネイプはハリーの背後にいる巨大な死喰い人に向かってさけんだ。

「もう行く時間だ。魔法省が現れぬうちに――」

「インペディ――」

しかし、呪文を唱え終わらないうちに、死ぬほどの痛みがハリーを襲った。ハリーはがっくりと芝生に膝《ひざ》をついた。だれかがさけんでいる。僕はこの苦しみできっと死ぬ。スネイプが僕を、死ぬまで、そうでなければ気が狂うまで拷問するつもりなんだ――。

「やめろ！」

スネイプの吠《ほ》えるような声がして、痛みは、始まったときと同じように突然消えた。ハリーは杖《つえ》をにぎりしめ、喘《あえ》ぎながら暗い芝生に丸くなって倒れていた。どこか上のほうでスネイプがさけんでいる。

「命令を忘れたのか？　ポッターは、闇の帝王のものだ――手出しをするな！　行け！　行くんだ！」

兄妹と巨大な死喰い人が、その言葉に従って校門めがけて走り出し、地面が振動するのをハリーは顔の下に感じる。怒りのあまり、ハリーは言葉にならない言葉をわめいた。その瞬間、ハリーは、自分が生きようが死のうがどうでもよくなった。やっとの思いで立ち上がり、よろめきながら、ハリーはひたすらスネイプに近づいていく。いまやヴォルデモートと同じくらい激しく憎むその男に――。

「セクタム――」

スネイプは軽く杖を振り、またしても呪いをかわす。いまやほんの二、三メートルの距離まで近づいていたハリーは、ついにスネイプの顔をはっきりと見ることができた。赤々と燃え盛る炎が照らし出したその顔には、もはや冷笑も嘲笑《ちょうしょう》もなく、怒りだけが見える。あらんかぎりの力で、ハリーは念力を集中させた。

「レビ――」

「やめろ、ポッター！」スネイプがさけぶ。

バーンと大きな音がして、ハリーはのけぞって吹っ飛び、またしても地面にたたきつけられる。今度は杖が手を離れて飛んでいった。スネイプが近づいてきて、ダンブルドアと同じように杖もなく丸腰で横たわっているハリーを見下ろす。ハグリッドのさけび声とファングの吠え声が聞こえる。燃え上がる小屋の明かりに照らされた、蒼《あお》白《じろ》いスネイプの顔は、ダンブルドアに呪いをかける直前と同じく、憎しみに満ち満ちていた。

「我輩《わがはい》の呪文を本人に対してかけるとは、ポッター、どういう神経だ？　そういう呪文の数々を考え出したのは、この我輩だ——我輩こそ『半純血《はんじゅんけつ》のプリンス』だ！　我輩の発明したものを、汚《けが》らわしいおまえの父親と同じに、この我輩に向けようというのか？　そんなことはさせん……許さん！」

ハリーは自分の杖《つえ》に飛びつこうとしたが、スネイプの発した呪いで、杖は数メートル吹っ飛んで、暗闇の中に見えなくなった。

「それなら殺せ！」

ハリーが喘《あえ》ぎながら言い放つ。恐れはまったくない。スネイプへの怒りと侮蔑《ぶべつ》しか感じない。

「先生を殺したように、僕も殺せ、この臆病——」

「我輩を——」

スネイプがさけぶ。その顔が突然、異常で非人間的な形相になる。あたかも、背後で燃え盛る小屋に閉じ込められて、キャンキャン吠《ほ》えている犬とおなじ苦しみを味わっているような顔だ。

「——臆病者と呼ぶな！」

スネイプの杖が空を切る。ハリーは顔面を白熱した鞭《むち》のようなもので打たれたように感じ、仰向けに地面にたたきつけられた。目の前にちかちか星が飛び、一瞬、体中から息が抜けていくような気がした。そのとき、上のほうで羽ばたきの音がし、なにか巨大なものが星空を覆った。バックビークがスネイプに襲いかかっている。剃刀《かみそり》のように鋭い爪に飛びかかられ、スネイプはのけぞってよろめいている。いましがた地面にたたきつけられたときの衝撃でくらくらしながらハリーが上半身を起こすと、スネイプが必死で走っていくのが見えた。バックビークが、巨大な翼を羽ばたかせてかん高い鳴き声を上げながら、そのあとを追っていく。ハリーがこれまでに聞いたことがないようなバックビークの鳴き声だった——。

ハリーはやっとのことで立ち上がり、ふらふらしながら杖を探す。追跡を続けたいのはもちろんだが、指で芝生を探り小枝を投げ捨てながらハリーにはもう遅すぎるということもわかっていた。思ったとおり、杖を見つけ出して振り返ったときには、ヒッポグリフが校門の上で輪を描いて飛んでいる姿が見えるだけだった。スネイプはすでに境界線のすぐ外で、「姿くらまし」をしてしまっていた。

「ハグリッド」

まだぼうっとした頭で、ハリーはあたりを見回しながらつぶやく。

「ハグリッド？」

もつれる足で燃える小屋のほうに歩いていくと、背中にファングを背負った巨大な姿が、炎の中からぬっと現れる。安堵の声を上げながら、ハリーはがっくりと膝《ひざ》を折った。手足はがくがく震え、体中が痛んで、荒い息をするたびに痛みが走る。

「大丈夫か、ハリー？　だいじょぶか？　なにかしゃべってくれ、ハリー……」

ハグリッドの大きなひげ面が、星空を覆い隠してハリーの顔の上で揺れている。木材と犬の毛の焼け焦げた臭いがする。ハリーは手を伸ばし、そばで震えているファングの生きた温かみを感じて安心した。

「僕は大丈夫」ハリーが喘《あえ》ぐ。「ハグリッドは？」

「ああ、おれはもちろんだ……あんなこっちゃ、やられはしねえ」

ハグリッドは、ハリーの腋《わき》の下に手を入れて、ぐいと持ち上げる。ハリーの足が一瞬地面を離れるほどの怪力で抱き上げてから、ハグリッドはハリーをまたまっすぐに立たせてくれた。ハグリッドの片目の下に深い切り傷があり、それが次第に腫《は》れ上がって血が滴《したた》っている。

「小屋の火を消そう」ハリーが言う。「呪文は、アグアメンティ、水よ……」

「そんなようなもんだったな」

ハグリッドがもそもそと受ける。そして燻《くすぶ》っているピンクの花柄の傘を構えて唱えた。

「アグアメンティ！　水よ！」

傘の先から水がほとばしり出る。ハリーも杖《つえ》を上げたが、腕は鉛のように重い。ハリーも「アグアメンティ」と唱えた。ハリーとハグリッドは一緒に小屋に放水し、やっと火を消した。

「大したこたぁねえ」

数分後、焼け落ちて白い煙を上げている小屋を眺めながら、ハグリッドが楽観的に口にする。

「この程度ならダンブルドアがなおせる……」

その名を聞いたとたん、ハリーは胃に焼けるような痛みを感じた。沈黙と静寂の中で、恐怖が込み上げてくる。

「ハグリッド……」

「ボウトラックルを二匹、足を縛っちょるときに、連中がやってくるのが聞こえたんだ」

ハグリッドは焼け落ちた小屋を眺めながら、悲しそうに言う。

「あいつら、焼けて小枝と一緒くたになっちまったにちげえねえ。かわいそうになあ……」

「ハグリッド……」

「しかし、ハリー、なにがあったんだ？　おれは、死喰い人が城から走り出てくるのを見ただけだ。だけんど、いってぇスネイプは、あいつらと一緒になにをしてたんだ？　スネイプはどこに行っちまった――？　連中を追っかけていったのか？」

「スネイプは……」

ハリーは咳《せき》ばらいを一つした。パニックと煙で、喉《のど》がからからだ。

「ハグリッド、スネイプが殺した……」

「殺した？」

ハグリッドが大声を出して、ハリーを覗き込んだ。

「スネイプが殺した？　ハリー、おまえさん、なにを言っちょる？」

「ダンブルドアを」ハリーが言う。「スネイプが殺した……ダンブルドアを」

ハグリッドはただハリーを見ていた。わずかに見えている顔の部分が、事態を呑《の》み込めずにぽかんとしている。

「ハリー、ダンブルドアがどうしたと？」

「死んだんだ。スネイプが殺した……」

「なにを言っちょる」ハグリッドが声を荒らげた。

「スネイプがダンブルドアを殺した――ばかな、ハリー。なんでそんなことを言うんだ？」

「この目で見た」

「まさか」

「ハグリッド、僕、見たんだ」

ハグリッドが首を振る。信じていない。かわいそうにという表情だ。ハリーは頭を打って混乱しちょる、もしかしたら呪文の影響が残っているのかもしれねえ……ハグリッドがそう考えているのが、ハリーにはわかる。

「つまり、こういうこった。ダンブルドアがスネイプに、死喰い人と一緒に行けと命じなさったにちげえねえ」

ハグリッドが自信たっぷりに言う。

「スネイプがバレねえようにしねえといかんからな。さあ、学校まで送っていこう。ハリー、おいで……」

ハリーは反論も説明もしなかった。まだ、どうしようもなく震えている。ハグリッドにはすぐわかるだろう。あまりにもすぐに……。城に向かって歩いていくと、いまはもう多くの窓に灯《あか》りが点《つ》いているのが見えた。ハリーには城内の様子がはっきり想像できる。部屋から部屋へと人が行き交い、話をしているだろう。死喰い人が侵入した、闇の印がホグワーツの上に輝いている、だれかが殺されたにちがいない……。ゆっくり行く手に正面玄関の樫《かし》の扉が開かれ、馬車道と芝生に灯りがあふれ出ている。ゆっくり、恐る恐る、ガウン姿の人々が階段を下りてきて、夜の闇へと逃亡した死喰い人がまだそのへんにいるのではないかと、不安げにあたりを見回している。しかしハリーの目は、一番高い塔の下の地面に釘づけになっていた。その芝生に横たわっている、黒く丸まった姿が見えるような気がする。現実には遠すぎて、見えるはずがない。ダンブルドアの亡骸《なきがら》が横たわっているはずの場所を、ハリーが声もなく見つめているその間にも、人々はそのほうに向かって動いている。

「みんな、なにを見ちょるんだ？」

ぴったりあとについているファングを従えて、城の玄関に近づいたハグリッドが聞く。

「芝生に横たわっているのは、ありゃ、なんだ？」

ハグリッドは鋭くそう言うなり、今度は人だかりがしている天文台の塔の下に向かって歩き出した。

「ハリー、見えるか？　塔の真下だが？　闇の印の下だ……まさか……だれか、上から放り投げられたんじゃあ――？」

ハグリッドが黙り込む。口に出すさえ恐ろしい考えだったにちがいない。並んで歩きながら、ハリーはこの半時間の間に受けたさまざまな呪いで、顔や両足が痛んでいた。しかし、そばにいる別の人間が痛みを感じているような、奇妙に他人事のような感覚だった。現実の、そして逃れようもない感覚は、胸を強く締めつけている苦しさだ……。

ハリーとハグリッドは、夢遊病者のように、なにかをつぶやいている人群れの中を通って一番前まで進む。そこにぽっかりとあいた空間を、学生や先生たちが呆然《ぼうぜん》として取り巻いている。

ハグリッドの、苦痛と衝撃にうめく声が聞こえる。しかし、ハリーは立ち止まらなかった。ゆっくりとダンブルドアが横たわっているそばまで進み、そこにひざまずく。

ダンブルドアにかけられた「金縛《かなしば》りの術」が解けたときから、ハリーはもう望みがないことを知っていた。術者が死んだからこそ、術が解けたにちがいない。しかし、こうして骨が折れ、大の字に横たわるその姿を目にする心の準備は、まだできていなかった。これまでも、そしてこれから先も、ハリーにとって最も偉大な魔法使いの姿が、そこにある。

ダンブルドアは目を閉じている。手足が不自然な方向に向いていることを除けば、眠っているようだ。ハリーは手を伸ばし、半月メガネを曲がった鼻にかけなおし、口から流れ出た一筋の血を自分の袖《そで》で拭《ぬぐ》う。それからハリーは、年齢を刻んだその聡明な顔をじっと見下ろし、途方もない、理解を超えた真実を呑《の》み込もうと努力した。ダンブルドアはもう二度とふたたびハリーに語りかけることはなく、二度とふたたびハリーを助けることもできないのだという真実を……。

背後の人垣がざわめいた。長い時間が経ったような気がするが、ふと、ハリーは自分がなにか固いものの上にひざまずいていることに気づいて、見下ろした。

もう何時間も前に、ダンブルドアと二人でやっと手に入れたロケットが、ダンブルドアのポケットから落ちている。おそらく地面に落ちた衝撃でだろう、ロケットのふたが開いている。いまのハリーには、もうこれ以上なんの衝撃も、恐怖や悲しみも感じることはできないが、拾い上げたロケットに、なにかがおかしいと気づいた……。

ハリーは、手の中でロケットを裏返した。「憂《うれ》いの篩《ふるい》」で見たロケットほど大きくもなく、なんの刻印もない。スリザリンの印とされるS字の飾り文字もどこにもない。しかも中にはなにもなく、肖像画が入っているはずの場所に、羊皮紙《ようひし》の切れ端が折りたたんで押し込んであるだけだった。

自分がなにをしているか考えもせず、ハリーは無意識に羊皮紙を取り出して開き、背後に灯《とも》っているたくさんの杖明《つえあか》りに照らしてそれを読んだ。

闇の帝王へ

あなたがこれを読むころには、私はとうに死んでいるでしょう。
しかし、私があなたの秘密を発見したことを知って欲しいのです。
本当の分霊箱《ぶんれいばこ》は私が盗みました。できるだけ早く破壊するつもりです。
死に直面する私が望むのは、あなたが手強《てごわ》い相手にまみえたそのときに、
もう一度死ぬべき存在となることです。

R・A・B

この書付けがなにを意味するのか、ハリーにはわからないし、どうでもよい。ただ一つのことだけが重要だった。これは分霊箱ではなかった。ダンブルドアは空《むな》しくあの恐ろしい毒を飲み、自らを弱めたのだ。ハリーは羊皮紙を手の中でにぎりつぶした。ハリーの後ろでファングがワオーンと遠吠えする。ハリーの目は、涙で焼けるように熱くなった。

第29章　不死鳥の嘆き

「行こう、ハリー……」

「いやだ」

「ずっとここにいるわけにはいかねえ。ハリー……さあ、行こう……」

「いやだ」

ハリーはダンブルドアのそばを離れたくなかった。どこにも行きたくなかった。ハリーの肩でハグリッドの手が震えている。そのとき別の声が聞こえた。

「ハリー、行きましょう」

ずっと小さくて、もっと温かい手がハリーの手を包み、引き上げる。ハリーはほとんどなにも考えずに、引かれるままにその手に従った。人込みの中を無意識に歩きながら、漂ってくる花のような香りで城に向かって自分の手を引いているのがジニーであることに、ハリーははじめて気がつく。言葉にならない声たちがハリーの心を打ちのめし、すすり泣きや泣きさけぶ声が夜の闇を突き刺す。ジニーとハリーはただ歩き続け、玄関ホールに入る階段を上る。ハリーの目の端に、人々の顔がぼんやりと見えた。ハリーを見つめ、ささやき、訝《いぶか》っている。二人が大理石の階段に向かうと、床に転がるグリフィンドールのルビーが、滴《したた》った血のように光った。

「医務室に行くのよ」ジニーが促す。

「けがはしてない」ハリーが答える。

「マクゴナガルの命令よ」ジニーが返す。「みんなもそこにいるわ。ロンもハーマイオニーも、ルーピンも、みんな――」

恐怖がふたたびハリーの胸をかき乱す。置き去りにしてきた、ぐったりと動かない何人かのことを忘れていた。

「ジニー、ほかにだれが死んだの？」

「心配しないで。わたしたちは大丈夫」

「でも、『闇の印』が――マルフォイがだれかの死体をまたいだと言った――」

「ビルをまたいだのよ。だけど、大丈夫。生きてるわ」

しかし、ジニーの声に、ハリーはどこか不吉なものを感じ取る。

「ほんとに？」

「もちろん本当よ……ビルは、ちょっと――ちょっと面倒なことになっただけ。グレイバックに襲われたの。マダム・ポンフリーは、ビルが――いままでと同じ顔じゃなくなるだろうって……」

ジニーの声が少し震えた。

「どんな後遺症があるか、はっきりとはわからないの――つまり、グレイバックは狼人間だし、でも、襲ったときは変身していなかったから」

「でも、ほかのみんなは……ほかにも死体が転がっていた……」

「ネビルが入院しているけど、マダム・ポンフリーは、完全に回復するだろうって。それからフリットウィック先生がノックアウトされたけど、でも大丈夫。ちょっとくらくらしているだけ。レイブンクロー生の様子を見にいくって、言い張っていたわ。それに、『死喰い人』が一人死んだけど、大きなブロンドのやつがあたりかまわず発射していた『死の呪文』に当たったの――ハリー、あなたのフェリックス薬を飲んでいなかったら、わたしたち全員死んでいたと思うわ。でも、全部すれすれに逸《そ》れていったみたい――」

病棟に着いて扉を押し開くと、ネビルが扉近くのベッドに横になっていた。眠っているのだろう。ロン、ハーマイオニー、ルーナ、トンクス、ルーピンが、一番奥にあるもう一つのベッドを囲んでいる。扉が開く音で、みないっせいに顔を上げた。ハーマイオニーが駆け寄って、ハリーを抱きしめた。ルーピンも心配そうな顔で近寄ってくる。

「ハリー、大丈夫か？」

「僕は大丈夫……ビルはどうですか？」

だれも答えない。ハーマイオニーの背中越しにベッドを覗くと、ビルが寝ているはずの枕の上に、見知らぬ顔がある。ひどく切り裂かれて不気味な顔だ。マダム・ポンフリーが、きつい臭いのする緑色の軟膏を傷口に塗りつけている。セクタムセンプラを受けたマルフォイの傷を、スネイプが杖《つえ》でやすやすと治したことを、ハリーは思い出す。

「呪文かなにかで、傷を治せないんですか？」ハリーが校医に聞く。

「この傷にはどんな呪文も効きません」

マダム・ポンフリーが無念そうな顔で答えた。

「知っている呪文は全部試してみましたが、狼人間の噛《か》み傷には治療法がありません」

「だけど、満月のときに噛まれたわけじゃない」

ロンが、見つめる念力でなんとか治そうとしているかのように、兄の顔をじっと見ながら言う。

「グレイバックは変身してなかった。だから、ビルは絶対にほ――本物の――？」

ロンが戸惑いがちにルーピンを見る。

「ああ、ビルは本物の狼人間にはならないと思うよ」

ルーピンが言いにくそうに口を開く。

「しかし、まったく汚染されないということではない。呪いのかかった傷なんだ。完全には治らないだろう。そして――そしてビルはこれから、なんらかの、狼的な特徴を持つことになるだろう」

「でも、ダンブルドアなら、なにかうまいやり方を知ってるかもしれない」

ロンがなにかを期待するように言う。

「ダンブルドアはどこだい？　ビルはダンブルドアの命令で、あの狂ったやつらと戦ったんだ。ダンブルドアはビルに借りがある。ビルをこんな状態で放ってはおけないはずだ――」

「ロン――ダンブルドアは死んだわ」ジニーが言った。

「まさか！」

ハリーが否定することを望むかのように、ルーピンの目がジニーからハリーへと激しく移動した。しかしハリーから否定の言葉がないことがわかると、ベッド脇の椅子にがっくりと座り込み、両手で顔を覆う。ハリーはルーピンが取り乱すのをはじめて見た。見てはいけない個人の傷を見てしまったような気がして、ハリーはルーピンから目を逸《そ》らし、ロンを見る。黙ってロンと目を見交わすことでハリーは、ジニーの言葉のとおりだと伝えた。

「どんなふうにお亡くなりになったの？」トンクスが小声で聞いた。

「どうしてそうなったの？」

「スネイプが殺した」

ハリーが言葉を搾《しぼ》り出す。

「僕はその場にいた。僕は見たんだ。僕たちは、『闇の印』が上がっていたので、天文台の塔にもどった……ダンブルドアは病気で、弱っていた。でも、階段を駆け上がってくる足音を聞いたとき、ダンブルドアはそれが罠《わな》だとわかったんだと思う。ダンブルドアは僕を金縛《かなしば》りにしたんだ。僕はなんにもできなかった。『透明マント』をかぶっていたんだ――そしたらマルフォイが扉から現れて、ダンブルドアを『武装解除』した――」

ハーマイオニーが両手で口を覆う。ロンはうめき、ルーナの唇が震えた。

「――次々に『死喰い人』がやってきた――そして、スネイプが――それで、スネイプがやった。『アバダ　ケダブラ』を」

ハリーはそれ以上続けられなかった。

マダム・ポンフリーがわっと泣き出した。だれも校医のポンフリーに気を取られなかったが、ジニーだけがそっと注意する。

「しーっ！　黙って聞いて！」

マダム・ポンフリーは嗚咽《おえつ》を呑《の》み込み、指を口に押し当ててこらえながら、目を見開く。暗闇のどこかで、不死鳥が鳴いている。ハリーがはじめて聞く、恐ろしいまでに美しい、打ちひしがれた嘆きの歌だ。そしてハリーは、以前に聞いて感じたと同じように、その調べを自分の外から聞こえてくるものとしてではなく、内側から響くものとして感じた。ハリー自身の嘆きが不思議にも歌になり、校庭を横切り、城の窓を貫いて響き渡っている。

全員がその場に佇《たたず》み、歌に聞き入った。どのくらいの時間が経ったのだろう。ハリーにはわからない。自分たちの追悼《ついとう》の心を映した歌を聞くことで、どうして痛みが少し和らいでいくようなのかもわからなかった。しかし、病棟の扉がふたたび開くまでに、ずいぶん長い時間が経ったような気がした。マクゴナガル先生が入ってくる。みなと同じように、マクゴナガル先生にも戦いの痕《あと》が残っている。顔がすりむけ、ローブは破れていた。

「モリーとアーサーがここへきます」

その声で音楽の魔力が破られた。みな夢から醒《さ》めたように、ふたたびビルを振り返ったり、目をこすったり、首を振ったりしている。

「ハリー、なにが起こったのですか？　ハグリッドが言うには、あなたがちょうど――ちょうどそのことが起こったとき、ダンブルドア校長と一緒だったということですが。ハグリッドの話では、スネイプ先生がなにかにかかわって――」

「スネイプが、ダンブルドアを殺しました」ハリーが言い捨てる。

一瞬ハリーを見つめ、そしてマクゴナガル先生の体がぐらりと揺れる。すでに立ちなおっていたマダム・ポンフリーが走り出て、どこからともなく椅子を取り出し、マクゴナガルの体の下に押し込んだ。

「スネイプ」

椅子に腰を落としながら、マクゴナガル先生が弱々しく繰り返す。

「私たち全員が怪しんでいました……しかし、ダンブルドアは信じていた……いつも……スネイプが……信じられません……」

「スネイプは熟達した閉心術士《へいしんじゅつし》だ」

ルーピンが似つかわしくない乱暴な声で言い放った。

「そのことはずっとわかっていた」

「しかしダンブルドアは、スネイプは誓ってわたしたちの味方だと言ったわ！」

トンクスが小声で言う。

「わたしたちの知らないスネイプのなにかを、ダンブルドアは知っているにちがいないって、わたしはいつもそう思っていた……」

「スネイプを信用するに足る鉄壁の理由があると、ダンブルドアは常々そうほのめかしていました」

マクゴナガルは、タータンチェックの縁取りをしたハンカチを目頭に当て、あふれる涙を押さえながらつぶやく。

「もちろん……スネイプは、過去が過去ですから……当然みなが疑いました……しかしダンブルドアが私《わたくし》にはっきりと、スネイプの悔恨は絶対に本物だとおっしゃいました……スネイプを疑う言葉は、一言も聞こうとはなさらなかった!」

「ダンブルドアを信用させるのにスネイプがなにを話したのか、知りたいものだわ」

トンクスが言う。

「僕は知ってる」ハリーがつぶやく。

全員が振り返ってハリーを見つめる。

「スネイプがヴォルデモートに流した情報のおかげで、ヴォルデモートは僕の父さんと母さんを追い詰めたんだ。そしてスネイプはダンブルドアに、自分はなにをしたのかわかっていなかった、自分がやったことを心から後悔している、二人が死んだことを申しわけなく思っているって、そう言ったんだ」

「それで、ダンブルドアはそれを信じたのか?」

ルーピンが信じられないという声を上げる。

「ダンブルドアは、スネイプがジェームズの死をすまなく思っていると言うのを信じた？　スネイプはジェームズを憎んでいたのに……」

「それにスネイプは、僕の母さんのことも、これっぽっちも価値があるなんて思っちゃいなかった」ハリーが言い添える。

「だって、母さんはマグル生まれだ……『穢《けが》れた血』って、スネイプは母さんのことをそう呼んだ……」

ハリーがどうしてそんなことを知っているのか、だれもたずねなかった。全員が恐ろしい衝撃を受け、すでに起きてしまった途方もない現実を消化し切れずに呆然《ぼうぜん》としているようだ。

「全部私《わたくし》の責任です」

突然マクゴナガル先生が言う。濡れたハンカチを両手でねじりながら、マクゴナガル先生は混乱した表情をしている。

「私が悪いのです。今夜、フィリウスにスネイプを迎えにいかせました。応援にきてくれるようにと、私《わたくし》がスネイプを迎えにいかせたのです！　危険な事態を知らせなければ、スネイプが『死喰い人』に加勢することもなかったでしょうに。フィリウスの知らせを受けるまでは、スネイプは、『死喰い人』があの場所にきているとは知らなかったと思います。そういう予定だとは知らなかったと思います」

「あなたの責任ではない、ミネルバ」ルーピンがきっぱりと言い切った。

「我々全員が、もっと援軍が欲しかった。スネイプが駆けつけてくると思って、みんな喜んだ……」

「それじゃ、戦いの場に着いたとき、スネイプは『死喰い人』の味方についたんですか？」

ハリーは、スネイプの二枚舌も破廉恥《はれんち》な行為も、残らず詳しく知りたかった。スネイプを憎み、復讐を誓う理由をもっと集めたいと熱くなった。

「なにが起こったのか、私《わたくし》にははっきりとはわかりません」

マクゴナガル先生は、気持ちが乱れているようだ。

「わからないことだらけです……ダンブルドアは、数時間学校を離れるから念のため廊下の巡回をするようにとおっしゃいました……リーマス、ビル、ニンファドーラを呼ぶようにと……そしてみなで巡回しました。まったく静かなものでした。校外に通じる秘密の抜け道は全部警備されていましたし、だれも空から侵入できないこともわかっていました。城に入るすべての入口には強力な魔法がかけられていました。いったい『死喰い人』がどうやって侵入したのか、私《わたくし》にはいまだにわかりません……」

「僕は知っています」

ハリーは、「姿をくらますキャビネット棚」が対になっていること、その二つの棚を魔法の通路が結ぶことについて、簡単に説明した。

「それで連中は、『必要の部屋』から入り込んだんです」

そんなつもりはなかったのに、ハリーは、ロンとハーマイオニーに目をやった。二人とも打ちのめされたような顔をしている。

「ハリー、僕、しくじった」ロンが沈んだ声で言う。

「僕たち、君に言われたとおりにしたんだ。『忍びの地図』を調べたら、マルフォイが地図では見つからなかったから、『必要の部屋』にちがいないと思って、僕とジニーとネビルが見張りにいったんだ……だけど、マルフォイに出し抜かれた」

「見張りを始めてから一時間ぐらいで、マルフォイがそこから出てきたの」

ジニーがあとを続ける。

「一人で、あの気持ちの悪い〝萎《しな》びた手〟を持って――」

「あの『輝きの手』だ」ロンが言う。「ほら、持っている者だけに明かりが見えるってやつだ。憶《おぼ》えてるか？」

「とにかく」ジニーが続けた。

「マルフォイは、『死喰い人』を外に出しても安全かどうか、偵察に出てきたにちがいないわ。だってわたしたちを見たとたん、なにかを空中に投げて、そしたらあたりが真っ暗になって――」

「――ペルー製の『インスタント煙幕』だ」ロンが苦々しく口に出す。「フレッドとジョージの。相手を見て物を売れって、あいつらに一言、言ってやらなきゃ」

「わたしたち、なにもかも全部やってみたわ――ルーモス、インセンディオ」

ジニーがまた続ける。

「なにをやっても暗闇を破れなかった。廊下から手探りで抜け出すことしかできなかったわ。その間に、だれかが急いでそばを通り過ぎる音がした。当然マルフォイは、あの『手』のおかげで見えたから、連中を誘導してたんだわ。でもわたしたちは、仲間に当たるかもしれないと思うと、呪文もなにも使えやしない。明るい廊下に出たときには、連中はもういなかったの」

「幸いなことに――」

ルーピンがしわがれ声であとを受けた。

「ロン、ジニー、ネビルは、それからすぐあとに我々と出会って、なにがあったかを話してくれた。数分後に我々は、天文台の塔に向かっていた『死喰い人』を見つけた。マルフォイは、ほかにも見張りの者がいるとは、まったく予想していなかったらしい。いずれにせよ『インスタント煙幕』は尽きていたらしい。戦いが始まり、連中は散り散りになって逃げ、我々が追った。ギボンが一人抜け出して、塔に上がる階段に向かった――」

「『闇の印』を打ち上げるため？」ハリーが聞く。

「ギボンが打ち上げたにちがいない」そうだ。連中は『必要の部屋』を出る前に、示し合わせたにちがいない。

ルーピンが答える。

「しかしギボンは、そのままとどまって、一人でダンブルドアを待ち受ける気にはならなかったのだろう。階下に駆けもどって、また戦いに加わったのだから。そして、私をわずかに逸《そ》れた『死の呪い』に当たった」

「それじゃ、ロンは、ジニーとネビルと一緒に『必要の部屋』を見張っていた」

ハリーはハーマイオニーのほうを向く。

「君は――？」

「スネイプの部屋の前、そうよ」

ハーマイオニーは目に涙を光らせながら、小声で言う。

「ルーナと一緒に。ずいぶん長いことそこにいたんだけど、なにも起こらなかった……上のほうでなにが起こっているのかなんてわからなかったの。ロンが『忍びの地図』を持っていたし……フリットウィック先生が地下牢に走ってきたのは、もう真夜中近くだったわ。『死喰い人』が城の中にいるって、さけんでいたわ。私とルーナがそこにいることには、全然気がつかなかったのじゃないかと思う。まっすぐにスネイプの部屋に飛び込んで、スネイプに自分と一緒にきて加勢してくれと言っているのが聞こえたわ。それからドサッという大きな音がして、スネイプが部屋から飛び出してきたの。そして私たちのことを見て――そして――」

「どうしたんだ？」ハリーは先を促す。

「私、ばかだったわ、ハリー！」

ハーマイオニーが上ずった声でささやくように言う。

「スネイプは、フリットウィック先生が気絶してしまったから、私たちで面倒をみなさいって言うの。そして自分は――自分は『死喰い人』との戦いの加勢に行くからって――」

ハーマイオニーは恥じ入る思いで顔を覆い、指の間から話し続けたので声がくぐもっている。

「私たち、言われたとおりフリットウィック先生を助けようとして、スネイプの部屋に入ったの。そしたら、先生が気を失って床に倒れていて……ああ、いまならはっきりわかるわ。スネイプがフリットウィックに『失神呪文《しっしん》』をかけたのよ。でも気がつかなかった。ハリー、私たち、気がつかなかったの。スネイプを、みすみす行かせてしまった！」

「君の責任じゃない」

ルーピンがきっぱりと言う。

「ハーマイオニー、スネイプの言うことに従わなかったら、邪魔をしたりしたら、あいつはおそらく君もルーナも殺していただろう」

「それで、スネイプは上の階にきた」

ハリーは頭の中で、スネイプの動きを追っていた。スネイプはいつものように黒いローブをなびかせ、大理石の階段を駆け上がりながらマントの下から杖《つえ》を取り出す。

「そして、みんなが戦っている場所を見つけた……」

「わたしたちは苦戦していて、形勢不利だった」

トンクスが低い声で加わる。

「ギボンは死んだけれど、ほかの『死喰い人』は、死ぬまで戦う覚悟のようだった。ネビルが傷つき、ビルはグレイバックに噛《か》みつかれた……真っ暗だった……呪いがそこら中に飛び交って……マルフォイが姿を消した。すり抜けて塔への階段を上ったにちがいない……ほかの『死喰い人』も、マルフォイのあとから次々と階段を駆け上がっていく。そのうちの一人がなんらかの呪文を使って、上ったあとの階段に障《しょう》壁《へき》を作った……ネビルが突進して、空中に放り投げられた——」

「僕たち、だれも突破できなかった」ロンが言った。

「それに、あのでっかい『死喰い人』のやつが、相変わらずあたりかまわず呪いを飛ばしていて、それがあちこちの壁に撥《は》ね返ってきたけど、きわどいところで僕たちには当たらなかった……」

「そしたらそこにスネイプがいた」トンクスが言う。「そして、すぐにいなくなった——」

「スネイプがこっちに向かってくるところを見たわ。でも、そのすぐあとに大男の『死喰い人』の呪詛《じゅそ》が飛んできて、危うくわたしに当たるところだったの。それでわたし、体の向きを変えてひょいっとかわしたとたんに、なにもかも見失ってしまったの」ジニーが言う。

「私は、あいつが、まるで呪いの障壁《しょうへき》などないかのように、まっすぐ突っ込んでいくのを見た」

ルーピンがあとを受けた。

「私もそのあとに続こうとしたのだが、残念ながらネビルと同じように撥《は》ね返されてしまった……」

「スネイプは、私《わたくし》たちの知らない呪文を知っていたにちがいありません」

マクゴナガルがつぶやくように言う。

「なにしろ——スネイプは『闇の魔術に対する防衛術』の先生なのですから……

私《わたくし》は、スネイプが、塔に逃げ込んだ『死喰い人』を追いかけるのに急いでいるのだとばかり思っていたのです……」

「追いかけてはいました」ハリーは激怒していた。

「でも阻止するためでなく、加勢するためです……それに、その障壁を通り抜けるには、きっと『闇の印』を持っていないといけないにちがいない——それで、スネイプが下にもどってきたときは、なにがあったんですか？」

「ああ、大男の『死喰い人』の呪詛で、天井の半分が落下してきたところだった。おかげで階段の障壁の呪いも破れた」

ルーピンがハリーの問いに答える。

「我々全員が駆け出した——とにかく、まだ立てる者はそうした——するとスネイプと少年が、埃《ほこり》の中から姿を現した——当然、我々は二人を攻撃しなかった——」

「二人をそのまま通してしまったんだ」

トンクスが虚ろな声で言い足す。

「『死喰い人』に追われているのだと思って——そして気がついたら、ほかの『死喰い人』とグレイバックがもどってきていて、また戦いが始まった——スネイプがなにかさけぶのを聞いたように思ったけど、なんと言っているのかわからなかった——」

「あいつは、『終わった』ってさけんだ」ハリーが言い捨てる。「やろうとしていたことを、やり遂げたんだ」

全員が黙り込む。フォークスの嘆きが、暗い校庭の上にまだ響き渡っている。夜の空気を震わせるその音楽を聞きながら、ハリーの頭に、望みもしない、考えたくもない思いが忍び込んできた……ダンブルドアの亡骸《なきがら》は、もう塔の下から運び出されたのだろうか？　それからどうなるのだろう？　どこに葬られるのだろう？　ハリーはポケットの中で拳《こぶし》をぎゅっとにぎりしめた。右手の指の関節に、偽《にせ》の分霊箱《ぶんれいばこ》のひんやりとした小さい塊《かたまり》を感じる。

病棟の扉が勢いよく開き、みなを飛び上がらせる。ウィーズリー夫妻が急ぎ足で入ってきた。そのすぐ後ろに、美しい顔を恐怖に強張《こわば》らせたフラーの姿がある。

「モリー――アーサー――」

マクゴナガル先生が飛び上がって、急いで二人を迎えた。

「お気の毒です――」

「ビル」

めちゃめちゃになったビルの顔を見るなり、ウィーズリー夫人はマクゴナガル先生のそばを走り過ぎ、小声で呼びかけた。

「ああ、ビル！」

ルーピンとトンクスが急いで立ち上がり、身を引いて、ウィーズリー夫妻がベッドに近寄れるようにする。ウィーズリー夫人は、息子に覆いかぶさり、血だらけの額《ひたい》に口づける。

「息子はグレイバックに襲われたとおっしゃいましたかね？」

ウィーズリー氏が、気がかりでたまらないようにマクゴナガル先生に聞く。

「しかし、変身してはいなかったのですね？　すると、どういうことなのでしょう？　ビルはどうなりますか？」

「それが、まだわからないのです」マクゴナガル先生は、助けを求めるようにルーピンを見る。

「アーサー、おそらく、なんらかの感染はあると考えられるが――」

ルーピンが説明する。

「珍しいケースだ。おそらく例がない……ビルが目を覚ましたとき、どういう行動に出るかはわからない……」

ウィーズリー夫人は、マダム・ポンフリーからいやな臭いの軟膏《なんこう》を受け取り、ビルの傷に塗り込みはじめた。

「そして、ダンブルドアは……」

ウィーズリー氏がマクゴナガルに向き合う。

「ミネルバ、本当かね……ダンブルドアは本当に……？」

マクゴナガル先生がうなずいたとき、ジニーが自分のそばにきたのを感じて、ハリーはそちらに顔を向けた。ジニーは少し目を細めて、フラーを凝視していた。フラーは凍りついたような表情でビルを見下ろしている。

「ダンブルドアが逝《い》ってしまった」

ウィーズリー氏がうめくように言う。しかしウィーズリー夫人の目は、長男だけを見ている。すすり泣きはじめたウィーズリー夫人の涙が、ずたずたになったビルの顔にぽとぽとと落ちる。

「もちろん、どんな顔になったってかまわないわ……そんなことは……どうでもいいことだわ……でもこの子はとってもかわいい、ちっ——ちっちゃな男の子だった……いつでもとってもハンサムだった……それに、もうすぐ結——結婚するはずだったのに！」

「それ、どーいう意味でーすか？」

突然フラーが大きな声を出した。

「どーいう意味でーすか？　このいとが結婚するあーずだった、とーは？」

ウィーズリー夫人が、驚いたように涙に濡れた顔を上げる。

「でも——ただ——」

「ビルがもう、わたしと結婚したくなーいと思うのでーすか？」

フラーが問い詰める。

「こんな噛《か》み傷のせーいで、このいと《ひ》がもう、わたしを愛さなーいと思いまーすか？」

「いいえ、そういうことではなくて――」

「だって、このいと《ひ》は、わたしを愛しまーす！」

フラーはすっと背筋を伸ばし、長い豊かなブロンドの髪をさっと後ろに払う。

「狼《おおかみ》人間なんかが、ビルに、わたしを愛することをやめさせられませーん！」

「まあ、ええ、きっとそうでしょう」

ウィーズリー夫人が少し驚いた顔をして言った。

「でも、もしかしたら――もうこんな――この子がこんな――」

「わたしが、このいと《ひ》と結婚したくなーいだろうと思ったのでーすか？　それとも、もしかして、そうなっておし《ほ》いと思いまーしたか？」

フラーは鼻の穴をふくらませる。

「このいと《ひ》がどんな顔でも、わたしが気にしまーすか？　わたしだけで十分ふーたりぶん美しいと思いまーす！　傷痕《きずあと》は、わたしのアズバンド《ハ》が勇敢だという印でーす！　それに、それはわたしがやりまーす！」

フラーは激しい口調でそう言うなり、強引に軟膏《なんこう》を奪ってウィーズリー夫人を押し退《の》けた。

ウィーズリー夫人は、夫に倒れかかり、フラーがビルの傷を拭《ぬぐ》うのを、なんとも奇妙な表情で見つめている。だれもなにも言わなかった。ハリーは身動きすることさえ遠慮した。みなと同じように、夫人のドカーンと爆発する時に備えていた。

「大おばのミュリエルが――」

長い沈黙のあと、ウィーズリー夫人が口を開いた。

「とても美しいティアラを持っているわ――ゴブリン製のよ――あなたの結婚式に貸していただけるように、大おばを説得できると思うわ。大おばはビルが大好きなの。それにあのティアラは、あなたの髪にとても似合うと思いますよ」

「ありがとう」フラーが硬い口調で言う。「それは、きーっと、美しいでしょう」

そして――ハリーには、どうしてそうなったのかよくわからなかったが――二人の女性は抱き合って泣き出した。なにがなんだかまったくわからず、いったい世の中はどうなっているんだろうと訝《いぶか》りながら、ハリーは振り返る。ロンもハリーと同じ気持ちらしく、ぽかんとしていたし、ジニーとハーマイオニーは、呆気《あっけ》に取られて顔を見合わせている。

「わかったでしょう！」

張り詰めた声がした。トンクスがルーピンを睨《にら》んでいる。

「フラーはそれでもビルと結婚したいのよ。噛《か》まれたというのに！　そんなことはどうでもいいのよ！」

「次元がちがう」

ルーピンはほとんど唇を動かさず、突然表情を強張《こわば》らせる。

「でも、わたしも気にしないわ。気にしない！　事情がまったく――」

トンクスは、ルーピンのローブの胸元をつかんで揺すぶる。

「百万回も、あなたにそう言ったのに……」

トンクスの守護霊《しゅごれい》やくすんだ茶色の髪の意味、だれかがグレイバックに襲われたという噂《うわさ》を聞きつけてダンブルドアに会いに駆けつけた理由、ハリーにはいま急に、そのすべてがはっきりわかった。トンクスが愛したのは、シリウスではなかった……。

「私も、君に百万回言った」

ルーピンはトンクスの目を避けて、床を見つめながら言う。

「私は君にとって、年を取りすぎているし、貧乏すぎる……危険すぎる……」

「リーマス、あなたのそういう考え方はばかげているって、私は最初からそう言ってますよ」

ウィーズリー夫人が、抱き合ったフラーの背中を軽くたたきながら、フラーの肩越しに意見する。

「ばかげてはいない」

ルーピンがしっかりした口調で返す。

「トンクスには、だれか若くて健全な人がふさわしい」

「でも、トンクスは君がいいんだ」

ウィーズリー氏が、小さくほほえみながらトンクスに加勢する。

「それに、結局のところ、リーマス、若くて健全な男が、ずっとそのままだとはかぎらんよ」

ウィーズリー氏は、二人の間に横たわっている息子のほうを悲しそうに見る。

「いまは……そんなことを話すときじゃない」

ルーピンは、落ち着かない様子で周囲を見回し、みなの目を避けながら言う。

「ダンブルドアが死んだんだ……」

「世の中に、少し愛が増えたと知ったら、ダンブルドアはだれよりもお喜びになったでしょう」

マクゴナガル先生が素気なく口を出した。

そのとき扉がふたたび開いて、ハグリッドが入ってきた。

ひげや髪に埋もれてわずかしか見えない顔が、泣き腫《は》らしてぐしょ濡れだ。巨大な水玉模様のハンカチをにぎりしめ、ハグリッドは全身を震わせて泣いている。

「す……すませました、先生」ハグリッドは声を詰まらせた。

「おれが、は――運びました。スプラウト先生は子供たちをベッドにもどしました。フリットウィック先生は横になっちょりますが、すーぐよくなるっちゅうとります。スラグホーン先生は、魔法省に連絡したと言っちょります」

「ありがとう、ハグリッド」

マクゴナガル先生はすぐさま立ち上がり、ビルのまわりにいる全員を見る。

「私は魔法省の到着をお迎えしなければなりません。ハグリッド、寮監《りょうかん》の先生方に――スリザリンはスラグホーンが代表すればよいでしょう――ただちに私の事務室に集まるようにと知らせてください。あなたもきてください」

ハグリッドがうなずいて向きを変え、重い足取りで部屋を出ていく。そのときマクゴナガル先生がハリーを見下ろして言った。

「寮監たちに会う前に、ハリー、あなたとちょっとお話があります。一緒にきてください……」

ハリーは立ち上がって、ロン、ハーマイオニー、ジニーに「あとでね」とつぶやくように声をかけ、マクゴナガル先生に従って病棟を出る。外の廊下は人気もなく、聞こえる音と言えば、遠くの不死鳥の歌声だけだ。しばらくしてハリーは、マクゴナガル先生の事務室ではなく、ダンブルドアの校長室に向かっていることに気がついた。一瞬、間を置いて、ハリーは納得する。そうだ、マクゴナガル先生は副校長だった……当然いまは、校長になったのだ……ガーゴイルの護る部屋は、いまやマクゴナガル先生の部屋だ……。

二人は黙って動く螺旋《らせん》階段を上り、円形の校長室に入る。校長室は変わってしまったかもしれないと、ハリーは漠然と考えていた。もしかしたら黒い幕で覆われているかもしれないし、ダンブルドアの亡骸《なきがら》が横たわっているかもしれない。しかし、その部屋は、ほんの数時間前に、ハリーとダンブルドアが出発したときとほとんど変わっていないように見える。銀の小道具類は、華奢《きゃしゃ》な脚のテーブルの上でくるくる回りながらポッポッと煙を上げていたし、グリフィンドールの剣《つるぎ》はガラスケースの中で月光を受けて輝き、組分け帽子は机の後ろの棚に載っていた。しかし、フォークスの止まり木だけは空っぽだ。不死鳥は校庭に向かって嘆きの唄を歌い続けている。そして、ホグワーツの歴代校長の肖像画に、新しい一枚が加わっていた……ダンブルドアが机を見下ろす金の額縁の中でまどろんでいる。半月メガネを曲がった鼻に載せ、穏やかで和やかな表情だ。

その肖像画を一瞥《いちべつ》した後、マクゴナガル先生は自分に活を入れるかのような、見慣れない動作をした。それから机の向こう側に移動し、ハリーと向き合う。くっきりとしわが刻まれた、張り詰めた顔だ。

「ハリー」先生が口を開いた。

「ダンブルドア先生と一緒に学校を離れて、今夜なにをしていたのかを知りたいものです」

「お話しできません、先生」

ハリーが答える。聞かれることを予想し、答えを準備していた。ここで、この部屋でダンブルドアは、ロンとハーマイオニー以外には、授業の内容を打ち明けるなとハリーに告げたのだ。

「ハリー、重要なことかもしれませんよ」マクゴナガル先生が言う。

「そうです」ハリーが答えた。「とても重要です。でも、ダンブルドア先生はだれにも話すなとおっしゃいました」

マクゴナガル先生は、ハリーを睨《にら》みつけた。

「ポッター」

呼び方が変わったことにハリーは気がついた。

「ダンブルドア校長がお亡くなりになったことで、事情が少し変わったことはわかるはずだと思いますが――」

「そうは思いません」ハリーは肩をすくめる。「ダンブルドア先生は、自分が死んだら命令に従うのをやめろとはおっしゃいませんでした」

「しかし――」

「でも、魔法省が到着する前に、一つだけお知らせしておいたほうがよいと思います。マダム・ロスメルタが『服従《ふくじゅう》の呪文』をかけられています。マルフォイや『死喰い人』の手助けをしていました。だからネックレスや蜂蜜酒が――」

「ロスメルタ？」

マクゴナガル先生は信じられないという顔をする。しかしそれ以上なにも言わないうちに扉をノックする音がして、スプラウト、フリットウィック、スラグホーン先生が、ぞろぞろと入ってきて、そのあとからハグリッドが巨体を悲しみに震わせ、涙をぼろぼろ流しながら入ってくる。

「スネイプ！」

一番ショックを受けた様子のスラグホーンが、青い顔に汗を滲《にじ》ませ、吐き棄《はす》てるように言い放つ。

「スネイプ！　わたしの教え子だ！　あいつのことは知っているつもりだった！」

しかし、だれもそれに反応しないうちに、壁の高いところから鋭い声がした。短い黒い前髪を垂らした土気色の顔の魔法使いが、空《から》の額縁にもどってきたところだ。

「ミネルバ、魔法大臣は間もなく到着するだろう。大臣は魔法省から、いましがた『姿くらまし』した」

「ありがとう、エバラード」

マクゴナガル先生は礼を述べ、急いで寮監《りょうかん》の先生方のほうを向く。

「大臣が着く前に、ホグワーツがどうなるかをお話ししておきたいのです」

マクゴナガル先生が早口に伝える。

「私個人としては、来年度も学校を続けるべきかどうか、確信がありません。一人の教師の手にかかって校長が亡くなったのは、ホグワーツの歴史にとって、とんでもない汚点です。恐ろしいことです」

「ダンブルドアはまちがいなく、学校の存続をお望みだったろうと思います」

スプラウト先生が意見を述べる。

「たった一人でも学びたい生徒がいれば、学校はその生徒のために存続すべきでしょう」

「しかし、こういうことのあとで、一人でも生徒がくるだろうか？」

スラグホーンが、シルクのハンカチを額《ひたい》の汗に押し当てながら疑問を投げかける。

「親が子供を家に置いておきたいと望むだろうし、そういう親を責めることはできん。個人的には、ホグワーツがほかと比べてより危険だとは思わんが、母親たちもそのように考えるとは期待できないでしょう。家族をそばに置きたいと願うでしょうな。自然なことだ」

「私も同感です」マクゴナガル先生がうなずく。

「それに、いずれにしても、ダンブルドアがホグワーツ閉校という状況を一度も考えたことがないというのは、正しくありません。『秘密の部屋』がふたたび開かれたとき、ダンブルドアは学校閉鎖を考えられました――それに、私《わたくし》にとっては、ダンブルドアが殺されたことのほうが、スリザリンの怪物が城の内奥《ないおう》に隠れ棲《す》んでいることよりも、穏やかならざることだと考えます……」

「理事たちと相談しなくてはなりませんな」

フリットウィック先生が小さなキーキー声を出した。額《ひたい》に大きな青痣《あおあざ》ができていたが、スネイプの部屋で倒れたときの傷は、それ以外にないようだ。

「定められた手続きに従わねばなりません。拙速《せっそく》に決定すべきことではありません」

「ハグリッド、なにも言わないですね」マクゴナガル先生が聞く。

「あなたはどう思いますか。ホグワーツは存続すべきですか?」

先生方のやり取りを、大きな水玉模様のハンカチを当てて泣きながら黙って聞いていたハグリッドが、真っ赤に泣き腫《は》らした目を上げて、しわがれ声で言う。

「おれにはわかんねえです、先生……寮監《りょうかん》と校長が決めるこってす……」

「ダンブルドア校長は、いつもあなたの意見を尊重しました」

マクゴナガル先生が優しく言う。

「私《わたくし》もそうです」

「そりゃ、おれはとどまります」ハグリッドは答えた。

大粒の涙が目の端からぼろぼろこぼれ続け、もじゃもじゃひげに滴《したた》り落ちている。

「おれの家です。十三歳のときからおれの家だったです。おれに教えて欲しいっちゅう子供がいれば、おれは教える。だけんど……おれにはわからねえです……ダンブルドアのいねえホグワーツなんて……」

ハグリッドはごくりと唾を飲み込み、またハンカチで顔を隠した。みなが黙り込んだ。

「わかりました」

マクゴナガル先生は窓から校庭をちらりと眺め、大臣がもうやってくるかどうかを確かめた。

「では、私《わたくし》はフィリウスと同意見です。理事会にかけるのが正当であり、そこで最終的な結論が出るでしょう」

「さて、生徒を家に帰す件ですが……一刻も早いほうがよいという意見があります。必要とあらば、明日にもホグワーツ特急を手配できます――」

「ダンブルドアの葬儀はどうするんですか?」ハリーはついに口を出した。

「そうですね……」

マクゴナガル先生の声が震え、きびきびした調子が少し翳《かげ》る。

「私《わたし》――私《わたくし》は、ダンブルドアが、このホグワーツに眠ることを望んでおられたのを知っています――」

「それなら、そうなりますね?」ハリーは強い口調になる。

「魔法省がそれを適切だと考えるならです」マクゴナガル先生が言う。「これまで、ほかのどの校長もそのようには――」

「ダンブルドアほどこの学校にお尽くしなさった校長は、ほかにだれもいねえ」ハグリッドがうめくように言う。

「ホグワーツこそ、ダンブルドアの最後の安息の地になるべきです」フリットウィック先生も強く推《お》す。

「そのとおり」スプラウト先生が賛同する。

「それなら」ハリーが提案する。「葬儀が終わるまでは、生徒を家に帰すべきではありません。みんなもきっと――」

最後の言葉が喉《のど》に引っかかった。しかし、スプラウト先生が引き取って続ける。

「お別れを言いたいでしょう」

「よくぞ言った」

フリットウィック先生がキーキー声を出す。

「よくぞ言ってくれた！　生徒たちは敬意を表すべきだ。それがふさわしい。家に帰す列車は、そのあとで手配できる」

「賛成」スプラウト先生が大声で言った。

「わたしも……まあ、そうですな……」

スラグホーンはかなり動揺した声だ。ハグリッドは、押し殺したすすり泣きのような声で賛成した。

「大臣がきます」

校庭を見つめながら、突然マクゴナガル先生が遮《さえぎ》った。

「大臣は……どうやら代表団を引き連れています……」

「先生、もう行ってもいいですか？」ハリーがすぐさま問いかける。

今夜はルーファス・スクリムジョールに会いたくもないし、質問されるのもいやだった。

「よろしい」マクゴナガル先生が言い渡す。「それに、お急ぎなさい」

マクゴナガル先生はつかつかと扉まで歩いていって、ハリーのために扉を開けた。

ハリーは急いで螺旋《らせん》階段を下り、人気のない廊下に出る。天文台の塔の上に、『透明マント』を置きっぱなしにしていたが、なんの問題もない。ハリーが通り過ぎるのを見ている人は、だれもいない。フィルチも、ミセス・ノリスも、ピーブズさえもいなかった。結局、グリフィンドールの談話室に向かう通路に出るまで、ハリーはだれにも出会わなかった。

「本当なの?」

ハリーが近づくと、「太った婦人《レディ》」が小声で聞く。

「ほんとうにそうなの? ダンブルドアが――死んだって?」

「本当だ」ハリーが答える。

「太った婦人《レディ》」は声を上げて泣き、合言葉を待たずに入口を開けてハリーを通した。

ハリーが思ったとおり、談話室は人で一杯だ。ハリーが肖像画の穴を登って入っていくと、部屋中がしんとなった。近くに座っているグループの中に、ディーンとシェーマスがいるのが見えた。寝室にはだれもいないか、またはそれに近い状態にちがいない。ハリーはだれとも口をきかず、だれとも目を合わさずにまっすぐ談話室を横切って、男子寮へのドアを通り寝室に上がった。

期待どおり、ロンがハリーを待っていた。服を着たままでベッドに腰掛けている。

ハリーも自分の四本柱のベッドに腰掛け、しばらくは、ただ互いに見つめ合うだけだった。

「学校の閉鎖のことを話しているんだ」ハリーが言う。

「ルーピンがそうだろうって言ってた」ロンが答えた。

しばらく沈黙が続いた。

「それで？」

家具が聞き耳を立てているとでも思ったのか、ロンが声をひそめて聞く。

「見つけたのか？　手に入れたのか？　あれを――分霊箱《ぶんれいばこ》を？」

ハリーは首を横に振る。黒い湖で起こったすべてのことが、いまでは昔の悪夢のように思われれる。本当に起こったことだろうか？　ほんの数時間前に？

「手に入れなかったのか？」ロンはがっかりしたように言う。「そこにはなかったのかい？」

「いや」ハリーが答える。「だれかに盗られたあとで、代わりに偽物《にせもの》が置いてあった」

「もう盗《と》られてた？」

ハリーは、黙って偽物のロケットをポケットから取り出し、開いてロンに渡した。詳しい話はあとでいい……今夜はどうでもいいことだ……最後の結末以外は。意味のない冒険の末、ダンブルドアの生命《いのち》が果てたこと以外は……。

「R・A・B」ロンがつぶやく。「でも、だれなんだ？」

「さあ」

ハリーは服を着たままベッドに横になり、ぼんやりと上を見つめる。R・A・Bには、なんの興味も感じない。なんに対しても、二度とふたたび興味など感じることはないのかもしれない。横たわっていると、突然、校庭が静かなのに気がついた。フォークスが歌うのをやめている。

なぜそう思ったのかはわからないが、ハリーは不死鳥が去ってしまったことを悟った。永久にホグワーツから去ってしまったのだ。ダンブルドアが学校を去り、この世を去ったと同じように……　ハリーから去ってしまったと同じように。

第30章　白い墓

授業はすべて中止され、試験は延期された。何人かの生徒たちが、それから二日のうちに、急いで両親にホグワーツから連れ去られた——双子のパチル姉妹は、ダンブルドアが亡くなった次の日の朝食前にいなくなり、ザカリアス・スミスは、気位の高そうな父親に護衛されて城から連れ出された。一方シェーマス・フィネガンは、母親と一緒に帰ることを真っ向から拒否した。二人は玄関ホールでどなり合い、結局、母親が折れて、シェーマスは葬儀が終わるまで学校に残ることになった。ダンブルドアに最後のお別れを告げようと魔法使いや魔女たちがホグズミード村に押し寄せたため、母親がホグズミードに宿を取るのに苦労したみたいだと、シェーマスはハリーとロンに話した。

葬儀の前日の午後遅く、家一軒ほどもある大きなパステル・ブルーの馬車が、十二頭の巨大なパロミノの天馬に引かれて空から舞い降り、禁じられた森の端《はた》に着陸した。それをはじめて目にした低学年の生徒たちは、ちょっとした興奮状態になる。小麦色の肌に黒髪のきりりとした巨大な女性が馬車から降り立ち、待ち受けていたハグリッドの腕の中に飛び込んだのを、ハリーは窓から見ていた。一方、魔法大臣率いる魔法省の役人たちは、城の中に泊まった。ハリーは、そのだれとも顔を合わせないように細心の注意を払っている。遅かれ早かれ、ダンブルドアが最後にホグワーツから外出したときの話をしろと、また言われるにちがいない。

ハリー、ロン、ハーマイオニー、そしてジニーは、ずっと一緒に過ごした。四人の気持ちとは裏腹の、良い天気だった。ダンブルドアが生きていたなら、ジニーの試験も終わり、宿題の重荷からも解放されたこの学期末の時間をどんなにすてきな気持ちで過ごせたことか……。

ハリーにはどうしても言わなければならないこと、そうするのが正しいとわかっていることがあるのだが、容易には切り出せず、先延ばしにしていた。自分にとって一番の心の安らぎになっているものを失うのは、あまりにも辛《つら》い。

四人は一日に二度、病棟に見舞いにいった。ネビルは退院したが、ビルはまだマダム・ポンフリーの手当てを受けている。傷痕《きずあと》は相変わらずひどかった。実のところ、はっきりとマッド-アイ・ムーディに似た顔になっていたが、幸い両目と両足はついている。しかし、人格は前と変わりないようだ。一つだけ変わったことがあるとすれば、ステーキのレアを好むようになったことだ。

「……それで、このいとがわたしと結婚するのは、とーてもラッキーなことでーすね」

フラーは、ビルの枕をなおしながらうれしそうに言う。

「なぜなら、イギリース人、お肉を焼きすーぎます。私、いーつもそう言ってましたね」

「ビルがまちがいなくあの女と結婚するんだってこと、受け入れるしかないみたいね」

その夜、四人でグリフィンドールの談話室の窓際に座り、開け放した窓から夕暮の校庭を見下ろしながら、ジニーがため息をつく。

「そんなに悪い人じゃないよ」ハリーが言う。「ブスだけどね」ジニーが眉《まゆ》を吊り上げたので、ハリーがあわててつけ加えると、ジニーはしかたなしに笑った。

「そうね、ママががまんできるなら、わたしもできると思うわ」

「ほかにだれか知ってる人が死んだかい？」

「夕刊予言者新聞《ゆうかんよげんしゃしんぶん》」に目を通していたハーマイオニーに、ロンが聞く。ハーマイオニーは、むりに力んだようなロンの声の調子にたじろぐ。

「いいえ」新聞を畳みながら、ハーマイオニーが咎《とが》めるように言う。「スネイプを追っているけど、まだなんの手がかりも……」

「そりゃ、ないだろう」

この話題が出るたびに、ハリーは腹を立てていた。

「ヴォルデモートを見つけるまでは、スネイプも見つからないさ。それに魔法省の連中は、いままで一度だって見つけたためしがないじゃないか……」

「もう寝るわ」ジニーがあくびしながら言う。

「わたし、あまりよく寝てないの……あれ以来……少し眠らなくちゃ」

ジニーはハリーにキスして（ロンはあてつけがましくそっぽを向く）、あとの二人におやすみと手を振り、女子寮に帰っていく。寮のドアが閉まったとたん、ハーマイオニーが、いかにもハーマイオニーらしい表情でハリーのほうに身を乗り出す。

「ハリー、私、発見したことがあるの。今朝、図書室で……」

「R・A・B？」ハリーが椅子に座りなおす。

これまでのハリーなら、興奮したり好奇心に駆られたり、謎の奥底《おくそこ》が知りたくて、もどかしい思いをしたものだったが、もはやそのようには感じられなくなっている。まず本物の分霊箱《ぶんれいばこ》に関する真実を知るのが任務だ、ということだけはわかっていた。それができてはじめて、目の前に伸びる曲折した暗い道を、少しは先に進むことができるだろう。ハリーが、ダンブルドアと一緒に歩き出した道程《みちのり》だ。その旅をひとりで続けなければならないのだということを、ハリーはいま、思い知っている。あと四個もの分霊箱が、どこかにある。その一つひとつを探し出してすべて消滅させなければ、ヴォルデモート自身を殺す可能性さえない。ハリーは、分霊箱の名前を列挙することで、それを手の届くところに持ってくることができるかのように、何度も復唱していた。ロケット……カップ……蛇……グリフィンドールかレイブンクロー縁《ゆかり》の品……ロケット……カップ……蛇……グリフィンドールかレイブンクロー縁の品……。

このマントラのような呪文は、ハリーが眠りに入ったときに、頭の中で脈打ちはじめるらしい。カップやロケットや謎の品々がびっしりと夢に現れ、しかもどうしても近づけない。ダンブルドアが縄梯子《なわばしご》を出して助けようとするが、ハリーが梯子を登りはじめたとたんに梯子は何匹もの蛇に変わってしまう……。

ダンブルドアが亡くなった次の朝、ハリーは、ロケットの中のメモをハーマイオニーに見せている。ハーマイオニーもそのときは、これまで読んだ本に出てきた、あまり有名でない魔法使いの中に、その頭文字に当てはまる人物を思いつかなかった。しかしそれ以来ハーマイオニーは、なにも宿題がない生徒にしてはやや必要以上に足しげく、図書室に通っていた。

「ちがうの」

ハーマイオニーは悲しそうに答える。

「努力してるのよ、ハリー。でも、なにも見つからない……同じ頭文字で、そこそこ名前の知られている魔法使いは二人いるわ――ロザリンド・アンチゴーネ・バングズ……それと『斧振り男』ルパート・ブルックスタントン……でも、この二人はまったく当てはまらないみたい。あのメモから考えると、分霊箱《ぶんれいばこ》を盗んだ人物はヴォルデモートを知っていたらしいけど、バングズも『斧振り男』もヴォルデモートとはまったく関係がないの……そうじゃなくて、実は、あのね……スネイプのことなの」

ハーマイオニーは、その名前を口にすることさえ過敏になっているようだ。

「あいつがどうしたって？」ハリーはまた椅子に沈み込んで、重苦しく聞く。

「ええ、ただね、『半純血《はんじゅんけつ》のプリンス』について、ある意味では私が正しかったの」

「ハーマイオニー、蒸し返す必要があるのかい？　僕がいま、どんな思いをしているかわかってるのか？」

「ううん――ちがうわ――ハリー、そういう意味じゃないの！」

あたりを見回して、だれにも聞かれていないかどうかを確かめながら、ハーマイオニーがあわてて言った。

「あの本が、一度はアイリーン・プリンスの本だったたっていう私の考えが、正しかったっていうだけ。あのね……アイリーンはスネイプの母親なの！」

「あんまり美人じゃないと思ってたよ」

ロンが茶々を入れたが、ハーマイオニーは無視した。

「ほかの古い『予言者新聞《よげんしゃしんぶん》』を調べていたら、アイリーン・プリンスがトビアス・スネイプっていう人と結婚したという、小さなお知らせが載っていたの。それからしばらくして、またお知らせ広告があって、アイリーンが出産したって――」

「――殺人者をだろ」ハリーが吐《は》き棄《す》てる。

「ええ……そうね」ハーマイオニーが言う。

「だから……私がある意味では正しかったわけ。スネイプは『半分プリンス』であることを誇りにしていたにちがいないわ。わかる？　『予言者新聞』によれば、トビアス・スネイプはマグルなのよ」

「ああ、それでぴったり当てはまる」ハリーが言った。

「スネイプは、ルシウス・マルフォイとか、ああいう連中に認められようとして、純血の血筋だけを誇張したんだろう……ヴォルデモートと同じだ。純血の母親、マグルの父親……純血の血統が半分しかないのを恥じて、『闇の魔術』を使って自分を恐れさせようとしたり、自分で仰々《ぎょうぎょう》しい新しい名前をつけたり――ヴォルデモート〝卿《きょう》〟――半純血の〝プリンス〟――ダンブルドアはどうしてそれに気づかなかったんだろう――？」

ハリーは言葉を途切らせ、窓の外に目をやる。ダンブルドアがスネイプに対して、許しがたいほどの信頼を置いていたということを、どうしても頭から振りはらえない……しかし、ハリー自身が同じような思い込みをしていたことを、ハーマイオニーがいま、期せずして思い出させてくれた……走り書きの呪文が次第に悪意のこもったものになってきているのに、ハリーは、あんなに自分を助けてくれた、あれほど賢い男の子が悪人のはずはないと、頑《かたく》なにそう考えていた。

自分を助けてくれた……いまになってみれば、それは耐え難い思いだ……。

「あの本を使っていたのに、スネイプがどうして君を突き出さなかったのか、わかんないなあ」ロンが口を挟む。「君がどこからいろいろ引っぱり出してくるのか、わかってたはずなのに」

「あいつはわかってたさ」ハリーは苦い思いで言い捨てる。「僕がセクタムセンプラを使ったとき、あいつにはわかっていたんだ。『開心術』を使う必要なんかない……それより前から知っていたかもしれない。スラグホーンが、魔法薬学で僕がどんなに優秀かを吹聴していたから……自分の使った古い教科書を、棚の奥に置きっぱなしになんか、しておくべきじゃなかったんだ。そうだろう？」

「だけど、どうして君を突き出さなかったんだろう？」

「あの本との関係を、知られたくなかったんじゃないかしら」

ハーマイオニーが分析する。

「ダンブルドアがそれを知ったら、不快に思われたでしょうから。それに、スネイプが自分の物じゃないってしらを切っても、スラグホーンはすぐに筆跡を見破ったでしょうしね。とにかく、あの本は、スネイプの昔の教室に置き去りになっていたものだし、ダンブルドアは、スネイプの母親が『プリンス』という名前だったことは知っていたはずよ」

「あの本を、ダンブルドアに見せるべきだったな」

ハリーが悔やむように言う。

「ヴォルデモートは、学生のときでさえ邪悪だったと、ダンブルドアがずっと僕に教えてくれていたのに。そして僕は、スネイプも同じだったという証拠を手にしていたのに――」

「『邪悪』という言葉は強すぎるわ」ハーマイオニーが静かに訂正する。

「あの本が危険だって、さんざん言ったのは君だぜ！」

「私が言いたいのはね、ハリー、あなたが自分を責めすぎているということなの。〝プリンス〟がひねくれたユーモアのセンスの持ち主だとは思ったけど、殺人者になりうるなんて、まったく思わなかったわ……」

「だれも想像できなかったよ。スネイプが、ほら……あんなことをさ」ロンが言う。

それぞれの思いに沈みながら、三人とも黙り込んだ。しかしハリーは、二人とも自分と同じことを考えているのを知っていた。明日の朝、ダンブルドアの亡骸《なきがら》が葬られるのだということを。ハリーは、葬儀というものに参列したことがない。シリウスが死んだときは、埋葬する亡骸がなかった。なにが行われるのか予想もできず、ハリーはなにを目にするのか、どういう気持ちになるのかが、少し心配だった。葬儀が終われば、ダンブルドアの死が自分にとって、もっと現実的なものになるのだろうか。ときどき、その恐ろしい事実が自分を押しつぶしそうになるときがある。しかし、ハリーの心にはなにも感じられない空白の時間が広がっていて、城の中でだれもそれ以外の話はしていないにもかかわらず、その空白の時間の中ではダンブルドアがいなくなったことがいまだに信じられなかった。たしかにシリウスのときとはちがい、なにか抜け穴はないか、なんとかダンブルドアがもどってくる道はないかと、必死で探したりはしなかった……ハリーは、ポケットの中の偽《にせ》の分霊箱《ぶんれいばこ》の、冷たい鎖をまさぐる。お守りとしてではなく、それがどれほどの代償を払ったものなのか、これからなにをなすべきなのかを思い出させてくれるものとして、ハリーはどこに行くにもこれを持ち歩いている。

次の日、ハリーは荷造りのために早く起きた。ホグワーツ特急は、葬儀の一時間後に出発することになっている。一階に下りていくと、大広間は沈痛な雰囲気に包まれていた。全員が式服を着て、だれもが食欲を失っているようだ。マクゴナガル先生は、教職員テーブルの中央にある王座のような椅子を、空席のままにしている。ハグリッドの椅子も空席だ。たぶん、朝食など見る気もしないのだろう。しかしスネイプの席には、ルーファス・スクリムジョールが無造作に座っている。その黄ばんだ目が大広間を見渡したとき、ハリーは視線を合わせないようにした。スクリムジョールが自分を探している気がして、落ち着かない。スクリムジョールの随行者の中に、赤毛で角縁メガネのパーシー・ウィーズリーがいるのを、ハリーは見つけた。ロンは、パーシーに気づいた様子を見せなかったが、やたらと憎しみを込めて鰊《にしん》の燻製《くんせい》を突き刺している。

スリザリンのテーブルでは、クラッブとゴイルがひそひそ話をしている。図体の大きな二人なのに、その間で威張り散らしている背の高い蒼白《あおじろ》い顔のマルフォイがいないと、奇妙にしょんぼりしているように見える。ハリーは、マルフォイのことはあまり考えていない。もっぱら、スネイプだけを憎悪していた。しかし、塔の屋上でマルフォイの声が恐怖に震えたことも、ほかの死喰い人がやってくる前に杖《つえ》を下ろしたことも忘れてはいなかった。ハリーには、マルフォイが、ダンブルドアを殺しただろうとは思えない。マルフォイが、闇の魔術の虜《とりこ》になったことは嫌悪するが、いまではその中にほんのわずかに哀れみが交じっている。マルフォイは、いまどこにいるのだろう。ヴォルデモートは、マルフォイも両親をも殺すと脅して、マルフォイになにをさせようとしているのだろう？

考えにふけっていたハリーは、ジニーに脇腹を小突《こづ》かれて我に返った。マクゴナガル先生が立ち上がっていた。大広間の悲しみに沈んだざわめきがたちまちやんだ。

「まもなく時間です」

マクゴナガル先生が告げる。

「それぞれの寮監《りょうかん》に従って、校庭に出てください。グリフィンドール生は、私についておいでなさい」

全員がほとんど無言で、各寮のベンチから立ち上がり、ぞろぞろと行列して歩き出した。スリザリンの列の先頭に立つスラグホーンは、銀色の刺繍《ししゅう》を施した、豪華なエメラルド色の長いローブをまとっている。ハッフルパフの寮監であるスプラウト先生がこんなにこざっぱりしているのを、ハリーは見たことがない。帽子にはただの一つも継ぎはぎがない。玄関ホールに出ると、マダム・ピンスが、膝《ひざ》まで届く分厚い黒ベールをかぶってフィルチの横に立っていた。フィルチのほうは、樟脳《しょうのう》の匂いがぷんぷんする、古くさい黒の背広にネクタイ姿だ。

正面扉から石段に踏み出したとき、ハリーは全員が湖に向かっているのがわかった。太陽が、暖かくハリーの顔をなでる。マクゴナガル先生のあとから黙々と歩き、何百という椅子が何列も何列も並んでいる場所に着いた。中央に一本の通路が走り、正面に大理石の台が設《しつら》えられて、すべての椅子がその台に向かって置かれている。あくまでも美しい夏の日だった。

椅子の半分ほどがすでに埋まり、質素な身なりから格式ある服装まで、老若男女、ありとあらゆる種類の追悼者《ついとうしゃ》が着席している。ほとんどが見知らぬ参列者たちだが、わずかに「不死鳥の騎士団」のメンバーを含む、何人かは見分けられた。キングズリー・シャックルボルト、マッド‐アイ・ムーディ、不思議なことに髪がふたたびショッキング・ピンクになったトンクスは、リーマス・ルーピンと手をつないでいる。ウィーズリー夫妻、フラーに支えられたビル、その後ろには、黒いドラゴン革の上着を着たフレッドとジョージがいる。さらに、一人で二人半分の椅子を占領しているマダム・マクシーム、「漏《も》れ鍋《なべ》」の店主のトム、ハリーの近所に住んでいるスクイブのアラベラ・フィッグ、「妖女《ようじょ》シスターズ」グループの毛深いベース奏者、「夜の騎士《ナイト》バス」の運転手のアーニー・プラング、「ダイアゴン横丁」で洋装店を営むマダム・マルキン。ハリーが、顔だけは知っている人たちも参列している。ホッグズ・ヘッドのバーテン、ホグワーツ特急で車内販売のカートを押している魔女などだ。城のゴーストたちも、まぶしい太陽光の中ではほとんど見えないが、動いたときだけ、きらめく空気の中で朧《おぼろ》げに光るつかみどころのない姿が見える。

ハリー、ロン、ハーマイオニー、ジニーの四人は、列の一番端《はし》の、湖の際《きわ》の席に並んで座った。互いにささやき合う参列者の声が、芝生を渡るそよ風のような音を立てているが、鳥の声のほうがずっとはっきりと聞こえた。参列者は次々と増え続ける。ネビルがルーナに支えられて席に着くのを見て、ハリーは二人に対する熱い思いが一度に込み上げてきた。ダンブルドアが亡くなったあの夜、DAメンバーの中で、ハーマイオニーの呼びかけに応《こた》えたのは、この二人だけだった。ハリーは、それがなぜなのかを知っている。DAがなくなったことを、一番寂しく思っていたのがこの二人だ……たぶん、再開されることを願って、終始コインを見ていたのだろう……。

コーネリウス・ファッジが、惨《みじ》めな表情で四人のそばを通り過ぎ、いつものようにライムグリーンの山高帽をくるくる回しながら、列の前方に歩いていく。ハリーは、リータ・スキーターにも気づいたが、鉤爪《かぎづめ》を真っ赤に塗った手に、メモ帳をがっちりつかんでいるのには向かっ腹が立った。さらに、ドローレス・アンブリッジを見つけて、腸《はらわた》が煮えくり返った。ガマガエル顔に見え透いた悲しみを浮かべて、黒いビロードのリボンを灰色の髪のカールのてっぺんに結んでいる。ケンタウルスのフィレンツェが、衛兵のように湖のほとりに立っている姿を目にしたアンブリッジは、ぎくりとして、そこからずっと離れた席までおたおたと走っていく。最後に先生方が着席した。最前列のスクリムジョールが、マクゴナガル先生の隣で厳粛な、威厳たっぷりの顔をしているのが見えた。ハリーは、スクリムジョールにしても、そのほかのお偉方《えらがた》にしても、ダンブルドアが死んだことを本当に悲しんでいるのだろうかと疑った。そのとき、音楽が聞こえてきた。不思議な、この世のものとも思えない音楽だ。ハリーは魔法省に対する嫌悪感も忘れて、どこから聞こえてくるのかとあたりを見回した。ハリーだけではなく、どきりと驚いたような大勢の顔が、音の源を探してあちこちを見ている。

「あそこだわ」ジニーがハリーの耳にささやく。

陽の光を受けて緑色に輝く、澄んだ湖面の数センチ下に、ハリーはその姿を見た。「亡者《もうじゃ》」を思い出してぞっとしたが、それは「水中人《マーピープル》」たちが合唱する姿だった。青白い顔を水中に揺らめかせ、紫がかった髪をその周囲にゆらゆらと広げて、ハリーの理解できない不思議な言葉で歌っている。首筋がざわざわするような音楽だったが、不愉快な音ではない。別れと悲嘆の気持ちを雄弁に伝える歌と言える。歌う水中人の荒々しい顔を見下ろしながら、ハリーは、少なくとも水中人はダンブルドアの死を悲しんでいる、という気がした。そのとき、ジニーがまたハリーを小突《こづ》き、振り返らせた。

椅子の間に設けられた一筋の通路を、ハグリッドがゆっくりと歩いてくる。顔中を涙で光らせ、ハグリッドは声を出さずに泣いていた。その両腕に抱かれ、金色の星をちりばめた紫のビロードに包まれているのが、それとわかるダンブルドアの亡骸《なきがら》だ。喉元《のどもと》に熱いものが込み上げてくる。不思議な音楽に加えて、ダンブルドアの亡骸がこれほど身近にあるという思いが、一瞬、その日の暖かさをすべて奪い去ってしまったような気がする。ロンは衝撃を受けたように蒼白《そうはく》な顔でいる。ジニーとハーマイオニーの膝《ひざ》に、ぼろぼろと大粒の涙がこぼれ落ちた。

正面でなにが行われているのか、四人にはよく見えなかったが、ハグリッドが亡骸を台の上にそっと載せたようだ。それからハグリッドは、トランペットを吹くような大きな音を立てて鼻をかみながら通路を引き返した。咎《とが》めるような目をハグリッドに向けた何人かの中に、ドローレス・アンブリッジがいた……ダンブルドアならちっとも気にしなかったにちがいないと、ハリーにはわかっていた。ハグリッドがそばを通るとき、ハリーは親しみを込めて合図を送ってみたが、ハグリッドの泣き腫《は》らした目では、自分の行き先すら見えているかどうか疑問に思える。ハグリッドが向かっていく先の後列の席を見たハリーは、ハグリッドがなにに導かれているのかがわかった。そこに、ちょっとしたテントほどの大きさの上着とズボンとを身に着けた、巨人のグロウプがいた。醜い大岩のような頭を下げ、おとなしく、ほとんど普通の人間のように座っている。ハグリッドが異父弟のグロウプの隣に座ると、グロウプはハグリッドの頭をポンポンとたたく。その強さにハグリッドの座った椅子の脚が地中にめり込んだ。ハリーはほんの一瞬、愉快になり、笑い出したくなった。しかしそのとき音楽がやみ、ハリーはまた正面に向きなおる。

黒いローブの喪服を着た、髪の毛がふさふさした小さな魔法使いが立ち上がり、ダンブルドアの亡骸の前に進み出る。なにを言っているのか、ハリーには聞き取れない。途切れ途切れの言葉が、何百という頭の上を通過して後列の席に流れてくる。「高貴な魂」……「知的な貢献」……「偉大な精神」……あまり意味のない言葉だ。ハリーの知っているダンブルドアとは、ほとんど無縁の言葉のような気がする。ダンブルドアが二言三言をどう考えていたかを、ハリーは突然思い出す。

「そーれ、わっしょい、こらしょい、どっこらしょい」

またしても込み上げてくる笑いを、ハリーはこらえなければならなかった……こんなときだというのに、自分はいったいどうしたんだろう？

ハリーの左のほうで軽い水音がして、水中人が水面に姿を現し、聞き入っているのが見えた。二年前、ダンブルドアが水辺にかがみ込み、マーミッシュ語で水中人の女長《おんなおさ》と話をしていたことを、ハリーは思い出した。いまハリーが座っている場所の、すぐ近くだ。ダンブルドアは、どこでマーミッシュ語を習ったのだろう。

ついにダンブルドアに聞かずじまいになってしまったことが、あまりにも多い。ハリーが話さずじまいになってしまったことが、あまりにも多い……。

そのとたん、まったく突然に、恐ろしい真実が、これまでになく完璧に、否定しようもなくハリーを打ちのめす。ダンブルドアは死んだ。逝《い》ってしまった……冷たいロケットを、ハリーは痛いほど強くにぎりしめた。それでも熱い涙がこぼれ落ちるのを止めることはできなかった。ハリーは、ジニーやほかのみなから顔を背けて湖を見つめ、「禁じられた森」に目をやる。喪服の小柄な魔法使いが、単調な言葉を繰り返している……木々の間になにかが動く。ケンタウルスたちもまた、最後の別れを惜しみに出てきたのだ。ケンタウルスたちは、人目に触れるところには姿を現さず、弓を脇に抱え、半ば森影に隠れてじっと立ち尽くしたまま参列者を見つめている。最初に「禁じられた森」に入り込んだときの悪夢のような経験を、ハリーは思い出す。あの当時の仮の姿のヴォルデモートとはじめて遭遇したこと、ヴォルデモートとの対決のこと、そしてそのあと間もなく、勝ち目のない戦いについて、ダンブルドアと話し合ったことを思い出した。ダンブルドアは言った。何度も何度も戦って、戦い続けることが大切だと。そうすることではじめて、たとえ完全に根絶できなくとも、悪を食い止めることが可能なのだと……。

熱い太陽の下に座りながら、ハリーははっきりと気づく。ハリーを愛した人々が、一人また一人とハリーの前で敵に立ちはだかり、あくまでもハリーを護ろうとした。父さん、母さん、名付け親、そしてダンブルドアまでも。しかし、いまやそれも終わった。自分とヴォルデモートの間に、もう他のだれをも立たせるわけにはいかない。両親の腕に護られ、自分を傷つけるものはなにもないなどという幻想を、ハリーは未来永劫《えいごう》捨て去らなければならない。一歳のときにすでに捨てるべきだった。もはやハリーはこの悪夢から醒《さ》めることもなければ、本当は安全なのだ、すべては思い込みにすぎないのだと闇の中でささやいてくれる慰めの声もない。最後の、そしてもっとも偉大な庇護者《ひごしゃ》が死んでしまった。そしてハリーは、これまでより、もっとひとりぼっちになった。

喪服の小柄な魔法使いが、やっと話を終えて席にもどる。ほかのだれかが立ち上がるのを、ハリーは待った。おそらく魔法大臣の弔辞《ちょうじ》などが続くのだろう。しかし、だれも動かなかった。

やがて何人かが悲鳴を上げる。ダンブルドアの亡骸《なきがら》とそれを載せた台の周囲に、まばゆい白い炎が燃え上がった。炎は次第に高く上がり、亡骸が朧《おぼろ》にしか見えなくなる。白い煙が渦を巻いて立ち昇り、不思議な形を描く。ほんの一瞬、青空に楽しげに舞う不死鳥の姿を見たような気がして、ハリーは心臓が止まる思いがした。しかし次の瞬間、炎は消え、そのあとには、ダンブルドアの亡骸と、亡骸を載せた台とを葬った、白い大理石の墓が残されていた。

天から雨のように矢が降り注ぎ、ふたたび衝撃の悲鳴が上がった。しかし矢は参列者から遥かに離れたところに落ちる。それがケンタウルスの死者への表敬の礼なのだと、ハリーにはわかった。ケンタウルスは参列者に尻尾《しっぽ》を向け、涼《すず》しい木々の中へと帰っていく。同じく水中人も、緑色の湖の中へとゆっくり沈んでいき、姿が見えなくなった。

ハリーは、ジニー、ロン、ハーマイオニーを見た。ロンは太陽がまぶしいかのように顔をくしゃくしゃに歪《ゆが》めている。ハーマイオニーの顔は涙で光っていたが、ジニーはもう泣いてはいなかった。ハリーの視線を、ジニーは燃えるような強いまなざしで受け止める。ハリーが出場しなかったクィディッチ優勝戦で勝ったあと、ハリーに抱きついたときにジニーが見せた、あのまなざしだ。その瞬間ハリーは、二人が完全に理解し合ったことを知った。ハリーがいまなにをしようとしているかを告げても、ジニーは「気をつけて」とか「そんなことをしないで」とは言わず、ハリーの決意を受け入れるだろう。なぜなら、ジニーがハリーに期待しているのは、それ以外の何物でもないからだ。ダンブルドアが亡くなって以来ずっと、言わなければならないと思っていたことをついに言おうと、ハリーは自分を奮い立たせた。

「ジニー、話があるんだ……」

ハリーはごく静かな声で言う。周囲のざわめきが次第に大きくなり、参列客が立ち上がりはじめていた。

「君とはもう、付き合うことができない。もう会わないようにしないといけない。一緒にはいられないんだ」

「なにかばかげた気高い理由のせいね。そうでしょう?」

ジニーは奇妙に歪んだ笑顔で返す。

「君と一緒だったこの数週間は、まるで……まるでだれかほかの人の人生を生きていたような気がする」

ハリーは万感の思いを込めて言う。

「でも僕はもう……僕たちはもう……僕にはいま、ひとりでやらなければならないことがあるんだ」

ジニーは泣かなかった。ただハリーを見つめていた。

「ヴォルデモートは、敵の親しい人たちを利用する。すでに君を囮《おとり》にしたことがある。しかもそのときは、僕の親友の妹というだけで。僕たちの関係がこのまま続けば、君がどんなに危険な目にあうか、考えてみてくれ。あいつは嗅《か》ぎつけるだろう。あいつにはわかってしまうだろう。あいつは君を使って僕を挫《くじ》こうとするだろう」

「わたしが気にしないって言ったら?」ジニーが、激しい口調で反論する。

「僕が気にする」ハリーがはっきり言葉にする。「これが君の葬儀だったら、僕がどんな思いをするか……それが僕のせいだったら……」

ジニーは目を逸《そ》らし、湖を見る。

「わたし、あなたのことを完全にあきらめたことはなかった」ジニーが告白する。「完全にはね。想い続けていたわ……ハーマイオニーが、わたしはわたしの人生を生きてみなさいって言ってくれたの。だれかほかの人と付き合って、あなたのそばにいるとき、もう少し気楽にしていたらどうかって。だって、あなたが同じ部屋にいるだけで、わたしは口もきけなかったことを、憶《おぼ》えてるでしょう？　だからハーマイオニーは、わたしがもう少し――わたしらしくしていたら、あなたが少しは気づいてくれるかもしれないって、そう考えたの」

「賢い人だよ、ハーマイオニーは」

ハリーはほほえもうと努力する。

「もっと早く君に申し込んでいればよかった。そうすれば長い間……何か月も……もしかしたら何年も……」

「でもあなたは、魔法界を救うことで大忙しだった」ジニーは半分笑いながら言う。「そうね……わたし、驚いたわけじゃないの。結局はこうなると、わたしにはわかっていた。あなたは、ヴォルデモートを追っていなければ満足できないだろうって、わたしにはわかっていた。たぶん、わたしはそんなあなたが大好きなのよ」

ハリーは、こうした言葉を聞くのが耐え難いほど辛《つら》い。このままジニーのそばに座っていたら、自分の決心が鈍ってしまうような気がした。ロンを見ると、高い鼻の先から涙を滴《したた》らせながら、自分の肩に顔を埋《うず》めてすすり泣くハーマイオニーを抱き、その髪をなでている。ハリーは、惨《みじ》めさを体中に滲《にじ》ませて立ち上がり、ジニーとダンブルドアの墓に背を向けて、湖に沿って歩き出した。黙って座っているより、動いているほうが耐えやすいような気がする。同じように、すぐにでも分霊箱《ぶんれいばこ》を追跡し、ヴォルデモートを殺すほうが、それを待っていることより耐えやすい……。

「ハリー！」

振り返ると、ルーファス・スクリムジョールだった。ステッキにすがって足を引きずりながら、岸辺の道を大急ぎでハリーに近づいてくるところだった。

「君と一言話がしたかった……少し一緒に歩いてもいいかね？」

「ええ」ハリーは気のない返事をして、また歩き出す。

「ハリー、今回のことは、恐ろしい悲劇だった」

スクリムジョールが静かに話し出す。

「知らせを受けて、私がどんなに愕然《がくぜん》としたか、言葉には表せない。ダンブルドアは偉大な魔法使いだった。君も知っているように、私たちには意見の相違もあったが、しかし、私ほどよく知る者はほかに――」

「なんの用ですか?」ハリーはぶっきらぼうに聞く。

スクリムジョールはむっとした様子だったが、前のときと同じように、すぐに表情を取り繕《つくろ》い、悲しげな物わかりのよい顔になる。

「君は、当然だが、ひどいショックを受けている」スクリムジョールが言う。

「君がダンブルドアと非常に親しかったことは知っている。おそらく君は、ダンブルドアの一番のお気に入りだったろう。二人の間の絆は――」

「用件はなんですか?」ハリーは、立ち止まって繰り返す。

スクリムジョールも立ち止まってステッキに寄りかかり、今度は抜け目のない表情でハリーをじっと見つめる。

「ダンブルドアが死んだ夜のことだが、君と一緒に学校を抜け出したと言う者がいてね」

「だれが言ったのですか?」ハリーは問うた。

「ダンブルドアが死んだ後、塔の屋上で何者かが、死喰い人の一人に『失神呪文《しっしん》』をかけた。それに、その場に箒《ほうき》が二本あった。ハリー、魔法省はその二つを足すことぐらいできる」

「それはよかった」乾いた調子でハリーが言う。

「でも、僕がダンブルドアとどこに行こうと、二人がなにをしようと、僕にしかかわりのないことです。ダンブルドアはほかのだれにも知られたくなかったようです」

「それほどまでの忠誠心は、もちろん称賛すべきだ」

スクリムジョールは、いらだちを抑えるのが難しくなってきているようだ。

「しかし、ハリー、ダンブルドアはいなくなった。もういないのだ」

「ここに、だれ一人としてダンブルドアに忠実な者がいなくなったとき、ダンブルドアははじめてこの学校から本当にいなくなるんです」

ハリーは思わずほほえんでいた。

「君、君……ダンブルドアといえども、まさか蘇《よみがえ》ることは――」

「できるなんて言ってません。あなたにはわからないでしょう。でも、僕にはなにもお話しすることはありません」

スクリムジョールは躊躇《ちゅうちょ》していたが、やがて、気遣いのこもった調子を装いながら語りかけてきた。

「魔法省としては、いいかね、ハリー、君にあらゆる保護を提供できるのだよ。私の『闇祓《やみばら》い』を二人、喜んで君のために配備しよう――」

ハリーは思わず笑ってしまう。

「ヴォルデモートは、自分自身で僕を手にかけたいんだ。『闇祓《やみばら》い』がいたって、それが変わるわけじゃない。ですから、お申し出はありがたいですが、お断りします」

「では」スクリムジョールは、いまや冷たい声に変わっている。

「クリスマスに、私が君に要請したことは――」

「なんの要請ですか？　ああ、そうか……あなたがどんなにすばらしい仕事をしているかを、僕が世の中に知らせる。そうすれば――」

「――人々の気持ちが高揚する！」

スクリムジョールが噛《か》みつくようにあとを続けた。ハリーはしばらく、スクリムジョールをじっと観察した。

「スタン・シャンパイクを、もう解放しましたか？」

スクリムジョールの顔色が険悪な紫色に変わり、いやでもバーノンおじさんを彷彿《ほうふつ》とさせる。

「なるほど。君は――」

「骨の髄までダンブルドアに忠実」ハリーが言い放つ。「そのとおりです」

スクリムジョールは、しばらくハリーを睨《にら》みつけていたが、やがて踵《きびす》を返し、足を引きずりながら、それ以上一言も言わずに去っていった。パーシーと魔法省の一団が、席に座ったまますすり泣いているハグリッドとグロウプを不安げにちらちら見ながら、大臣を待っているのが見える。ロンとハーマイオニーが急いでハリーのほうにやってくる途中、スクリムジョールとすれちがう。ハリーはみなに背を向け、二人が追いつきやすいようにゆっくり歩き出した。ブナの木の下で、二人が追いつく。何事もなかった日々には、その木陰に座って三人で楽しく過ごしたものだ。

「スクリムジョールは、なにが望みだったの？」

ハーマイオニーが小声で聞く。

「クリスマスのときと同じことさ」ハリーは肩をすくめる。

「ダンブルドアの内部情報を教えて、魔法省のために新しいアイドルになれってさ」

ロンは、それまで一所懸命に自分と戦っているようだったが、やがてハーマイオニーに向かって大声を出した。

「いいか、僕はもどって、パーシーをぶんなぐる！」

「だめ」ハーマイオニーは、ロンの腕をつかんできっぱりと制した。

「僕の気持ちがすっきりする！」

ハリーは笑う。ハーマイオニーもちょっとほほえんだが、城を見上げながらその笑顔が曇った。

「もうここにはもどってこないなんて、耐えられないわ」ハーマイオニーがそっと言う。

「ホグワーツが閉鎖されるなんて、どうして？」

「そうならないかもしれない」ロンが言う。「家にいるよりここのほうが危険だなんて言えないだろう？　どこだっていまは同じさ。僕はむしろ、ホグワーツのほうが安全だって思うな。この中のほうが、護衛している魔法使いがたくさんいる。ハリー、どう思う？」

「学校が再開されても、僕はもどらない」ハリーが宣言する。

ロンはぽかんとした顔でハリーを見つめる。ハーマイオニーが悲しそうに言う。

「そう言うと思ったわ。でも、それじゃあなたは、どうするつもりなの？」

「僕はもう一度ダーズリーのところに帰る。それがダンブルドアの望みだったから」

ハリーが心の内を明かす。

「でも、短い期間だけだ。それから僕は永久にあそこを出る」

「でも、学校にもどってこないなら、どこに行くの？」

「ゴドリックの谷に、もどってみようと思っている」ハリーがつぶやくように言う。

ダンブルドアが死んだ夜から、ハリーはずっとそのことを考えていた。

「僕にとって、あそこがすべての出発点だ。あそこに行く必要があるという気がするんだ。そうすれば、両親の墓に詣でることもできる。そうしたいんだ」

「それからどうするんだ？」ロンが聞く。

「それから、残りの分霊箱《ぶんれいばこ》を探し出さなければならない」

ハリーは、向こう岸の湖に映っている、ダンブルドアの白い墓に目を向ける。

「僕がそうすることを、ダンブルドアは望んでいた。だからダンブルドアは、僕に分霊箱のすべてを教えてくれたんだ。ダンブルドアが正しければ――僕はそうだと信じているけど――あと四個の分霊箱がどこかにある。探し出して破壊しなければならないんだ。それから七個目を追わなければ。まだヴォルデモートの身体の中にある魂だ。そして、あいつを殺すのは僕なんだ。もしその途上でセブルス・スネイプに出会ったら――」

ハリーは言葉を続ける。

「僕にとってはありがたいことで、あいつにとっては、ありがたくないことになる」

長い沈黙が続いた。参列者はもうほとんどいなくなって、取り残された何人かは、ハグリッドに寄り添って抱きかかえている小山のようなグロウプから、できるだけ遠ざかっている。ハグリッドの吠《ほ》えるような哀切の声が、やまずに湖面に響き渡っていた。

「僕たち、行くよ、ハリー」ロンが言う。

「え？」

「君のおじさんとおばさんの家に」

ロンは当然じゃないかという雰囲気でいる。

「それから君と一緒に行く。どこにでも行く」

「だめだ――」

ハリーが即座に断った。そんなことは期待していない。この危険きわまりない旅に、自分はひとりで出かけるのだということを、二人に理解してもらいたかったのだ。

「あなたは、前に一度こう言ったわ」

ハーマイオニーが静かに言葉を繰り出す。

「私たちがそうしたいなら、引き返す時間はあるって。その時間はもう十分にあったわ、ちがう？」

「なにがあろうと、僕たちは君と一緒だ」ロンが断言した。

「だけど、おい、なにをするより前に、僕のパパとママのところにもどってこないといけないぜ。ゴドリックの谷より前に」

「どうして？」

「ビルとフラーの結婚式だ。忘れたのか？」

ハリーは驚いてロンの顔を見た。結婚式のようなあたりまえのことがまだ存在しているなんて、信じられなかった。しかしすばらしいことだ。

「ああ、そりゃあ、僕たち、見逃せないな」しばらくしてハリーが言った。

ハリーは、我知らず偽《にせ》の分霊箱《ぶんれいばこ》をにぎりしめていた。いろいろなことがあるけれど、目の前に暗く曲折した道が伸びてはいるけれど、一か月後か、一年後か、十年後か、やがてはヴォルデモートとの最後の対決の日がくるとわかってはいるけれど、ロンやハーマイオニーと一緒に過ごせる最後の平和な輝かしい一日がまだ残されていると思うと、ハリーは心が浮き立つのを感じた。

魔法・魔術を学ぶときの心得

西村佑子

「ハリー・ポッター」の世界にいったん入ったら、立ち止まることはできない。目の前に次々と現れる新しい世界に突き進むしかない。まるでジェットコースターに乗せられたみたいだ。そのワクワク、ドキドキ感にあらがうことはむずかしく、恐ろしささえ覚える。

「ハリー・ポッター」が瞬く間に世界のベストセラーになったころ、ドイツのある雑誌にこんな記事が載っていた。「このものすごい熱狂の中には、批判の声も混ざっていた。アメリカの教会は、子どもが魔法に取りつかれるのではないかと恐れて、教会付属の図書館からこの本を一掃してしまった。魔法学校に通えば、魔法使いや魔女になれると子どもたちに容易に信じ込ませるのは間違っているからだ」と。キリスト教にとって、魔法使いや魔女が大活躍して人気者になるなど、許しがたいことだった。しかし、子どもたちの反応は違った。ネットを使って仲間と手をつなぎ、反対の声をあげたのだ。

では、同じく魔法の世界が登場するライマン・フランク・ボームの『オズの魔法使い』（一九〇〇）の場合はどうだったろう。この本が世に出たとき、ニューヨークタイムズ紙は「子どものために素晴らしい作品である」と絶賛した。にもかかわらず、児童文学者の間では評価が一定せず、一九六七年には、「精神的向上心がない」とか「文学的質が低い」とかいう理由で、デトロイト図書館組合会長によって図書館に置くことが禁止されたという。

アメリカの保守的なキリスト教徒の中には、「親切な魔女の描写は神の教えに反する」とか「わが子を神の教えに反する超自然現象に誘惑されたくない」という声もあった。「文学的質が低い」と評された背景には、このような理由もあったのかもしれない。

ヨーロッパでは、一五世紀から一八世紀前半にかけて、長引く戦争、小氷河期による旱魃《かんばつ》、疫病の流行などによって人々は苦しめられていた。この苦しみの原因は「邪悪な魔女」のせいだとして、最初は教会のリードで、次いでは民間人同士で、「魔女」を探し出して裁いた。「魔女狩り」とか「魔女迫害」という言葉で知られた恐ろしい時代のことである。こうして、多くの人々が、男女の別なく「魔女」として告発され、裁かれ、命を奪われた。魔女の行う術「ウィッチクラフト」は邪悪そのもので、よい魔女なんていなかったのだ。

魔女迫害の実態は国によって異なっていた。ドイツは最もひどい魔女迫害の国だったと言われたが、イングランドにもその歴史はあった。最もひどかったのはエリザベス一世（在位一五五八—一六〇三）とチャールズ一世（在位一六二五—一六四九）の統治下だったと言われているが、魔女は実在すると信じる「魔女信仰」について、裁判官や神学者、著名人たちが一五八四年以降、一五〇年にわたり公に論争をしていたという。（ロッセル・ホープ・ロビンズ『悪魔学大全』）

多くの著名人は魔女の実在を信じていた。魔女狩りに精を出し、多額の報酬を受け取った「魔女狩り将軍ホプキンズ」（一七世紀中頃）という不届き者もいた。一五九〇年の大規模な「ノース・ベリック魔女裁判」や一六一二年の「ランカシャーの魔女裁判」の公式記録も残っている。ハリーの先祖たちもこのような魔女迫害の時代を生きてきたのだ。

ところが、二〇世紀になってようやく「邪悪な魔女」は否定され、代わりに、人々に愛される勇敢で魅力ある魔女や魔法使いが誕生する。つまり「オズ」や「ハリー・ポッター」の世界である。今や多くの読者は魔法と魔術の授業を受けてみたいと、ホグワーツに憧れる。

ホグワーツの正式名はホグワーツ魔法魔術（witchcraft and wizardry）学校だ。魔術と魔法は違うものなのだろうか。簡単に言えば、どちらも同じ魔の術であるが、一般的には、魔法（witchcraft）は女の魔女（witch）が行う術で、魔術（wizardry）は男の魔法使い（wizard）が行う術とされている。つまり、ホグワーツ学校で魔法・魔術を学べるのは、基本的にwitchとwizardなのである。

ホグワーツに入学するために揃えなければならない教科書を見ると、どれも興味深いものばかりだ。私なら、とくに「魔法史」の授業を受けたいと思うのだが、果たして合格できるだろうか。一年時にハリーが受けた「魔法史」の試験問題は、「勝手に中身をかき混ぜる大鍋を発明した風変わりな老魔法使いたちについて」だ。ウーン。後年、ふくろう試験でのハリーの「魔法史」の成績は、なんと「D」、落第だった。

「魔法薬学」の授業も気になる。興味ある魔法薬がいくつも出てくる。自然界の植物を使って薬を作るには危険が伴う。その植物が有毒かどうかを見極め、それをどんなふうに、どのくらい服用したら人間の身体に効くのかを試すために、時には自ら実験台になる。薬草の知識に長けた人でないと効果のある魔法薬は作れないし、扱えない。ホグワーツで「薬草学」が必須なのも当然だ。

その薬草も様々だ。第六巻第十四章に登場するのはスナーガラフというなんとも不気味な植物だ。「節くれだった株」の先端からは「長い棘だらけのイバラのような蔓が飛び出し、鞭のように空を」切る。その種は「グレープフルーツ大の緑」色で「ぴくぴくと気持ち悪く脈打っている」という。魔法薬はこんな恐ろしい植物によってしか作れないのだろうかと思うと、そうでもない。第七巻で大怪我をしたロンの治療に使われる「ハナハッカのエキス」だ。

ハナハッカはトマト料理によく使われる香辛料オレガノのことで、スーパーマーケットでも容易に入手できる。へえ、これが魔法薬の材料なのかと思われるが、ハナハッカには強い殺菌効果があり、樟脳《しょうのう》に似た香りがし、そのエキスは「天然の抗生剤」と言われているほどなのだ。

しかも、ドイツの言い伝えによれば、この花で作った花環を頭にかぶれば、飛んでいる魔女が見えるという。また、産婆さん（助産師）の守り花とも言われ、この花で作った輪の中は魔除けの空間になるという。魔除けの植物が魔法の国で重宝されているのがいかにも面白い。ドイツの言い伝えが本当なら、ハナハッカの花輪をかぶって、飛んでいる魔女を見てみたい。魔法や魔術の渦巻く秘密に満ちた世界に飛んでいってみたい。そんな夢を見させてくれるのが「ハリー・ポッター」の世界なのだ。

ただ、ある時期、邪悪な魔法や魔術でこの世に害を及ぼしたとされて命を奪われたのは、選ばれた魔女族の一員でもないし、優秀なマグルでもない、非力な一般人の男と女だったということは心に刻みつけておきたい。

（魔女研究家）

本書は単行本二〇〇六年五月(静山社刊)、
携帯版二〇一〇年三月(静山社刊)を
三分冊にした「3」です。

装画　おとないちあき
装丁　坂川事務所

ハリー・ポッター文庫16
ハリー・ポッターと謎のプリンス〈新装版〉6-3

2022年10月6日　第1刷発行

作者　J.K.ローリング
訳者　松岡佑子
発行者　松岡佑子
発行所　株式会社静山社
〒102-0073　東京都千代田区九段北1-15-15
電話 03-5210-7221
https://www.sayzansha.com

印刷・製本　中央精版印刷株式会社

ISBN978-4-86389-695-6 Printed in Japan
Published by Say-zan-sha Publications Ltd.